부르는 소리

강신성 장편소설

청어 도서출판

부르는 소리

강신성 장편소설

우리가 사는 세상은 탄트라 불교에서 이야기하는 중음에 비유할 수 있다. 다음 세상을 가는 과정에서 죽음을 잠시 유예하는 기간이라고 볼 수 있다는 의미다. 그리고 이런 현상을 축약해서 보여주고 있는 곳이 감옥이라고 생각된다.

감옥에서 죄수는 중음 기간에 존재의 근원에서 보내주는 투명한 빛을 받아 깨달음을 얻으면 무명의 질곡에서 해방되어 대자유와 영생의 복을 누릴 수 있다. 한편 지금까지 살아온 자기와 자기의 삶에 연연하면 그는 이승으로 환생하는데 그때는 사람이나 금수로 재탄생하여 고통의 삶을 반복하게 된다.

『부르는 소리』의 주인공은 굴지의 회사에서 간부로 일하다 횡령죄로 감옥에 수감된 자이다. 그는 자신을 반성하고 좀 더 나은 존재로 변신하기 위해 존재의 근원이 사는 곳을 찾아 나선다. 그곳은 아버지가 계신 곳이다. 아버지는 일제에 의해 남태평양 타라와라는 고도로 징용되어 갔다가 거기서 벌어진 미일 전쟁에 희생되었다. 그러나 무의미하게 희생된 것이 아니고 지금은 투명한 빛이 주인으로 있는 곳에 부활하여 살고 있는 것으로 믿고 있다.

작가는 지금까지 부실하게 살아온 자신이 부끄럽고 후회스럽다. 앞으로는 이승이든 저승이든 좀 더 나은 자신으로 살고 싶다. 그런 욕심에서 이 소설을 써본 것이다.

소설에서 인용한 '오마르 카이얌(Omar Khayyam)' 시는 이상옥 교수님의 '루바이야트'에 많은 빚을 지고 있다. 교수님께 감사를 드린다. 그리고 소설을 출판해주시고 격려해주신 청어출판사 이영철 대표께도 감사를 드린다.

강신성 배

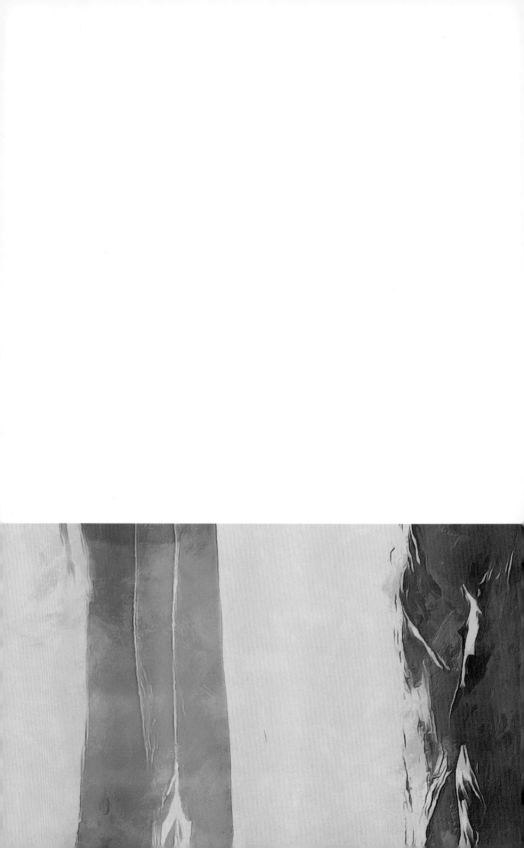

차례

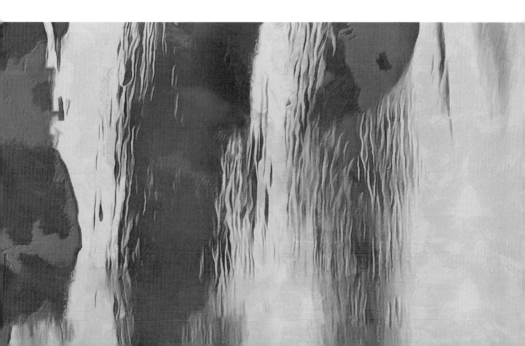

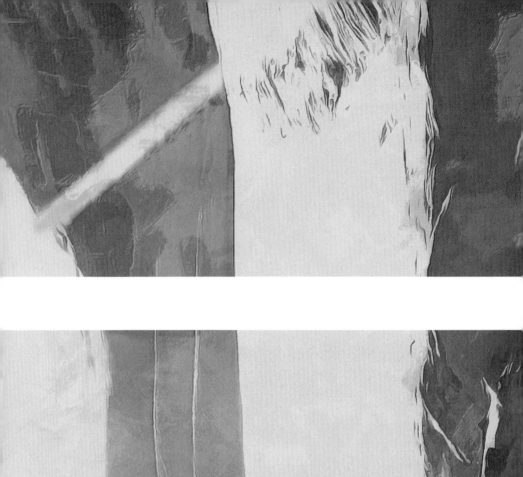
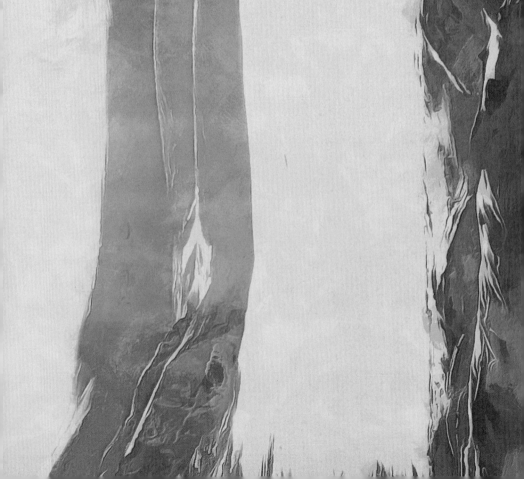

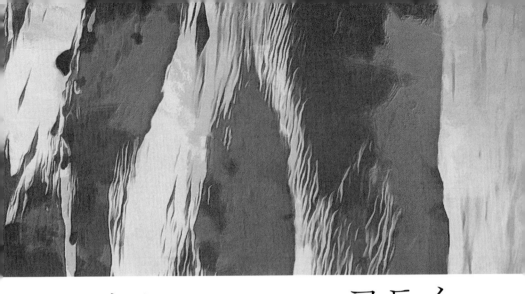

제1부 　　　　　교도소

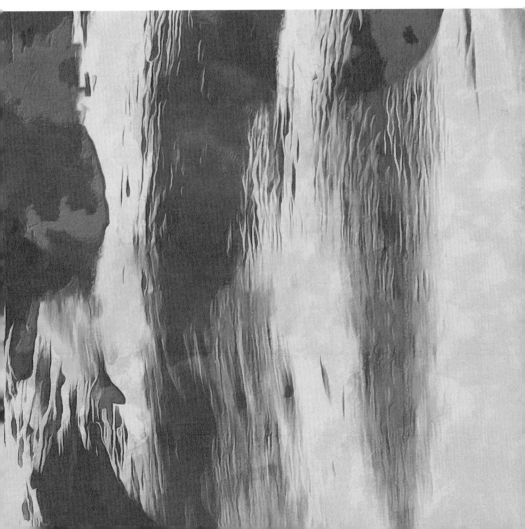

1

　군산시(群山市). 금강(錦江)하구에서 어선들을 기르며 스스로 성장한 항구도시, 식솔 25만을 거느리고 있는 대처다. 하구에서 내지로 조금 들어간 교외에 휴게소가 있다. 어부들이 시간의 물결을 따라 고기잡이 생계를 도모하다 보면 자기들도 모르는 사이에 황혼을 맞게 되는데 그때 들려 잠깐 쉬었다 가는 곳이 그 휴게소다. 휴게소를 기점으로 두 갈래의 강이 반대 방향으로 갈라져 흐른다. 하나는 삼도천(三途川)이고, 다른 하나는 금강이다. 휴게소에서 잠깐 쉰 어부들은 두 강 중 하나를 택해야 한다. 삼도천을 타고 피안(彼岸)으로 갈 것인지, 아니면 지나온 금강을 되짚어 다시 구택(舊宅)으로 돌아가야 할지 선택해야 한다. 휴게소의 다른 이름은 감옥 또는 교도소다. 그러니까 교도소는 낮과 밤, 이승과 저승을 잇는 정류소다.

　교도소는 빛을 등진 사람들을 수용하는 곳이어서 항상 안팎으로 어둡다. 햇빛이 들어도 어둡기는 마찬가지다. 군산 교도소의 16호실 감방도 역시 어둡게 그늘진 곳이다. 그곳에 오래전부터 여섯 명의 죄수들이 수감 되어있다. 그날도 어제와 같이, 아니 매일 같이 몇 사람은 눈을 감고 방바닥에 축 늘어져 있고 다른 몇몇은 벽에 등을 부린 채 맥이 풀려있다. 또 몇은 머리를 길게 꺾어 무릎 사이로 파묻고 있다. 그들은 한결같이 모두 눈을 감고 있다. 볼 것이 없기 때문이다. 뭔가 있어도 그것들은 어제도 오늘도 늘 보던 것이기 때문에 눈에는 없는 것이나 다름없다. 지저분한 회색 죄수복에 싸인, 눈을 감고 등을 구부리고 있는 모습은 마치 공동묘지의 무덤 같다.

그중 한 사람이 꾸역꾸역 일어나 방 안을 왔다 갔다 했다. 앞이 제대로 보이지 않는지 비틀거렸다. 그 걷는 소리를 듣고 또 한 사람이 상반신을 일으켜 윗몸을 벽에 기댄 채 불평했다.

"어이, 정신 사납다. 누워있기나 해라!"

"지겨워서 그런다. 지금 몇 시냐?"

"시간은 알아 뭘 하게?"

"언제 내일이 올지 궁금해서 그런다."

"우리에게 내일이란 것이 있냐?"

"그럼 없냐?"

"감방의 시간은 당신 상판대기처럼 변하지 않는다. 변하지 않는 시간에 내일이란 없다. 매일 똑같은 보기 싫은 당신 얼굴, 거기에 묶인 똑같은 따분한 시간, 이제 보기에도 지겨워 죽을 지경이다!"

"그래도 내일은 온다!"

"안 온다! 그런데 내일은 왜 기다리냐?"

"내일이면 누가 올 것이다."

"누가 와?"

"그분이 온다."

"그분이라니?"

"이곳 무덤에 갇혀 있는 우리를 구해줄 분이 온다."

"정말이냐?"

"그렇다."

"그분이 오면 우리 모두 구해주겠지?"

"당신은 안 돼!"

"왜 안 되는데!"

"당신에게는 따로 올 분이 있다."

"그래? 누군데?!"

"저승사자다. 당신을 지옥으로 데리고 갈 저승사자 말이다."

"뭣이 어째? 이게 또 사람의 속을 긁네. 이걸 그냥!"

하고 손이 올라가려는 찰나, 방의 철문이 부우욱 둔중한 소리를 내며 열렸다. 그 소리를 신호로 죄수들의 몸이 일제히 꿈틀댔다. 동시에 그들 중 한 명을 빼고 다섯 명의 머리가 일제히 문 쪽으로 돌아섰다. 희멀겋든 눈들이 생기를 띠고 열리는 문에 꽂혔다. 일진의 찬 바람과 함께 간수 한 명이 죄수 한 명을 데리고 방 안으로 들어섰다.

"어라! 저게 뭐야! 당신이 기다리는 분이 저 사람이냐?"

"당신 잡으러 온 저승사자 아니냐?"

"아니야! 사람이다."

"거 이상한데… 사람이라도 보통내기는 아닌 것 같은데."

"키가 큰 데다 이목구비가 훤칠한 것이, 여자 좀 울린 것 같지 않아?"

"하여튼 파렴치범은 아닌 것 같고, 뭣 때문에 여기에 왔을까?"

그때 간수가 일갈했다.

"어이, 잔소리들 말고 나를 주목하시오. 주목! 어이! 뒤쪽! 고개를 숙이고 있는 사람, 안 들리나! 여기를 보시오."

그때까지 주위에는 관심이 없는 듯, 무릎 사이에 머리를 박고 방바닥만 쳐다보고 있던 오신우(吳信宇)가 가까스로 고개를 들자, 간수는 자기를 향해 정열을 마친 여섯 명의 눈동자를 사열하듯 훑어보며 큰 소리로 말했다.

"오늘 새로 입소한 신참을 소개하겠소."

하면서 신참을 앞으로 내세웠다. 옆구리에 허름한 가방 하나를 끼고 있는 신참은 주뼛거리며 주위를 둘러보았다.

"어이 신참, 이름이 뭐라고 했지?"

"신동식입니다."

"여러분들! 앞으로 신동식 씨와 잘 지내기 바라오. 고참이라고 텃세를 부리지 말고 친절하게 잘 대해주란 말이오. 여기 감옥의 규율이나 해야 할 일 들을 잘 일러 주어 교도소 생활을 잘하도록 인도하시오."

"우리 모두 친절한 사람들입니다. 그런 걱정일랑 마십시오."

"친절한 사람들? 전에 이 방에 신참이 왔을 때 기를 죽인다고 사고 친 일이 있잖소? 방장, 당신은 이 방을 통솔하는 사람이니 책임지고 그런 일이 다시 일어나지 않도록 단속 잘하시오. 알아들었소!"

"예, 알겠습니다."

간수가 나가자 방장은 목소리를 죽여 "이 네 평 남짓한 비좁은 방에 또 한 사람 쳐넣고는 잘하라니, 빌어먹을" 하고 불평했다. 한데 그 불평은 다른 죄수들에게는 공소했다. 신참이 가지고 온, 감방에 온 사연의 보따리에 대한 호기심이 불평을 눌러놨기 때문이었다. 방장이 신참을 불렀다.

"신참! 이리 와."

신참은 가방을 끌고 방장 앞으로 나갔다. 손을 앞으로 모으고 잔뜩 긴장했다.

"내가 방장이다. 앞으로 내 말 잘 들어야 한다. 알겠나!"

"예."

방장은 신참이 온 것을 계기로 방의 앉을 자리를 다시 정했다.

"신참, 자네는 문가에 앉게. 그게 자네 자리네. 그리고 윗목에 있는 사물함 중 좌측 맨 끝에 비어 있는 것이 하나 있는데 그게 자네 것이네. 거기에 자네 사물을 넣어두고 쓰게. 그리고 사물함 우측 선반에 책이 몇 권 있는 것 보이지? 불경 몇 권, 성서, 소설책이 있는데 내키는 데로 읽어도 좋다. 특히 불경을 잘 읽어두게. 그래야 불자 교도관의 잔소리를 듣지 않는다."

"불자 교도관이요?"

신참의 입에서 처음 나온 말이었다. 불자란 말에 놀란 듯했다.

"그래. 여기 교도소에는 불자 교도관이 한 분 계신 데 그분이 가끔 와서 우리가 불경을 읽고 수행을 잘했는지 테스트한다. 테스트에 떨어지면 불량 죄수로 찍혀 사면 같은 것이 있을 때 불리해진다."

"알겠습니다."

방의 위계질서는 자리가 매겨주었다. 감방의 제일 안쪽은 방장이 차지하고 그걸 기점으로 문 쪽으로 가면서 감방에 들어온 순서대로 자리가 정해졌다. 그러니까 '문가'라든가 '맨 끝' 자리는 최하위의 서열이었다. 신참은 사물함에 보따리를 넣고 문가의 끝자리에 가서 앉았다. 방장이 다시 그를 불러 세웠다.

"신참, 일어서봐. 몇 번이지?"

"저… 이름 말씀인가요?"

"이름은 필요치 않고, 자네 가슴에 붙은 번호 말이야. 어디 보자, 506번이군. 그게 자네 이름이야. 그런데 어쩌다 여기에는 오게 되었는고?"

"…"

그때 죄수 한 사람이 벌떡 일어나 참견했다.

"방장님, 관례대로 먼저 입단식을 해야지요."

그러자 몇 사람이 심심하던 판에 잘되었다는 식으로 동조하고 나섰다.

"그럼, 그 사연은 다음에 듣기로 하고 우선 입단식을 하지. 여러분들, 가까이 오시오."

다른 죄수들은 오신우만 빼고 다 신참 곁으로 몰려갔다. 그들의 눈은 물론 잿빛 몸 전체에 물기가 올랐다. 반면 신참은 무슨 영문인지 몰라 겁을 먹고 한 발 뒤로 물러섰다.

"신참! 감옥에 오면 제일 먼저 할 일이 뭔지 아나? 나를 죽이는 일이다. 나를 죽여야 감방 동료들과 잘 지낼 수 있다. 다시 말하면 감옥에서는 나를 죽여야 산다. 입단식은 그런 자기를 죽이기 위해서 우선 자존심을 죽이는 의식이다."

"나를 죽여요?"

죽인다는 말에 신참은 겁을 먹은 모양이었다. 갑자기 희멀건 안색이 검붉게 굳어졌다.

"걱정하지 마라, 식이란 게 별 것 아니다. 내가 시키는 대로 하면 된다."

"…"

"그럼 시작한다. 어이 김중달, 나와 시작해라."

여섯 사람 중 막내둥이 젊은 김중달(金中達)이 나와 신참 보고 누우라고 했다. 신참은 뜨악한 표정으로 꼿꼿이 선 채 김중달을 밀어냈다. 그러자 다른 죄수들이 우우 몰려와 깜짝할 사이에 신참을 잡아 오른쪽으로 돌려 바닥에 뉘고 올라탔다. 신참은 발을 내저으며 반항했다.

"왜들 이러십니까! 이러지 마십시오."

죄수들은 아랑곳하지 않고 자기들 하는 식대로 밀고 나갔다. 한 사람이 자신의 허리에 찬 면 띠를 풀어 신참의 발목을 묶은 다음 자기 어깨에 둘러뗐다. 그러자 다른 사람이 신발짝으로 신참의 발을 내리치며 심문했다.

"네 이놈! 너 무슨 죄로 여기에 왔나? 이실직고 하렸다."

"저 잘못한 것 없습니다."

"잘못한 것 없는데 감방에 와? 이거 안 되겠군. 여러분들 제2단계로 갑시다."

그 말이 떨어지자 한 사람이 당장 누운 신참의 머리를 가랑이 사이로 틀어넣고 그의 목을 양손으로 누르자 다른 사람이 그의 허리띠를 잽싸게 풀기 시작했다. 무력증에 빠져있던 그들이 어디서 그런 힘이 났는지 우악스럽게 덤벼들었다. 그 기세에 눌린 신참은 바지를 움켜쥐고 "왜들 이러십니까? 제발 그만두십시오. 저 잘못한 것 없습니다." 하고 울상이 되어 발버둥 쳤으나 허사였다. 그들은 반발하는 신참을 꼼짝 못 하게 잡아 눌러놓고 그의 아랫도리를 벗기는 데 성공했다. 옷이 벗겨지는 순간 그들은 일제히 환성을 질렀다.

"히야, 그놈 크다, 커."

"야, 그 큰 놈 처리하느라 고생깨나 했겠구먼, 하하하…"

"그놈 잘 못 놀리다 감옥에 온 것 아니야? 허허."

죄수들의 박장대소와 신참의 악다구니 소리로 감방이 소란해졌다. 그걸 바깥 복도에서 들은 간수가 깜짝 놀라 이번에는 불자 교도관을 대동하고 달려왔다. 교도관을 보고 제일 놀란 사람은 신참이었다. 민머리에 올이 풀어진 법복을 입은 교도관이 너무나 생경한 모양이었다. 간수는 숨을 고르고 죄수들을 번갈아 살피더니 방 안에서 일어난 일을 따져 물었다.

"여러분들, 무슨 짓을 한 것입니까?"

"입단식을 했습니다."

"또 그 옷 벗기는 짓을 했단 말입니까? 아까 그런 짓 하지 말고 친절히 대하라고 일렀는데 말을 안 듣깁니까?"

"말을 안 들은 것이 아니라 서로 친해지자고 한 일이니 걱정 마십시오."

"친해지자고? 오히려 신참에게 모욕을 주어 화나게 한 것 아니오? 보시오! 저 사람, 눈에 눈물이 글썽거리고 얼굴이 일그러진 것, 보이지 않습니까?"

"저… 실은 심심도 하고 신참에 대한 호기심도 있고 해서 장난 좀 쳐본 것입니다."

그때 드디어 불자 교도관이 나섰다.

"호기심? 내 호기심을 만족시키겠다고 남을 괴롭힌단 말이오? 그게 다 남을 배려하지 않고 제 욕심대로 살고자 하는 이기적인 자만심에서 생긴 나쁜 습관입니다. 그런 나쁜 습관, 무분별한 욕심 때문에 감옥에 온 것 아닙니까?"

"그럼 우리 보고 호기심을 없애라는 말씀입니까? 호기심 없이 우린 무슨 재미로 지냅니까? 그것마저 버리라고 하면 우리 보고 죽으라는 이야기 아닙니까?"

호기심은 의식의 첨병이다. 의식은 대상이 있어야 비로소 의식으로써의 기능을 한다. 그 대상을 제일 앞장서서 찾아주는 것이 호기심이다. 그러니까 호기심을 버리라는 것은 의식을 죽이라는 것 곧, 자신을 죽이라는 것과 마찬가지다. 그래서 죽음에 알레르기를 가지고 있는 죄수들은 스님 교도관의 질책에 정색하고 거부반응을 보인 것이었다. 그러나 교도관의 생각은 달랐다.

"여러분, 감옥은 어떤 곳인지 아십니까? 죽음을 일정 기간 유보하는 곳입니다. 앞으로 어떻게 하겠습니까? 죽겠습니까? 아니면 살겠습니까?"

"…"

"이대로 죽느냐, 아니면 새 생명을 얻어 사느냐 하는 선택은 죽음의 유보 기간에 여러분들이 어떤 생각, 어떤 각오를 하느냐에 달려있습니다."

"물론 살고 싶습니다. 그러기 위해서는 무슨 생각, 무슨 각오를 해야 합니까?"

"삼도천 배를 타고 피안으로 가겠다는 발원을 하고 아울러 그 뜻을 실천할 각오를 다져야 합니다."

"피안에 가면 새 생명을 얻습니까?"

"그렇습니다. 그곳에 가면 모든 존재의 근원인 붓다를 만나게 됩니다. 그분과 한 몸이 되면 여러분은 삼세 윤회의 고통스러운 질곡으로부터 해방되어 영원한 자유, 지복(至福)의 영생을 얻을 것입니다."

"배는 어떻게 탑니까?"

"여러분들이 아까 말한 호기심은 속세에 대한 미련입니다. 그런 미련과 그것에 얽매인 생각은 여러분들을 속세에 옭아매고 있는 오랏줄입니다. 우선 그 오랏줄을 끊어야 배를 탈 수 있습니다. 그게 다 아닙니다. 여러분들의 나쁜 업이 만든 무거운 짐들을 다 버려야 합니다. 그래야 배가 출발할 수 있습니다."

"…"

"여러분들은 자신의 업보를 금은보화로 여기지만 그것들은 실은 여러분의 무명이 만든 돌무덤에 불과합니다. 삼도천 물을 마시고 그런 무명과 무용지물을 마음에서 깨끗이 씻어내야 합니다. 그렇게 마음을 텅 비워야 배가 가벼워 순항합니다."

"무명(無明)이란 무엇입니까?"

"우리의 지각은 제한되고 불완전합니다. 그런데도 그런 불완전한 우리의 지각을 완전한 기능으로 착각하는 것이 무명입니다. 그 착각 때문에 우리가 보는 것이 허상인데도 실체로 전도해서 받아들이는 것입니다. 그러니까 우리는 자신에 의해서 속고 사는 것입니다. 따라서 만상이 사실은 우리의 무명이 만들어낸 환영이고 실체가 없는 공(空)이란 것, 또 그런 환영에 집착해서 이뤄진 내가 원래의 '나'가 아닌 '가짜의 나'라는 것을 깨달아야 합니다. 그 깨달음을 얻는 자만이 강 건너를 볼 수 있습니다."

"그 깨달음을 어떻게 하면 얻을 수 있습니까?"

"그 깨달음을 반야 또는 대지혜라고도 합니다. 이 감방 안에는 '티벳 사자의 서'와 금강경 등 불교 경전이 있습니다. 경전을 읽고 명상수행을 열심히 하면 그 대지혜를 얻을 수 있습니다. 그리고 부족하지만 나도 여러분의 뱃사공이 되겠습니다."

교도관은 한동안 말없이 지긋이 죄수들을 바라보았다. 그의 눈에는 이 불쌍한 중생들을 어떻게 하면 구제할 수 있을까 하는 연민의 정이 가득했다. 간수가 가만히 그의 곁에 가서 팔을 끌고 문밖으로 나갔다.

교도관은 원래 모 유명한 사찰의 중이었는데 자진해서 교도관이 되었다고 했다. 죄수들을 선도하기 위한 마음에서 선택한 봉사라고 했다. 그는 자신의 본디 뜻에 충실했다. 뱃사공으로서 노 젓는 역할도 열심히 했다. 죄수들에게 무슨 일이 벌어지면 제일 먼저 달려와 위로해주고 좋은 말도 해주었다. 그러나 교도관의 설교가 죄수들에게는 아직 어색한 모양이었다.

"어이, 교도관 말을 들으면 우리가 살아있는지 죽었는지 잘 모르겠다. 어느 쪽이 진짜인가?"

"우리는 감옥에 왔을 때 죽은 사람이야. 사방의 벽에 갇혀 있어 꼼짝달싹할 수 없으니 묘 안에 박혀있는 시체나 다름없지. 그리고 세상 사람들이 우리를 다 잊어버렸는데 우리가 산 사람이라고 할 수 있겠나? 죽은 거나 마찬가지지."

"우린 이대로 영영 죽는 것일까?"

"스님은 우리가 삼도천 배를 타고 피안에 가면 새 생명을 얻는다고 했는데…."

"피안? 그건 영생을 바라는 생명의 욕망이 만들어낸 허구야. 스님은 욕망을 버리라고 했지만 그건 틀린 말이야. 인간은 욕망의 동물이거든."

"그럼 우리는 지금까지 타고 온 배를 타고 우리가 지금까지 살던 곳으로 돌아가잔 말인가? 그곳은 스님 말에 의하면 지옥이라고 했는데…"

"피안이라는 것은 아까 말한 대로 꿈과 같은 허상의 세계야. 반면에 우리가 지금까지 살아온 곳은 그게 지옥이든 천당이든 실재의 세계야. 인간은 실재의 세계에서 사는 것이 숙명이야. 실재의 세계란 우리가 보고 느끼는 대로 사는 세계지."

"그분, 우리도 실체가 없는 가짜라고 했는데 가짜가 어떻게 다시 생명을 얻을 수 있다는 말인가?"

"여러분들, 스님 말씀을 믿지 않고 의심만 하니 구제받기는 틀렸다, 틀렸어."

"그분, 공 공 하는데 그 공이란 것, 여자의 그 구멍만도 못한 것 아녀? 하하."

"개 눈에는 똥밖에 보이지 않는다고 하더니, 당신들, 교도관 말을 듣고도 전혀 개심할 기미를 보이지 않으니 지옥 같은 이 감옥을 벗어나기는 다 틀렸다, 다 틀렸어."

누군가가 내뱉은 그 '다 틀렸다'는 자조적인 말이 교도관의 설교보다 더 죄수들의 마음에 맺히는 모양이었다. 또다시 일부는 바닥에 누워버리고, 나머지 사람은 각자의 무릎 사이로 머리를 파묻었다.

감방에는 햇볕이 적었다. 방의 북쪽 벽에 키 높이로 길고 좁은 쇠창살 격자문이 있는데 그걸 통해 아침나절 잠깐 드는 햇빛이 햇살로서는 전부였다. 남쪽 벽에 붙어있는 정문의 상반신에도 쇠창살이 달린 투명 유리창이 있는데 그걸 통해서 들어오는 것은 바깥의 밝음이지 햇빛은 아니었다. 방의 나머지는 전부 벽인데 오래되어 벽지가 누랬다. 그렇게 누르스름하고 침침한 방에 누워있는 잿빛 몸뚱이들을 깊은 침묵이 덮어주었다. 침묵은 스산한 수의였다. 수의 때문에 숨이 막혀 괴로웠는지 죄수 한 명이 그걸 찢고 나섰다.

"교도관 때문에 모처럼 만에 얻어걸린 재미있는 판이 깨져버렸네. 자, 이렇지들 말고 우리 재미있는 이야기나 합시다."

"옳소. 방장님, 신참에 대하여 좀 더 물어봐 주십시오. 이력이라든가, 여기에 오게 된 이유라든가, 그런 것, 재미있을 것 같은데요?"

"그래? 어이 신참, 아까 일은 너무 나쁘게 생각하지 말고. 그게 다 한식구가 되자고 한 짓이니까. 그건 그렇고, 신참은 군산 출신인가?"

"예, 군산시 해망동 출신입니다."

"학교는 어디 나왔나?"

"군산대학 나왔습니다."

"뭘 전공했나?"

"국문학과 철학을 공부했습니다."

"철학? 철학한 사람이 감옥에 왔다? 운동권에 있었나?"

방장의 말과 함께 죄수들은 호기심의 촉수에 날을 세웠다. 그러나 신참은 고개를 떨어뜨리고 말이 없었다.

"괜찮아. 말해봐. 우리 다 이해한다. 그리고 어차피 곧 다 알게 될 텐데."

재촉해도 신참은 계속 입을 다물고 있었다. 방장이 좀 역정을 내자 그제야 쥐죽은 소리로 말했다.

"저… 간통죄로."

간통죄? 그 말 한마디에 그간 오그라들었던 죄수들의 외설적 생리 기능이 전기 충격을 맞은 듯 불쑥 준동하기 시작했다. 그 음흉한 준동에 처음으로 말을 달아준 사람은 사업가 출신 이 씨였다.

"유부녀 따먹었나?"

"…"

"당신 얼굴이 희멀쑥한 것이 유부녀들이 좋아하게 생겼군. 그런데 말이야. 그게 죄가 되는가? 남자는 여자를 보면 그게 동하게 생겨 먹었는데, 여자도 마찬가지여… 그게 하늘이 만들어주신 이치야. 안 그런가? 신참!"

이 씨는 자기 말에 신나서 손발을 휘두르며 '안 그런가'를 연발했다.

"…"

방장도 철학자의 간통에는 특별한 흥미가 동한 모양인지 이 씨의 물음에 가세했다.

"신참, 자네는 철학을 공부한 사람인데 간통을 어떻게 생각하는가?"

다른 죄수들도 덩달아 여기저기서 같은 질문을 재촉했다. 신참은 입을 꽉 다물고 뭘 한참 생각했다. 그러다 차라리 이 기회를 이용하여 자기가 죄는 지었으되 여느 죄인과는 다른 면이 있음을 보여주고 싶은 생각이 든 모양이었다.

"이조 선조 때 홍길동전을 쓴 허균이라는 분, 아시지요? 그는 그 당시 깨우친 실학자였는데요, 그분이 방금 말씀하신 선생님과 비슷한 명언을 남겼습니다. '남녀 정욕은 하늘이 내려준 것이고, 분별의 윤리는 성인의 가르침이다. 하늘이 성인보다 높으니 성인의 예교를 어길지언정 천부의 본성을 위배할 수 없다'."

이 씨가 무릎을 탁! 치면서 신참의 말을 받았다.

"역시 국문학을 공부했다더니 다르군, 달라. 허균이 옳은 말을 했네. 그게 바로 내 생각이야. 그러니까 신참은 하늘이 내려주신 만고불변의 이치를 따랐을 뿐이 아닌가. 그런데 왜 사람들은 당신을 죄인으로 몰아가는 거냔 말이야. 같은 사람들끼리 동정은 못 할망정 감옥에 처넣어! 의리 없는 놈들. 신참, 안 됐네. 세상이 자네를 배신한 거야."

이 씨는 기회 있을 때마다 자기가 성공한 사업가이고 또한 그에 못지 않은 유식자라는 것을 인정받고 싶어 했다. 자신은 감옥 같은 곳에 올 사람이 아닌데 억울한 누명을 쓰고 오게 되었다는 점을 특히 강조했다. 정치꾼인 죄수 김 씨는 그런 이 씨가 아니꼬웠다. 돈은 몰라도 지식이나 능력 면에서 자기보다 나을 게 없는 이 씨가 자기보다 잘난 척하는 것을 용납할 수 없었다. 둘은 걸핏하면 기 싸움을 했다. 너는 내 수하로 들어오라는 오기의 싸움이었다. 신참이 온 것을 두고도 같은 다툼이 불거져 나왔다.

"의리? 당신이 의리를 따질만한 사람이야? 같은 동료 영세 상인들의 등을 쳐서 사업을 한 것이 의리냐?"

이 씨는 신참을 자기편 사람으로 만듦으로써 김 씨에 대한 우위의 입지를 강화하려고 했고, 김 씨는 그런 이 씨의 노림수를 간파하고 그걸 저지하고자 대든 것이었다.

"내가 등쳐먹어? 말을 함부로 하지 마라! 나는 말이다, 내 능력으로 자수성가한 기업가다. 서울 종로 바닥에 가서 물어봐라. 나를 모르는 사업가는 없다. 내가 그런 사람이다. 알겠냐!"

"그런 훌륭한 사장님이 감옥에는 왜 왔는고? 놀러 온 것은 아닐 테고."

"나는 곧 제2의 이병철이 될 것이다. 나는 그런 사람이다. 이병철도 성공하기 전에는 몇 번 감옥 생활을 했지만 자기 소신껏 사업을 해서 이 나라의 경제를 일으킨 인물이다. 그런 사람을 죄인으로 볼 수 있나! 그런데 당신 같이 국회의원 비서 나부랭이나 하면서 남들 출세시켜준다고 돈푼이나 얻어먹은 사람은 의리가 있냐?"

"당신 말조심해라. 나는 전북의회 의원이었을 때 명성을 날린 사람이다. 그걸 기반으로 국회의원까지 출마한 사람이었어. 알겠냐! 억울하게 떨어졌지만 앞으로 꼭 국회의원 할 거다. 나는 그런 사람이다."

"그야말로 그렇게 잘 난 사람이 감방에는 왜 왔는고?"

"나는 지난번 총선 때 내가 국회의원이 되면 우리 국민을 노예로 만드는 권력 정치를 청산하겠다고 유권자들에게 약속했다. 그런 나를 노예제도를 철폐한 제2의 링컨이 나왔다고 환호했다. 내가 잘 나가자 기득권 세력이 위험한 인물로 보고 제거하기 위한 음모를 꾸몄다. 있지도 않은 선거사범 죄를 뒤집어씌워 나를 감방에 처넣은 거다. 나는 앞으로 꼭 링컨과 같은 위대한 정치가가 되어 부패한 정치를 쓸어내고 정의 사회를 구현할 것이다. 내가 못할 것 같냐?"

"어이, 정치하는 사람은 돈이 있어야 한다며? 내가 이병철이 되면 자네 도와줄게. 그러니 지금부터 나를 잘 모셔야 해!"

"어이, 나는 앞으로 큰 정치가가 되어 부패한 장사치를 쓸어낼 것이다. 그때 되면 당신은 나 찾아와서 한번 봐달라고 애걸할걸. 그러니 미리부터 알아서 잘 기어라."

입씨름하는 두 사람과 떨어져 있던 신참은 그들이 당초 그를 곤혹스럽게 했던 질문에서 비켜나 다투는 것을 보고 한숨 돌리고 있었다. 옆에 있던 박 씨가 소리죽여 속삭였다.

"또 시작이군, 똑같은 이야기를 고장 난 유성기처럼 반복하고 있으니 지겹지도 않나?"

"저분들, 대학 나온 분들이지요?"

"나왔다고 하는데 무슨 대학을 나왔는지는 모르겠어요. 그런데 유식한 것이 감옥에 오면 가식으로 분장 됩니다."

"가식이요?"

"감옥으로 추락한 초라한 자신을 두둔하기 위해 근거 없이 자기를 대단한 사람으로 위장하는 것 말이요."

박 씨는 서열상 방장 다음의 2인자였다. 명문 대학을 나왔는데 시국사범으로 감옥에 온 사람이었다. 아는 것이 많고 대가 세어 방장도 한 팔 접어주는 인물이었다. 감옥에 온 후로는 스님의 영향을 받아 불교 공부도 열심히 했다. 옆에서 엿듣고 있던 김중달이 말했다.

"그래도 오랜만에 다 죽어가는 이 감방에 생기를 북돋아 준 것이 좋습니다. 다만 성인의 예교를 하대한 것이 마음에 들지 않지만,"

얼마간 잠잠했던 이 씨는 역정이 풀리지 않았는지 이번에는 먼저 김 씨를 찔렀다.

"어이, 당신이 링컨 같은 정치가가 된다고 했냐? 거울이나 보고 말해라."

"거울? 무슨 놈의 소리야!"

"거울은 흉터 투성인 얼굴을 보여줄 것이다. 그게 진짜 당신의 얼굴이다."

김 씨는 멈칫하고 자기 얼굴을 쓰다듬었다가 속았다는 낭패감이 들자 욱하고 이 씨에게 달려들었다. 그러는 김 씨를 이 씨는 두 팔로 밀어내며 할 말은 다 했다.

"거짓말 잘하고 죄를 많이 지은 사람의 얼굴에는 흉터가 많이 난다더라! 당신이 거울을 보지 않는 것은 그런 흉물을 보기가 두려워서 그러는 것, 내 다 안다. 그래봤자 당신의 본 모습이 어디 가겠나? 지금이라도 거울을 보고 반성해라. 그래야 지옥으로 안 떨어진다."

김 씨는 도저히 참을 수 없었는지 우악스럽게 이 씨에 달려들어 한 손으로는 그의 멱살을 틀어쥐고 다른 손은 하늘 높이 치켜세웠다. 그게 내려치면 큰 사달이 날 판이었다. 방장이 급히 두 사람 사이에 끼어들어 말렸다.

"그만두지 못해! 당신들 정말로 한번 혼나볼래!"

이번에는 방장이 손을 휘두르며 두 사람을 칠 기세였다. 김중달이 황망히 달려들어 방장을 말렸다.

"방장님, 참으세요. 저 사람들 지겨운 시간을 죽이려고 괜히 입씨름하는 것, 잘 아시지 않아요. 참으세요."

"내가 이번은 참는다. 이봐 310번, 다음에 싸우면 내 정말 가만히 있지 않을 거야. 진짜 콩밥을 먹일 테니 조심해!"

310번은 김 씨의 수인번호였다. 그는 발끈하고 이번에는 방장에게 대들었다.

"방장님, 내가 시체입니까? 시체나 번호로 가리는데 내가 시체입니까! 나는 김삼수란 어엿한 이름을 가지고 있는 산사람입니다."

"이름? 감옥에서는 이름을 가지고 사람을 가리지 않는다. 번호로 가린다. 왜 그런지 아는가? 번호가 당신이기 때문이다. 당신도 잘 알다시피 주방에 가서 당신 이름을 대봐라, 밥을 주는가. 당신 번호를 대야 밥도 주고 물도 주고 다른 써비스도 해 준다."

"그렇다고 방에서까지 나를 번호로 취급해서는 안 되지요."

"그래? 굳이 원한다면 이름을 불러주지. 그럼 이팔구 씨, 걸핏하면 싸움…"

방장의 말이 끝나기도 전에 이번에는 김 씨와 이 씨 두 사람이 동시에 머리를 돌려 방장을 못마땅한 표정으로 쳐다보았다. 김 씨가 먼저 항의했다.

"방장님, 내 이름은 김삼수라고 하지 않았습니까! 이팔구는 저 친구구요. 왜 자꾸 사람을 혼동하십니까?"

"응? 그래? 그놈의 죄수복이 똑같으니 그 사람이 그 사람 같다. 그리고 사실 당신 둘, 똑같은 죄수 아니야? 뭐가 다른 게 있다고 나니 너니 싸움질이야!"

"방장님, 나를 저 친구와 같은 사람으로 봅니까? 나를 모욕해도 유분수지 어떻게 그럴 수 있습니까?"

이번에는 이 씨가 가만히 있지 않았다. 김 씨에 대들어 멱살을 잡았다. 이번에는 박 씨가 말렸다.

"두 분 진정하십시오. 스님 말씀대로 두 분은 삼도천을 함께 건너야 할 동반자 아닙니까. 서로 이해하고 돕고 지내야지요."

스님이 마음에 걸렸는지 두 사람은 한동안 멱살을 잡은 채 눈싸움만 계속했다. 그러다 점차 눈동자에 흰 창이 깔리고 몸에서 힘이 빠지더니 무너지듯 방바닥에 쓰러져 누워버렸다.

남과 싸우는 것은 남과 다른 자신만의 차이를 방어하기 위한 심리적 기제다. 남과의 차이를 유지해야만 내가 하나의 독립된 개별존재로 특화된다. 특화된 존재가 될 때만 '나도 여기 있소' 하는 소리에 힘이 실리고 그래야 남이 자기를 알아준다. 자기 취향의 개성적인 옷이나 나만의 독특한 이름은 자신의 특화를 조형해주는 일종의 메커니즘이다. 그런데 감옥에 들어오면 사정은 달라진다. 자기 옷은 쥐색 일색의 죄수복으로 대체되고, 자기의 고유한 이름도 익명의 수인번호로 바뀐다. 그리하여 자기는 죄수라는 유적 동일성 개념으로 해소되고 종래 믿어 온 유일성으로서의 자신의 자아란 존재는 없어진다.

눈에 보이는 나, 지금까지 살아온 육체는 죽는 것이다. 죽고 나면 남는 것은 탄트라 불교에서 말하는 '의식체' 뿐이다. 의식체에는 아직 자신의 존재에 대한 욕망이 살아있기 때문에 죽은 육신을 대체할 새로운 육신을 바란다. 다행히 불자 교도관이 말하는 깨달음을 터득하면 붓다와 같은 육신에 구애되지 않는 영원한 생명을 얻을 수 있다. 그러나 깨달음에 미달한 죄수들은 전생에 누렸던 화려한 자업상(自業像)이나 또는 자신을 미화한 미래의 자화상, 예로 이병철이나 링컨과 같은 육신으로 환생한다고 믿는다. 그리고 남들도 그렇게 믿어주기를 강요한다. 그렇지 않으면 싸운다. 그러나 바라는 상은 현실적인 내실이 없는 허상이다. 때문에 오신우는 감방 안에 무수한 허상들이 이매망량(魑魅魍魎)이 되어 뭔가에 붙어서 육신을 얻어보려고 방황하는 것을 볼 수 있었다.

신참이 입소하고 일주일이 지났다. 그동안 감방의 분위기에 많이 익숙해진 그는 몸가짐도, 다른 사람에게 말을 거는 것도 스스럼이 없었다. 그날도 그는 박 씨에 다가가 말을 걸었다. 박 씨는 천정을 멍하니 쳐다보며 뭔가를 골똘히 생각하고 있던 참이었다.

"뭘 그리 생각하고 계십니까?"

"저 두 사람을 생각하고 있었습니다."

"왜요? 무슨 일이 있습니까?"

"저 두 사람, 닭싸움을 하고 있습니다."

"그게 무슨 말씀입니까? 닭싸움이라니."

"닭들은 처음 만나면 먼저 서열 싸움을 합니다. 저 두 사람도 마찬가지로 서열 싸움을 하고 있지요. 이 씨와 김 씨는 같은 날 교도소에 들어왔습니다. 그러나 이 씨의 입소 시간이 두 시간 빨랐기 때문에 3위의 자리를 얻어 윗사람 노릇을 하고 4위의 자리에 있는 김 씨는 그 정도의 시차로 생긴 위계는 의미가 없다며 이 씨와 맞먹으려고 합니다. 그렇게 위계 싸움을 하는 것이지요. 위계 싸움이란 남을 지배하는 데서 자기만족을 구하는 일종의 자존심 싸움이지요. 닭보다 나은 게 없습니다. 다 죽어가는 판에 자존심 싸움이 무슨 소용이 있습니까. 저 두 사람이 안쓰럽기도 합니다."

"박 선생님, 그분들 정말로 자기들 말대로 대단한 사업가고 정치가였나요?

"내 생각으로는 거짓말입니다. 그런 거짓말도 자존심이 꾸며낸 말입니다."

"이 감옥에는 하나님이 안 계십니까? 어느 목사님 말씀을 들어보니까 하나님은 비밀리에 우리를 다 보고 계신다고 합니다. 저분들 거짓말하다 나중에 하나님 벌을 받지 않을까요?"

"하나님은 몰라도 지옥의 염라대왕은 우리 각자에 관한 '기록판'을 가지고 있는데 거기에 우리가 거짓말로 지은 죄를 다 적어놓고 있답니다.

저 두 분 것도 가지고 있을 것입니다. 그러니까 저분들 어쩌면 저승사자가 곧 데리러 올지도 모르지요."

그때 벽에 고개를 박고 있던 오신우가 고개를 들어 두 사람을 넌지시 바라보았다. 목석같은 사람이 두 사람의 대화에 반응을 보인 것이 신기했던지 신참이 소리 죽여 물었다.

"그런데 박 선생님, 저 오신우 씨는 어떤 분이신가요?"

"나도 궁금해서 전에 한 번 물어봤더니 그는 자기가 어떤 사람인지 자기도 모른다고 합디다."

신참이 들어오고 보름쯤 지났을 때였다. 이 씨가 벽에 몸을 부리고 머리를 떨어트린 채 풀이 죽어있었다. 늘 입씨름 거리를 찾고 있는 그에게는 어울리지 않는 모습이었다. 그런 일상과 동떨어진 별난 행동이 무슨 별난 사건을 불러올지, 옆에서 보는 사람들은 불안했다. 신경이 쓰인 방장은 그의 곁으로 가서 위로했다.

"이봐, 무슨 일 있었나? 왜 그렇게 죽을상을 하고 있어?"

"방장님, 저 어젯밤 귀신들을 보았습니다."

"귀신? 어디서?"

"저의 시골집 안방에서 보았습니다. 저녁노을이 지고 있을 때였습니다. 제가 누워 잠들려고 하는데요, 갑자기 귀신들이 나타났습니다."

"어떻게 생긴 귀신인데?"

"키가 크고 얼굴은 검붉은 색이었습니다. 머리칼을 머리 뒤에 동여매고, 눈은 수정 알처럼 번뜩이고, 윗니로 아랫입술을 깨물며 피를 먹고 있었습니다."

"무서운 귀신이었구먼. 그래, 그 귀신들이 자네를 해코지하던가?"

"귀신들은 삼지창을 휘두르며 '대왕님의 말을 듣지 않는 놈은 때려죽여라!' 하고 외치며 떼로 몰려왔습니다. 와서는 내 목에 밧줄을 감고 귀신 중 제일 무섭게 생긴 대장 귀신 앞으로 끌고 갔습니다. 나는 이제 죽었구나 하고 머리를 싸매고 있었지요."

"그래서 어찌 되었나?"

"그 대장 귀신이 다가와 내 머리 정수리 부분을 쓰다듬었습니다. 그러다 뭐가 잘 안 되는지 그건 그만두고 다음에는 내 코를 붙잡아 훑었습니다."

"아프던가?"

"아프지는 않았는데 내 콧구멍에서 하얀 연기 덩어리가 폭 솟아나더니 하늘로 올라갔습니다. 그리고는 귀신들이 사라졌습니다. 이게 무슨 꿈이지요?"

옆에서 이런 괴이한 이야기를 듣고 있던 김 씨가 피식 웃었다. 새로운 시빗거리가 생겨 잘되었다는 표정이었다.

"당신 곧 죽을 모양이다. 그 대장 귀신은 염라대왕이다. 염라대왕이 당신의 혼을 빼간 거야. 그런데 당신의 혼을 머리의 정수리 구멍을 통해서 빼갔으면 당신은 어쩌면 천당에 갔을 텐데 코를 통해서 빼갔으니 당신은 지옥으로 떨어질 것이 틀림없다. 안 되겠다. 내가 당신을 천국으로 보내주어야겠다."

김 씨는 이 씨에게 다가와 다짜고짜로 이 씨의 목에 있는 좌우 두 동맥 줄을 두 손으로 움켜쥐고 눌러댔다.

"당신! 걸핏하면 내 몸에 손을 대는데, 나 당신 싫다. 물러가라!"

"내가 어느 책에서 읽은 것인데, 사람이 죽을 때 목의 좌우 동맥을 잘 눌러주면 그 혼이 상처받지 않고 머리의 정수리 구멍을 통해 잘 빠져나간다더라. 그래야 다음에 좋은 세상에 태어난다는 거야. 내 아무리 당신을 미워한다 해도 당신이 마지막 가는 황천길에 선심 한 번 못 쓰겠나!"

"말도 안 되는 소리! 나는 이렇게 멀쩡한데."

"아니야. 당신은 유체다. 당신이 이승에서 지은 죄가 많아 염라대왕이 귀신들을 데리고 와서 당신 혼을 빼갔으니 남는 것은 당연히 유체뿐이다."

"헛소리 그만해라!"

"아까 내가 선심 쓴다고 했는데 실은 내가 당신 혼을 잘 보내주려고 한 것은 우리를 위한 것도 있다. 당신 혼이 잘 못 되면 귀신이 되어 다시 돌아와 살아있는 우리와 당신 가족을 괴롭히기 때문에 당신 혼을 잘 보내주려고 목을 눌러준 게다. 이 갸륵한 마음을 알겠나."

"빌어먹을, 염라대왕이 정말로 내 혼을 데려갔다면 내 영혼은 하얀 구름이 되어 하늘로 올라갔으니 천국으로 갔을 것이다. 당신 혼은 까맣게 더러운 것이니 염라대왕이 지옥으로 가지고 갈 것이고."

"걱정하지 말아, 나에게는 염라대왕이 찾아오지 않는다. 나는 이 세상에서 할 일이 많은 사람이다. 당신같이 쓸모없는 인간이나 데려간다."

"이게 또 사람 약을 올리네."

이 씨가 꽥, 악에 받친 소리를 질렀다. 그 소리가 어찌나 컸던지 복도를 지나던 불자 교도관이 깜짝 놀라 감방으로 뛰어왔다. 큰소리의 내력을 알고 난 교도관은 이 씨에게 다가와 다짜고짜로 그의 어깨를 석장(錫杖)으로 한 대 후려갈겼다.

"교도관님! 왜 이러십니까? 아픕니다."

"그대 몸에 붙은 귀신들을 쫓아냈소. 이제 정신이 좀 드시오?"

"예?"

"어젯밤 그대가 본 염라대왕과 귀신들은 실은 지난날 그대가 지은 업이 만든 괴물들이요. 다시 말하면 그대의 무지, 분노, 자만심, 질투, 무분별한 탐욕이 지은 업보들이 원귀로 둔갑한 것이오. 그러니까 그 원귀들은 원래 이승의 당신 모습이요. 귀신이 된 그대가 지옥에서 돌아와 왜 나를 원귀로 만들었냐고 그대를 질책하고 지옥으로 데리고 가려는 것이오. 이 얼마나 어처구니없는 일입니까?"

"그럼, 어떻게 하면 됩니까?"

"그런데 실은 그 원귀들은 모두 그대의 참자아가 그대에게 보내는 전령사들입니다. 죄업을 짓는 그대에게 보내서 그래서는 안 된다고 경고하는 사자(使者)들입니다. 그러니까 그 사자들의 경고를 잘 새겨듣고 회개해서 그 참자아를 만나야 합니다. 그대의 참자아만이 그대의 귀신을 쫓아낼 수 있습니다."

"참자아요?"

"여러분, 우리에게는 양심이란 게 있습니다. 양심은 하늘이 내려 준 품성이요, 불교에서는 불심이라고 합니다. 그러니까 우리 안에 있는 불심을 갖춘 양심이 바로 우리의 참자아입니다."

"그럼, 우리 같은 인간도 부처가 될 수 있다는 이야기입니까?"

"그렇습니다."

죄수들은 '그렇습니다'란 말을 잘 이해할 수 없었다. 다른 세상의 말같이 들렸다.

"스님은 우리 인간을 높이 평가하시는 것 같은데, 그렇지 않습니다. 예를 들면 우리 감방에는 절대로 부처가 될 수 없는 인간이 있습니다."

"아닙니다. 모두 부처가 될 수 있습니다. 무명과 탐욕으로 오염된 속세의 자아, 이를 소자아(小自我)라고 합니다만, 그 소자아를 제거한 순수하고 투명한 마음을 불심 또는 참자아라고 합니다. 여러분, 감방 안에서라도 열심히 수행하십시오. 그러면 어느 날 문득 일순의 섬광처럼 부처님은 맑고 투명한 빛으로 여러분을 부르실 것입니다. 그리고 여러분을 만나면 그 투명한 빛으로 여러분의 귀먹은 귀를 트여주시고, 먼눈을 뜨이게 하고, 여러분의 무명을 씻어내어 여러분의 참자아를 찾아줄 것입니다."

스님은 한동안 손을 합장한 채 눈을 감고 죄수들을 위해 염불을 올렸다. 염불이 끝난 후에는 창밖 햇빛을 향해 큰 절을 두 번 하고는 조용히 방을 나갔다. 복도를 두드리는 그의 석장 소리가 아득한 산 너머 메아리처럼 들렸다. 도저히 손에 쥘 수 없는 그 아득한 메아리에 오히려 반발심이 들었는지 여기저기서 어깃장 놓는 소리가 났다.

"부처님이 부르는 소리? 내가 기다리는 소리는 서울 영풍시장에서 이병철이 부르는 소리다."

"나는 의정 단상에서 링컨이 부르는 소리를 듣는다."

"저는요, 꿈속에서 만난 제가 사랑하는 여인이 부르는 소리를 듣습니다. 그 소리를 들으면 감옥도 천국입니다."

"얼씨구, 다 제각기 생겨 먹은 대로 부르는 소리를 듣고 있군. 그게 다 스님이 말씀한 자기 귀신이 부르는 소리인 줄도 모르고."

"그리고 부르시는 분을 이병철이니 링컨으로 모욕하다니 당신들, 정말로 지옥으로 끌려갈 것이 틀림없다."

"그런데 어이, 당신, 아까 이 방에는 절대로 부처가 될 수 없는 인간이 있다고 했는데 그건 누구냐? 당신 자신을 두고 한 말이렸다!"

"당신 말고 또 다른 사람 있냐?"

김 씨가 또 눈에 쌍심지를 켜고 이 씨에게 대들었다. 방장이 얼른 제지하며 일갈했다.

"어이 김 씨, 왜 걸핏하면 싸움질이야? 당신 때문에 시끄러워 못 살겠다!"

"방장님, 방장님은 왜 나보고만 뭐라고 하십니까?"

"당신이 항상 먼저 시비를 거니까 그렇지."

"방장님이 왜 저 친구를 두둔하는지 다들 알고 있습니다. 그러시면 안 됩니다. 방장은 사심이 없이 공평해야 합니다."

"내가 사심으로 행동했다? 무슨 근거로 그런 돼먹지 않은 말을 씨부리는 건가! 말해봐!"

"이 씨가 돈깨나 있다고 해서 그 사람 편드는 것, 아는 사람은 다 압니다."

방장은 이 씨로부터 은밀히 돈을 받아 썼다. 그의 말로는 동료들을 위해서 죄수 동을 책임지고 있는 간수에게 로비하기 위한 것이라고 했지만 그렇게 믿는 사람은 별로 없었다. 한편 이 씨는 돈을 미끼로 방장의 마음을 휘어잡아 김 씨에 대한 우위의 입지를 굳히려고 했다.

"뭐야! 이게 날 뭘로 보고, 한번 혼나볼래!"

방장이 벌떡 일어났다. 큰 소동이 벌어질 판이었다. 잘못되면 애먼 사람까지 연대책임을 지고 고생할 판이었다. 박 씨와 김중달이 벌떡 일어나 방장 앞을 가로막고 말렸다.

"방장님, 참으세요. 저 사람들 심심하니까 시간 죽이기 위해서 별소리 다 하는 것, 잘 아시지 않아요. 거기다 감옥에 오래 있다 보니 제정신이 아닙니다. 잘 아시면서… 참으세요."

김중달의 말에 이어 박 씨가 한 말 하고 나섰다.

"김 선생이 말한 제정신이 아니라는 말이 맞습니다. 이 씨가 보았다는 귀신들은 실은 이 씨가 제정신으로 본 것이 아니라 권태가 불러드린 것입니다. 우리도 마찬가집니다. 모두 자신의 권태가 불러드린 자신만의 귀신에 시달리고 있습니다."

"무슨 이야기요? 권태가 불러드린 귀신들이라니…."

박 씨가 해명한 말은 이러했다.

감방은 한정된 공간이다. 동굴과 같다. 사람들이 죄를 짓고 동굴로 추락하여 가장 견디기 어려운 것은 운신의 자유가 제한되는 것이다. 가고 싶은 곳을 마음대로 가고 올 수 없다. 몸의 운신이 제한되면 생각도 행동도 제한된다. 그런 제약된 영육으로서는 새로운 사건을 만들기 어렵다. 죄수들이 만드는 사건이라야 과거에서 끌어온 영상이거나 또는 미래에 투영한 소망의 환상들이다. 그런 비현실적인 상들을 동굴의 천장이나 벽에 그려놓고 보면서 즐긴다. 그러다가 그런 환영들이 실체가 없는 마야의 노리개인 것을 알게 될 때, 그리고 그런 환영 놀이는 헛된 자위에 불과한 것을 알게 되면, 죄수들은 자신들이 허무하다는 것을 느끼고 실의에 빠진다. 아무것도 하기 싫어지고 죽고 싶어진다. 그게 권태라는 감정이다.

권태는 시간에서도 온다. 시간을 만드는 것은 사건의 생멸 변화다. 성경의 창세기를 보아도 하나님은 빛이라는 에너지 즉, 사건을 만들고 이를 기반으로 해서 낮과 밤이라는 시간을 만들었다. 그리고 시간을 원리로 땅과 생명을 만들었다. 그러나 감방에서는 하고많은 날, 같은 장소에서, 같은 얼굴들이, 같은 내용의 이야기로 입씨름하고, 같은 후유증을 되풀이한다. 그러니 감방의 시간은 할 일이 없어 무력증에 빠져든다. 무력증에 빠져든 시간은 흐르지 않고 감방에 고인다. 감방은 맥이 빠진 시간이 고이는 늪이다. 그 늪에 빠져든 죄수들은 움직일 힘도 의욕도 잃는다. 심지어 자신이 귀찮아지고 없어지기를 바란다. 그게 권태다. 권태란 자기를 부정하는 정서다. 죽음과 내통한다. 죽음과 짜고 동굴에 투영된 환상들을 귀신으로 불러들인다.

오신우도 다른 죄수들처럼 죽음의 문턱을 서성거렸다. 그러나 그곳에 이르기까지의 과정은 서로 달랐다. 다른 죄수들을 생의 임계점으로 몰고 간 것은 자신이 지어낸 화려한 자화상과 파적 놀이하다 그게 헛된 꿈인 것을 알고 낙담한 데서 오는 죽고 싶은 심정이었지만, 오신우는 그런 파적 놀이 자체를 싫어했다. 그 놀이를 하자면 자연히 과거의 용렬한 자기를, 없느니보다 못한 자기를 대면해야 하는데 그게 싫었다. 그는 무상(無想)이고 싶었다. 아무것도 기억하지 않고, 생각하고 싶지 않았다. 그냥 고인 시공의 늪에 편안히 누워 의식도 움직임도 없는 무기물이 되고 싶었다.

하루는 오신우의 그런 빈사 상태에 있는 의식을 희미하게 쪼는 것이 있었다. 너무 희미해서 구분이 잘되지 않았지만, 그 쪼는 소리는 감방에서 들어오던 소리와는 질적으로 달랐다. 그 별난 자극이 그의 의식을 희미하게나마 깨웠다. 그 소리는 격자창 밖에서 들려왔다. 나무를 쪼는 소리 같기도, 누구를 부르는 소리 같기도 했다. 자세히 들어보니 자기를 부르는 소리 같기도 했다. 그는 격자창으로 다가가 밖을 내다보았다. 높이 솟은 미루나무의 중턱에서 나뭇가지가 위아래로 흔들리고 있었다. 자세히 보니 그곳에서 배는 하얗고 등은 까만 까치 한 마리가 깍깍 소리를 내고 있었다. 순간 까치는 길조란 생각이 들었다. 반가운 손님이 오는 것을 미리 알려준다고 했다. 낯선 손님이 오고 있기 때문일까? 까치는 푸드득 날아갔다. 그 날아간 자리에 희붐한 물체가 남아 있었다. 흰 한복 저고리였다. 유체를 감쌌던 수의였다. 유체를 떠난 영혼이 손님이 되어 자기의 옛 몸을 찾으러 온 것일까? 그 손님은 누구일까? 아버지가 아닐까? 남양군도 어딘가로부터 아들을 찾아온 아버지가 아닐까? 자세히 보니 아버지이기도 오신우 자신이기도 했다. 감옥에 남겨둔 자신의 유체를 찾고자 온 자신이었다. 그 자신이 몰라볼 정도로 몰골이 일그러져 있었다. 그때였다. 방장의 겁먹은 소리가 멀리서 들렸다.

"오 씨, 창에서 떨어져 조금 안으로 서보시오!"

오신우는 여전히 넋 나간 사람처럼 우두커니 서 있었다.

"안으로 비켜 서보라니까!"

방장의 재촉하는 소리에 오신우는 가까스로 움직였다.

"어. 이거 이상한데, 저 사람, 그림자가 없는데. 어이 김중달 씨! 창가에 가서 서봐!"

"방장님 왜 그러십니까?"

"묻지 말고, 가 서봐!"

김중달은 의아해하면서 꾸역꾸역 창가로 갔다.

"어라! 김중달 씨는 그림자가 딸려있는데 오신우 씨는 그림자가 없어. 귀신인가 보다, 귀신!"

방장은 놀라서 어쩔 줄을 몰랐다. 그걸 본 다른 죄수들이 오히려 더 놀랐다. 그림자 때문이 아니라, 다부진 방장이 헛것을 볼 정도로 정신이 혼미해진 것을 보고 놀란 것이었다. 그가 교도관 말대로 귀신에 씌었다는 의심이 들었다. 모두 두려운 눈으로 방장을 쳐다보았다. 방장이 또 다급하게 외쳤다.

"오신우 씨! 빨리 창가에서 비켜서시오. 햇빛을 가로막지 말고. 귀신이 제일 무서워하는 것이 투명한 햇빛이야. 햇빛으로 귀신을 몰아내야지. 어서 비켜서시오."

방장의 재촉하는 소리에 오신우는 창문을 떠나 자기 자리로 향했다. 방장은 못마땅한 얼굴로 걸어오는 그를 빤히 쳐다보았다. 그런 방장의 얼굴이 오신우에게는 이상하게 보였다. 눈 코 입이 점차 지워져 밀납 같이 보이더니 나중에는 누런 메줏덩이로 변했다. 왜 저럴까? 그는 허리를 굽히고 방장의 얼굴을 자세히 뜯어보았다.

　"어, 이 친구 봐라! 왜 남의 얼굴을 그렇게 빤히 쳐다보는 거야? 그 메줏덩이 같은 얼굴로?"

　내 얼굴이 메줏덩이라? 그러면 내 얼굴이 방장의 얼굴과 같다는 말인가? 정말 그런가? 그는 한 발 앞으로 다가가 방장의 얼굴을 다시 한번 자세히 살폈다. 그러자 방장이 발끈했다.

　"이 친구 봐라! 그렇게 쳐다보지 말라니까! 어른을 그렇게 빤히 쳐다보는 것도 실례야! …아니 계속 그렇게 나를 째려보면 어쩌자는 거야! 한판 붙자는 거야!"

　방장은 버럭 일어나 오신우의 멱살을 잡아 뒤로 밀쳤다. 그 서슬에 오신우는 철퍼덕 방바닥에 나둥그러졌다. 깜짝 놀란 김중달이 재빨리 일어나 오신우를 일으켜 세워 그의 자리로 데리고 갔다.

　"좀체 움직이지 않는 분이 뭣 때문에 창가에는 갔습니까?"

　"나를 부르는 사람이 있어서…"

　"누가 불러요?"

　"오신우가 불렀습니다."

　"오신우요? 오신우는 당신 아닙니까? 당신이 당신을 불렀단 말이요?"

　"…"

　김중달은 오신우가 헛것을 보았다고 생각했다. 그리고는 이 감방에는 귀신이 헛것으로 둔갑해서 득실대고 있다고 생각했다.

오신우는 벽에 몸을 부리고 눈을 감았다. 감은 눈에 떠오르는 것은 자기를 떠밀친 방장이야 했다. 그런데 그 방장은 온데간데없고 아까 창밖 오동나무 가지에서 본 흰 저고리만 떠올랐다. 흰 저고리는 언젠가 본 느낌이 들었다. 언제 보았더라? 그는 망각의 구석을 뒤져보았다. 쓰레기 같은 것들만 잔뜩 쌓인 구석에서 한 가닥 비교적 깨끗한 하얀 옷자락을 찾아냈다. 그게 기시감의 정체였다. 어렸을 때 고향의 초가집 지붕 위에서 본 흰 저고리였다.

초등학교 4학년 때였다. 정월 보름날 오신우는 동네 아이들과 함께 연날리기 시합을 했다. 뒷집 가시내 정자와 함께 볏짚 단으로 울을 치고 그 안에 들어가 추위를 막으며 연을 띄웠다. 연자새(얼레)에서 실 줄을 풀었다 감았다 조종하면서 남의 연들보다 더 높이 띄우려고 안간힘을 다했다. 자기를 구박하던 덩치 큰 동네 아이들 연보다 더 높이 띄워 그들을 눌러보고 싶었다. 그의 노고에 보답이라도 하듯 자기의 연이 위로 솟고 솟아 남의 연을 높이에서 제압했다.

제일 높은 곳에서 남을 아래로 내려다보는 그 위용, 그게 바로 자신이었다. 경쟁자들을 이겨 먹은 자부심으로 신났다. 그런데 이상했다. 갑자기 연이 좌우로 크게 흔들리더니 아래로 곤두박질치기 시작했다. 연줄을 당겼다 풀었다 하며 떨어지는 것을 막아보려고 온갖 애를 다 썼으나 보람이 없었다. 연은 결국 그의 초가집 등마루에 떨어지고 말았다. 낭패였다. 추락한 위용과 자부심을 만회해야 했다. 그러자면 떨어진 연을 고쳐 전보다 더 높이 하늘 위로 올려야 했다.

그는 헛간에서 사다리를 꺼내어 지붕의 서까래에 걸치고 올라가기 시작했다. 정자가 사다리 밑동을 잡아 주었다. 사다리 중간쯤 올라갔을 때였다. 눈이 갑자기 아슴아슴 흐려지더니 지붕 위에 있는 연이 흰 저고리로 변해 보였다. 그 흰 저고리는 할머니가 아버지의 부고를 받았을 때 지붕 위에 던져놓고 살아서 돌아오라고 대성통곡을 하던 옷이었다. 그의 몸에서 힘이 빠지고 아랫도리가 후들거렸다. 드디어 견디지 못하고 사다리 아래로 떨어졌다. 아래에서 받치고 있던 정자의 몸을 덮쳤다. 둘은 뒤로 벌렁 나자빠졌다.

"괜찮니? 다친 데 없어?"

"괜찮아, 허리가 좀 아프긴 하지만 괜찮아. 하마터면 큰일 날 뻔했다. 너 아녔으면 병신 될 뻔했다."

"그런데 어쩌다 떨어졌어?"

"나도 모르겠어. 갑자기 눈이 흐려지고 몸에서 힘이 빠지더니 그리됐어."

"너, 사다리 타는 솜씨가 서툴러서 그리 된 것 아녀? 너, 앞으로 떨어지지 않으려면 사다리 타기 연습을 많이 해야겠다."

그날 사다리에서 추락한 충격은 마음의 한구석에 깊은 상흔으로 남아 그 이후 그가 뭘 할 때마다 또 추락하지 않을까 하는 가위눌림으로 그를 괴롭혔다.

2

그날도 오신우는 사무실 의자에 파묻혀 눈을 감고 고민하고 있었다.

고민거리는 바로 자신이었다. 사무실의 사다리 중턱에 매달려 그 이상 올라가지 못하고 떨어질 것 같아 노심초사하는 자신이었다. 떨어지면 만사휴의였다. 어려서는 사다리에서 떨어져도 정자가 밑에서 받쳐주어 무사했지만 이번에 떨어지면 받쳐주는 사람이 없으니 자기의 인생은 반신불수가 될 게 뻔했다. 그는 국내 굴지의 자동차 메이커인 D 회사에서 수출을 전담하고 있는 이사였다. 그 무렵 수출이 부진하여 진퇴의 위기에 몰려 있었다. 부진한 이유는 두 가지였다. 첫째는 중국에 대한 수출이 거의 막힌 것이었다. D 회사가 군산에 자동차 공장을 세운 데는 이유가 있었다. 중국과의 지리적 인접성을 잘 이용하면 수송비용의 절감을 통해 유리한 가격경쟁력으로 중국 시장을 개척할 수 있겠다는 기대 때문이었다. 그런데 그런 시장원리가 인위적으로 왜곡되었다. 중국 정부에서 이런저런 이유를 대고 수입규제를 가한 탓이었다. 두 번째 이유는 한국 정부의 지원이 부실한 때문이었다. 정부는 군산에 자동차 수출 전용부두를 신설해주기로 약속했다. 그 결정에는 낙후된 호남권 경제를 살린다는 정책적 배려가 있었다. 그러나 정책적 배려는 정치적임으로 정부가 바뀔 때마다 오락가락했다. 그 바람에 지원이 지지부진했고 그에 따라 자동차 수출도 정체되었다.

문제는 자동차 수출의 부진이 회사의 위기이자 동시에 오신우 개인의 위기라는 점이었다. 앞으로 6개월 후면 상무 승진 인사가 있을 예정인데 그때까지 막힌 수출을 타개하지 못하면 그의 승진은 가망이 없고, 그 자리는 그의 라이벌인 최 이사가 차지할 것이 자명했다. 최 이사는 여러 면에서 유리했다. 좋은 대학을 나왔고, 회사 내외에도 상당한 뒷배를 가지고 있었다. 이런 배경을 믿고 다음 상무 자리는 자기 것이라고 호언장담을 하고 다니면서 오신우를 깔보는 오만도 부렸다. 영어 구사력 외에는 모든 경쟁조건에서 불리한 오신우는 불안했다. 최 이사에게 상무 자리를 빼앗기는 것은 자신의 신분 상승 가도에는 물론 자존심에도 큰 재앙이었다. 그런 재앙을 가만히 앉아 당하고만 있을 수 없었다.

복수초(福壽草)는 숲속 큰 나무 밑에서 자란다. 큰 나무들이 햇빛을 독차지하고 그 그늘에서 자라는 복수초는 제대로 꽃을 피울 수 없고 제대로 자랄 수도 없다. 그런 삶의 악조건을 타개하기 위한 고육지책으로 남보다 햇빛을 먼저 받을 수 있도록 자신의 몸을 진화시켰다. 초봄 아직 눈이 녹지 않아 큰 나무들이 엉성한 가지로 있을 때, 복수초는 스스로 체열을 발산하여 자신과 주위에 쌓인 눈을 녹일 수 있도록 몸을 진화한 것이었다. 그렇게 해서 큰 나무에 앞서 햇볕을 선점하여 잎을 내고 꽃을 피우고 열매를 맺는다.

오신우는 자신이 복수초와 같다고 생각했다. 그때까지 큰 나무의 위세에 눌려 양지에 발을 못 붙이고 음지에서 자신의 미열로 꽃을 피워왔다. 그러나 미약한 신열로 피운 꽃이 좋은 열매를 맺을 리 없었다. 그러니까 무슨 수를 써서라도 큰 나무에 사다리를 걸쳐놓고 타고 올라가 정상을 정복하여 햇빛을 독점하든가 적어도 공유는 해야 했다. 그래야만 자기가 바라는 내 꽃, 내 열매를 맺을 수 있다고 생각했다. 사다리 정상에 좌정하고 휘황한 광명을 즐기며 아랫것들을 굽어보는 황금사자상(黃金獅子像), 그게 오신우의 우상이었다.

그의 우상은 명예와 존경, 부와 권력의 권화였다. 그 권화의 위력을 매일 실감할 수 있었다. 사내(社內)의 사다리를 한 칸씩 올라갈 때마다 자기를 바라보는 직원들의 시선이 부러움과 존경심을 띠었다. 수입도 불어나고 씀씀이도 늘어나 사는 것이 편해졌다. 씀씀이가 늘자 따르는 사람들도 생겼다. 사내에서 말발도 세어져 자기에게 굽실거리는 인간이 많아졌다. 그러니 우상을 섬기지 않을 수 없었다. 그의 감성, 사고, 욕망 등 그의 모든 인간 기능은 어떻게 하면 그 우상을 잘 떠받들고 잘 시중할 수 있는가 하는 일념에 몰두했다.

그가 우상의 신분에 집착하는 데는 또 하나의 이유가 있었다. '보이지 않는 손', 검은 손에 대한 울분 때문이었다. 보이지 않는 곳에서 무얼 기획하고 있는지 알 수 없는 검은 손이 무슨 억하심정으로 자기의 운명을 괄시하고 천대하는지 알 수 없었다. 그의 태생에서부터 박대했다. 고향은 나무도 산천도 없는 척박한 간척지였다. 그런 박복한 땅에서는 인물이 나지 않는다고 지관도 개탄했는데 그런 곳에, 그것도 가난한 집안에 태어나게 한 것부터가 그의 인생을 처음부터 꼬이게 했다.

특히 어릴 때 할아버지를 콜레라 역병으로 요절시킨 검은 손의 악행에 대해서는 한평생 두고두고 울분을 참을 수 없었다. 유일한 남자 가장이며 마을에서 존경받는 할아버지를 일찍 저세상으로 데리고 감으로써 오신우 가정은 영락했다. 커 나는 과정에서도 검은손은 운세의 배분에서 그에게는 불공평했다. 남들은 좋은 운을 타고 승승장구하는데 그는 불운의 연속에 눌리어 기를 펴지 못했다. 그럴 때마다 검은 손은 그게 다 오신우 자신의 업보이니 체념하고 받아들이라고 협박하기도 어르기도 했다. 그러나 전세에 자기가 무엇을 잘못했는지 말해 주지 않았다. 그러니 소위 무죄추정의 원칙을 무시하고 무조건 오신우의 자업자득이라고 뒤집어 쓰이는 것은 억울한 일이었다. 어쩌면 검은 손은 오신우가 자신이 태작(駄作)임을 비관하고 자진하도록 유도해서 결국, 이 세상에서 제거하고자 하는지도 몰랐다. 그걸 그의 자존심이 도저히 받아드릴 수 없었다. 자신이 아무리 태작이라 해도 한 생명으로 태어난 이상, 그 생명에 보답해야 한다고 생각했다. 그 기회가 왔다. 상무 승진이었다. 그러니 승진을 걸고, 동시에 자기의 우상을 걸고 검은 손과 한 판 진검승부를 하지 않을 수 없었다.

검은 손에 대한 더 근본적인 불만이 있다. 검은 손은 막강한 힘을 가지고 있음에도 약한 인간을 상대로 불공정한 게임을 하고 있다. 어둠 속에 숨어있어 무엇을 꾸미고 있는지 이쪽은 모르게 한다. 반면 이쪽은 태양에 노출되어 있어 이쪽이 무슨 생각, 무슨 행동을 하는지 저쪽은 훤히 꿰 보고 대비한다. 명암의 싸움에서 명이 완전히 불리하다. 명이 패배하면 자신은 평생 어둠의 미로를 헤매야 할 것이다. 명이 어둠과의 싸움에서 진다면 그건 세상의 종말을 의미한다. 그 종말에서 검은 손은 본색을 드러내어 이 세상을 지배할 것이다. 그런 사태는 막아야 한다. 그러기 위해서는 검은손과 과감히 맞서 싸워 설원(雪冤)해야 한다. 그 한판 승부가 상무 승진에 달려있다. 그 대단원의 싸움에 꼭 이겨, 그간 검은손에 당하고 흘린 분루를 보상함과 동시에 한 인간이 개인의 의지로 자신의 운명을 개척할 수 있음을 증명해 보여야 한다.

그가 그렇게 신분과 운명의 문제에 목을 매게 된 데에는 그의 신산한 가족사 때문이기도 했다.

조선조 말기, 그의 증조부가 충남 부여에서 서당의 훈장이었는데 전봉준 난이 일어났을 때, 봉기 군에 부역했다. 부패한 관료들의 수탈로부터 농민을 구해야 한다는 봉기 군의 대의를 지지한 것이었다. 문하에 서생이 많았지만 대부분 일 년 학비로 쌀 한 말도 못 내는 것을 보고 마음이 아팠다. 그런 학부모들의 빈궁은 주로 세도가의 가렴주구에 의한 인재에서 기인 된 것이었다. 또 전봉준이 같은 훈장이라는 유대 의식도 농민 혁

명군에 협력한 한 원인이었다. 그러나 가담의 결과는 참담했다. 혁명군이 참패하자 선조는 잡혀 참형을 당하고 그의 가족 일문은 적몰(籍沒) 되어 멸문지화를 당했다. 특히 농토를 몰수당한 식구들은 졸지에 발붙일 곳이 없는 유랑민이 되었다.

농경사회에서는 땅의 소유 여부가 신분을 가름했다. 땅이 없으면 상놈이었다. 땅을 빼앗긴 상놈의 신세가 된 오신우 할아버지는 여기저기 떠돌아다니다가 딸만 여섯이 있는 집에 들어가 머슴살이를 했다. 들어간 집 맏딸과 결혼하여 데릴사위가 되었다. 데릴사위는 많은 식솔의 연명을 위해 날 품팔이를 했고, 할머니는 남의 집 식모살이를 했다. 할아버지를 무엇보다도 더 괴롭힌 것은 빈궁보다는 쌍놈으로 취급받는, 사회적으로 거세당한 신분적인 몰락이었다. 한때 양반 가문의 후손에게는 그게 가장 견디기 어려운 치욕이었다. 그런 영욕의 세월을 지내던 중 왜정(倭政)이 들어섰다.

일본 당국은 군산 인근에 있는 만경강의 얕은 강바닥을 메워 간척지를 만들고 그 땅을 소작할 농민을 모집했다. 돈 안 들이고 농토를 얻는다는 것은 한 치의 땅도 없는 할아버지와 아버지에게는 도저히 거부할 수 없는 유혹이었다. 두 분은 충남의 살던 곳, 홍산을 버리고 솔가하여 군산 간척지로 이주해 갔다. 일종의 국내 이민이었다. 처음에는 3천 평의 도지(賭地)를 얻어 지었다. 그걸 몇 해 열심히 일군 결과 소작료를 내고도 저축할 돈이 남아 3천 평을 더 얻어 지었다. 6천 평의 땅을 짓자 생활에 여유가 생겼다. 그러자 할아버지가 우선 챙긴 것은 속량(贖良)이었다. 상놈이란 신분을 벗어나 선대 가문의 양반 지위를 회복하는 것이었다. 할아버지는 무엇보다도 자신의 격을 높이는 데 심혈을 기울였다. 우선 동네에서 제일 큰 겹집을 짓고, 40이 넘은 농민이었는데도 독 훈장을 두어 한문을 배웠다. 소위 잿놈(소리꾼)을 불러들이어 풍류를 익히고 시조도 배웠다. 사랑방의 벽지에는 시조 음정을 표시하는 꼬부랑 검은 줄이 가득 그어져 있었고, 저녁 무렵 사랑방 부엌에서는 시조의 장단에 맞추어 바닥을 두드리는 쇠죽 쑤는 막대기 소리가 은은했다.

할아버지는 신분 상승의 가업을 아들, 오신우의 아버지가 이어받기를 바랐다. 천민 신분의 세습을 가장 두려워했기 때문에 아들이 농토에는 발끝도 얼씬 못하게 금하고 학업에만 열중토록 했다. 덕분에 아버지는 그 일대에서는 몇 사람 안 되는 일본 초등학교 졸업생이 되어 마을의 지도자가 되었다. 배움으로 깨우친 아버지는 신분과 사람의 격을 높이기 위해서는 농촌의 미개한 생각과 고루한 관습을 벗어나야 한다고 생각했다. 개명된 넓은 세계로 나가 더 보고 배워야 한다고 결심했다. 그걸 가능케 하는 가장 쉬운 통로가 일본이었다. 일본에 징용형식으로 갔다. 그러나 간 곳은 일본 당국이 당초 약속했던 일본 본토 직장이나 공장이 아니었다. 남양군도였다. 그 군도의 어느 섬에서 1년간 일본군의 군무 노역을 하다가 그곳에서 벌어진 미일 전쟁에서 사망했다.

할아버지는 이번에는 손자 오신우가 자신의 숙원사업을 이어가기를 바랐다. 바쁜 농촌 일 중에도 점심때는 꼭 집에 돌아와 어린 손자를 붙잡아놓고 한문을 가르쳤다. 손자가 잘 깨우치는 것을 보고 흙 묻은 얼굴에 흐뭇한 미소를 지었다. 그 웃는 모습은 오신우가 두고두고 존경하는 인간상이었다. 그런 할아버지도 해방 후 호열자 전염병으로 일찍 세상을 하직했다. 가정은 급전직하 쇄락했고 남은 두 과부가 살림을 꾸려가는데 어려움이 많았다.

2차 대전 말기, 매일같이 주재소의 일본 순사와 면서기가 들이닥쳐 벼 공출을 더 하라, 없는 쇠붙이를 내놓으라고 닦달했다. 내놓지 않으면 온 집안을 쑤시고 다니면서 찾았다. 발견되면 숨겼다는 죄목으로 주재소로 끌려가 고초를 겪었다. 특히 원통했던 것은 일 년 내내 고생하면서 지은 벼를 수탈해가고는 대신 주는 게 콩깻묵이었다. 그걸 며칠 먹으면 얼굴이 퉁퉁 부었다. 해방되고도 면서기, 순경은 여전히 공포의 대상이자 또한 선망의 대상이었다. 그들을 통하여 국가권력이 얼마나 무서운지, 그 때문에 권력에 편승하면 얼마나 편한 생활을 할 수 있는지를 시골 무지렁이들은 철저히 체험했다. 그런 쓰라린 체험이 인성을 왜곡시킨 것일까? 시골의 순박성이 권력욕으로 변질되었다. 가난한 계층의 사람일수록 권력을 쥐고 싶은 욕구가 더 강해졌다. 국가의 권력, 부의 권력을 가진 자에 대한 아부가 심했다. 오신우 가정도 마찬가지였다. 두 과부가 오신우에게 일구월심 바란 것은 공부 잘해서 면서기, 또는 순경이 되어 집안이 기를 펴고 살 수 있도록 해달라는 것이었다.

오신우는 고등학교를 졸업하였으나 집안 형편이 어려워 대학 진학을 포기했다. 할아버지의 유언인 신분 상승에 대한 입지(立志)가 자신에 와서 꺾기는 구나 하는 죄책감과 실의에 빠져 고민했다. 그런 그를 구해준 분은 고등학교 3학년 때 그를 아껴주던 담임선생이었다.

군산 교외 해안가에는 일본군이 만든 비행장이 있는데 해방 이후 미군과 한국군이 접수해서 계속 사용하고 있었다. 그곳의 미군 장교들은 군산 시민에 대한 친화 사업의 일환으로 군산 시내의 중, 고등학교에 나와 영어를 가르쳐주는 봉사활동을 했다. 그런 장교의 한 분이 담임선생의 초청으로 오신우의 반에 와서 주 2회, 1년을 가르쳤다. 배우는 성적이 우수했던 오신우는 담임선생은 물론 장교의 눈에도 들었다. 그 후 대학 진학을 못 하고 농촌에 묵 새기고 있는 오신우의 재능을 아깝게 여긴 담임선생이 그 장교에게 부탁, 비행장에 취직시켜주었다. 직장에서 그가 하는 일은 주로 장교 막사에서 장교들을 시중드는 일이었다. 미군 장교들이 한국 여성과 결혼하여 미국으로 돌아갈 때, 그 여행 수속을 대행해 주는 그런 사적인 일을 많이 도왔다.

3년간 비행장을 다니며 열심히 돈을 벌고 열심히 영어도 배웠다. 비행장 수입은 당시 한국 농촌의 경제 수준에 비하면 상당히 높았다. 그의 가정 살림에 큰 보탬이 되었다. 그때까지 나무 베틀로 무명, 삼배의 피륙을 짜아 입성을 장만하고, 소를 길러 땅을 일구던 자급자족의 경제 형태에서 과외 수입은 거의 다 재산 형성으로 이어졌다. 그도 번 돈으로 엔간찮은 논도, 밭도 샀다. 가정형편이 어느 정도 피자 그때까지 잊었던 불안이 되살아났다. 직장에서 그의 신분은 엄격히 따지면 하인이었다. 밤마다 선조와 선조가 바라던 '나'가 합세하여 하인이 된 자기를 질책하는 꿈을 꾸었다.

고민 끝에 비행장을 그만두고 서울로 올라갔다. 낮에는 구파발에 있는 가구 공장에 나가 아르바이트를 하고, 밤에는 야간 대학에 다녔다. 늦깎이로 공부하다 보니, 그리고 각박한 생활에 쫓기다 보니 남들이 하는 일에, 시류에 신경을 쓸 여유가 없었다. 당시 군사독재에 반대하는 학생 데모가 많았으나 그에게는 여유 있는 사람들의 유희같이 보였다. 음악이 소음으로 들릴 정도로 일에 쫓기던 마음은 출세 지향적인 길을 찾는데만 몰두했다. 그러나 운은 늘 인색했다. 대학을 졸업했으나 구파발 가구 공장이 문을 닫는 바람에 일자리를 잃었다. 한동안 다른 일자리를 찾아 여기저기에 이력서를 제출해보았으나 허사였다. 실의에 빠져 서울 바닥을 헤매고 있을 때 그를 구해준 사람은 이번에는 그의 초등학교 동창인 최 조합장이었다.

최 조합장은 오신우가 군산비행장에 근무할 때 그의 주선으로 비행장에 취직되어 5년간 근무했고, 그때 모은 재산을 밑천으로 승승장구하여 군산수산협동조합의 조합장까지 된 인물이었다. 그 친구로부터 연락이 왔다. 군산에 신설된 D 자동차 공장에서 사람을 뽑으니 내려와 응시해 보라고 했다. 시험에 합격했다. 그 지역 출신 우대라는 일부 혜택을 받은 것도 있었지만 그보다는 면담 시험 때 배석한 미군 장교가 오신우의 영어 실력이 상당한 수준이라고 인정해 준 것이 합격에 결정적인 영향을 주었다. 입사 후에는 바로 수출 부에 배속되어 10년간 일했다. 학력과 사회적 조건이 불리한 점을 그의 영어 실력이 보완해주는 덕분에 이사직까지는 무난히 올라온 편이었다. 그런데 그 이상 올라가지 못하고 좌초할 위기에 봉착한 것이었다.

그는 자동차 수출의 부진을 타개할 방안을 여러모로 궁리해 보았다. 어려움의 원인은 경제 외적인데 있었다. 중국 측의 수입규제나 한국 정부의 지원 부실은 경제 외적인 문제였다. 경제 외적인 문제는 경제외적인 방법으로 해결할 수밖에 없었다. 로비를 해야 했다. 비자금이 필요했다. 비자금 조성은 불법임으로 보안이 필수였다. 이런 점들을 고려할 때 신호상사에 부탁하는 것이 최선의 상책이었다. 신호상사는 D공장에 자동차 부품을 납품하는 회사였다. 그곳의 신 상무가 오신우와 허물없이 지내는 고교동창이었다. 하루는 신 상무를 술집으로 초대했다. 신 상무가 좋아하는 홍어회를 잘하는 주막이었다. 전에도 몇 번 함께 왔던 술집인데 금강을 바로 아래에 두고 있어 바깥 운치가 술맛을 돋우는 곳이었다. 오신우는 신 상무가 오자 곧바로 자기의 어려운 사정을 털어놓았다.

"나도 네 회사가 어렵다는 말은 들었지만, 정말 그렇게 심각하니?"

"심각한 것보다 죽을 판이다."

"그럼 어떻게 할 계획이냐?"

"비자금을 만들어 로비를 해야한다. 네가 도와주어야겠다."

"어떻게 도와주면 되나?"

"방법은 이렇다. 네가 납품하는 제품의 가격에 내가 웃돈을 매겨 너에게 송금하면 네가 그 차액을 내 은행 계좌에 넣어주면 된다."

"…"

"공짜로 해달라는 게 아니다. 나도 응분의 반대급부를 해주겠다. 뭐가 좋겠나?"

"음, 네가 부탁하는 것이니 거절할 수도 없고. 그럼 이렇게 하자. 너의 회사에서 필요로 하는 부품의 3분의 2를 우리가 납품하도록 해주라."

"좋다. 그런데 아버님께서 허락하실까?"

"걱정하지 마라. 아버님도 너를 잘 알지 않으냐. 도울 분이다."

"미안하다. 이런 운치가 좋은 곳에서 좋은 이야기는 못 하고 어려운 부탁을 하게 되어 미안하다. 이해해라."

다음은 D 공장의 윗분들, 특히 직속상관인 이 전무를 설득하는 문제가 남았다. 이 전무는 사업수단이 좋으면서도 비교적 곧은 분이었다. 사장 자리를 노리고 있는 야망도 있어 티가 있는 일은 가급적 회피했다. 말을 잘못 붙였다가는 오히려 화를 입을 판이었다. 며칠을 이 전무의 눈치를 살피며 기회를 엿보던 중 하루는 이 전무 여비서, 장숙자로부터 전화가 왔다.

"오 이사님, 이 전무님께서 좀 보시자고 하네요. 바쁘시지 않으면 곧 오시는 게 좋을 것 같습니다."

살짝 비음이 섞인 그녀의 목소리에 정감이 묻어났다.

"무슨 일로?"

"잘 모르지만 긴요한 일이 있는 것 같아요."

"지금 가겠습니다."

"그런데 요즘 이 전무님의 기분이 다운되어 있으니 그걸 감안하고 오세요."

"무슨 일이 있습니까?"

"저는 모르지요. 그런데 어제 사장님을 만나고 오신 후부터 기분이 우울해요."

장숙자는 이혼녀인데 이 전무가 무척 아끼는 처제였다. 실은 장숙자를 두고도 오신우와 최 이사는 라이벌 관계였다. 장숙자는 이 전무를 이어주는 중요한 관문이었기 때문이었다. 그녀는 예쁘고, 똑똑했다. 그리고 그런 티를 냈다. 때로는 사치스럽고 거만한 면이 있어 오신우에게는 버거운 인물이었다.

오신우는 이 전무실로 갔다. 비서실을 거칠 때 미즈 장이 일어나 상냥한 미소로 맞이하면서 이 전무의 방문을 열어주었다. 육감적인 몸에서 짙은 향수 냄새가 풍겼다. 이 전무는 거실 안락의자에 깊숙이 앉아 있다가 들어오는 오신우를 보고 곁에 있는 소파에 앉으라고 손짓으로 권했다. 힘이 없었다. 그런 모습은 드물었다. 일벌레인 이 전무는 보통 부하를 책상머리에 세워두고 할 말만 짧게 하고는 돌려보냈다. 그날의 이 전무는 달랐다. 다리를 꼬고 담배를 꺼내 불을 붙이며 긴 뜸을 들이고 있었다. 답답한 오신우가 먼저 운을 뗐다.

"전무님, 무슨 일이 있습니까?"

"잘못하다간 자네나 나나 회사에서 쫓겨나게 생겼네."

평소 당당하던 그에게서는 들을 수 없는 심약한 소리였다.

"예?"

"자네도 알다시피 우리 수출이 잘 안 되고 있지 않나. 공장이 문을 닫게 될 지경이야. 어제 회장과 사장한테 불려가서 호되게 혼났네. 그러니 수출을 책임지고 있는 자네나 나의 목이 위험하게 되었네."

"저도 그 문제로 요즘 고민을 많이 했습니다."

"그래 무슨 묘안이 있던가?"

"문제는 중국 측의 수입규제와 수출 전용부두 건설이 지연되고 있는 것 아닙니까?"

"그렇지. 그걸 알고도 마땅한 해결책이 없으니 문제지."

"전무님, 이제는 좀 더 적극적으로, 다시 말씀드리면 로비를 해야 합니다."

"로비?"

장숙자가 커피를 들고 들어왔다. 두 사람 앞에 커피잔을 놓으면서 오신우를 흘끔 쳐다보았다. 정겨운 시선이었다. 오신우는 그녀가 나갈 때까지 입을 다물었다. 미즈 장은 그러는 오신우가 서운하다는 표정을 짓고 나갔다. 이 전무도 뜨악한 눈으로 그를 바라보았다.

"비공식적인 방법으로 중국, 한국의 고위 관리들을 포섭해야 합니다."

"그것 쉽지 않은데. 그러자면 비자금이 있어야 하지 않나."

"물론입니다. 한 2억 원 정도의 비자금을 만들어야 합니다."

"음. 나도 그 방법을 생각 안 해본 것은 아니네만 쉽게 쓸 카드는 아니네."

"저한테 맡겨주십시오. 제가 책임지고 하겠습니다."

이 전무의 눈빛이 순간 달라졌다. 기대와 불안으로 착잡한 눈치였다.

"자네가? 무슨 방도가 있나?"

오신우는 신호상사와 협의해서 비자금을 만들 수 있다고 장담했다. 안심시키기 위해서 신호상사와의 개인적인 연분도 길게 설명해주었다. 그러나 이 전무는 선뜻 내켜 하지 않았다.

"전무님, 후 과가 있으면 제가 다 책임지겠습니다. 그러니까 그 방법으로 가시지요."

"음, 이 문제는 좀 더 생각해보고 결정하세."

오신우는 자기 사무실로 돌아왔다. 기어이 돌아오지 못할 강을 건너고 말았구나 하는 체념이 들어 그의 마음 한구석이 쓸쓸하기도 초조하기도 했다. 가슴이 답답해 의자에 앉아 있기가 불편했다. 창가로 가 밖을 내다보았다. 저녁 하늘에 짙은 이내가 끼고 있었다. 그 탓인지 낮에는 푸르게 보이던 나무가 누렇게 떠 보였다. 누런 나뭇가지 사이로 금강이 흐르고 있었다. 배 몇 척이 꿈속의 나룻배처럼 들고 나가는 것이 보였다. 황혼을 받아서였을까? 강물에 희부연 한 물건이 떠내려가고 있는 것이 보였다. 흰 저고리였다. 시골 초가지붕에 걸쳐놓은 사다리가 생각났다. 떨어지면 그걸로 끝이었다. 그러니 이번에는 어떻게 해서든지 이 전무를 설득해서 그를 든든한 사다리 받침목으로 만들어야 했다.

이틀이 지나고 오신우는 다시 이 전무와 대좌했다.

"전무님, 제 제의를 생각해 보셨습니까? 그 길로 가야 합니다."

"음, 자네 생각이 영 그렇다면 그 길로 가볼까? 그러자면 빈틈없는 계획을 짜고 그게 누설되지 않도록 단속을 잘해야 하는데."

"그 문제는 걱정할 필요가 없습니다. 그보다는 로비를 어떻게 하느냐가 중요합니다. 중국 측 로비는 제가 하겠습니다. 그쪽 수출은 초기부터 제가 일선에 나서서 추진했기 때문에 그쪽에 지인이 꽤 있습니다. 그러나 국내 로비는 저로서는 힘에 부칩니다."

"힘에 부쳐?"

"예. 제 이사직 명함으로는 국내 정부나 정계의 윗분들을 만날 수 없습니다."

"알겠네. 자네 직함을 올려달라는 말이군, 곧 있을 정기인사 때 해결하도록 노력하겠네. 그러자면 무엇보다도 막힌 수출을 타개해야 하네."

"알겠습니다. 또 하나 부탁이 있습니다."

"뭐?"

"제 일을 도와줄 믿을 만한 조수가 필요합니다."

"자네 비서가 있잖나?"

"안 됩니다. 로비 일은 아까 말씀하신 데로 극도의 보안이 유지되어야 합니다. 믿을 만한 사람이 필요합니다."

"누구 마음에 두고 있나?"

"저 미즈 장을…"

"이 사람, 남의 비서를 뺏어가려고 하나! …음, 할 수 없지."

오신우는 신호상사의 신 상무와 협의해 가면서 6개월에 걸쳐 단계적으로 2억 원의 비자금을 조성했다. 그 돈의 일부를 우선 사내 로비에 썼다. 라이벌인 최 이사는 이사장과 사장 측에 줄을 대기 위해 열심히 뛴다고 했다. 오신우는 사장 측의 지원을 로비했다. 장숙자를 시켜 사장 부인에게 진주 목걸이를 사주기도 했다. 수고하는 장숙자에게도 같은 목걸이를 사주었다. 자기 돈은 없고 맨손으로 부탁할 수는 없어 만든 로비자금을 전용했다. 전용한 자금은 회사의 지출로 위장해 처리했다.

중국 측 로비에는 1억 원 넘는 자금을 부어 넣을 정도로 정성을 다했다. 오랫동안 친교를 맺은 중국 측 파트너를 동원하여 중국 정부의 연관된 관리들을 현찰로 포섭했다. 덕분에 중국의 수입규제가 많이 풀리고 자동차 수출도 호조로 돌아섰다. 지역경제를 살리자는 기치를 내걸고 벌린 국내 로비도 성과를 올렸다.

　오신우는 이 전무와 사장을 수행하면서 군산 시청과 시의회, 전북 도청과 중앙정부의 고관을 만나 교섭했다. 이 전무 등 윗분들이 하는 교섭은 다분히 형식적이어서 성과가 미흡했다. 걱정이 든 오신우는 막후교섭을 자청해서 전담했다. 이른 아침이나 밤에 돈 봉투를 넣은 사과 상자를 들고 홀로 요인들을 찾아가 엎드려 부탁했다. 자존심을 버린 부끄러운 로비였지만 권도를 써서라도 목적을 달성해야 한다고 자신을 격려했다. 그 덕분인지 수출전용 부두가 앞당겨 완공되어 큰 배의 접안이 쉽게 되고 그에 따라 중국 수출이 활기를 띠게 되었다. 일이 잘 돌아가자 신이 난 오신우는 장숙자와 데이트도 자주 하면서 정분을 쌓아갔다. 장숙자는 오신우를 좋아했다. 독신인 데다 영어를 잘해서 회사의 유망주로 인정받고 있기 때문이었다.

　드디어 오신우는 상무로 승진했다. 이 전무가 적극적으로 밀어준 덕분이었다. 그리고 장숙자와의 혼담도 무르익어갔다. 최 이사는 승진에서 탈락하고 장숙자의 마음을 얻는 데도 실패하자 울분을 못 이기고 회사를 그만두었다. 오신우로서는 라이벌도 제거되고 바란 것도 얻었으니 그의 전도는 그야말로 탄탄대로였다. 검은 손과의 대첩에서 대승을 거두었다고 기고만장했다. 그러나 그건 한 치 앞도 내다보지 못하는 어리석은 자만이 불러온 착시에 불과했다. 검은 손이 그렇게 호락호락 물러설 리가 없었다. 최 이사를 은밀히 사주하여 오신우를 잡을 덫을 쳐놓고 호시탐탐 기다리고 있었다. 드디어 오신우는 그 덫에 걸려들고 말았다. 하루는 느닷없이 군산지검 검사가 오신우 사무실에 들이닥쳐 그의 손에 수갑을 채고 끌고 갔다. 그의 서류도 압수해 갔다. 알고 보니 그만둔 최 이사가 오신우를 횡령죄로 검찰에 고발한 것이었다. 불법 비자금을 만들어 로비를 했고 또 사적인 용도로 전용함으로써 회사와 주주들을 배임했다는 죄목으로 고발한 것이었다. 최 이사의 뒤틀린 심정에는 연인을 빼앗긴 원혐도 가세한 것으로 알려졌다. 고발의 올가미에서 오신우는 도저히 빠져나올 재간이 없었다. 그의 지략도 하루아침에 허무하게 무너지고 말았다.

오신우는 검사실의 구치소에 수감 되었다. 인간이 우상을 섬기는 것을 질투하는 검은 손이 벼르고 별러서 가한 회심의 일격은 치명타였다. 일거에 오신우의 황금사자상을 박살 냈다. 동시에 그 우상에 빙의해서 자신의 출세 탑을 쌓아 올린 모든 삶의 논리와 행적도 박살 냈다. 모든 것이 박살 난 폐허 속에서 남은 것은 자신의 비루한 나신이었다. 나신이 되어서야 비로소 그때까지 보지 못한 자신의 민낯을 보게 되고 반성할 수 있었다.

민낯으로 드러난 자신은 그때까지 우상을 섬기며 살아온 자아였다. 출세만을 지향한 세속적인 욕망이 빚은 자아는 지혜를 섬기는 영혼이 없는 허상이었다. 허상이 깨어지는 것은 당연한 일이었다. 검은 손을 너무 증오하고 적대시한 것도 패착이었다. 그런 패착은 자신의 열등감을 너무 과장한대서 생긴 삐뚤어진 감정의 소산이었다. 처음부터 검은 손을 감정이 아니라 싸늘한 이성으로 대처해야 했다. 검은 손이 준 운명을 겸허하게 내 것으로 껴안고 그걸 합리적으로 개선, 내지 극복하는 방법을 모색해야 했다.

할아버지가 그런 경우였다. 검은 손은 할아버지에게서 모든 것을 박탈해가고 남겨준 것은 무(無)였다. 그러나 그 무를 할아버지는 유를 창조하기 위한 의지를 불태우는 불쏘시개로 활용했다. 그 결과 검은 손이 조작한 미천한 상놈의 신분을 학식과 풍류를 겸비한 선비로 환골탈태시킨 인간 승리를 이루어 냈다. 그 승리를 이루어 낸 기본적인 힘은 자신이나 자신의 삶을 성실하고 진실하게 살겠다는 영혼의 힘이었다. 또 하나의 패착이 있었다. 검은 손과 대결하는 과정에서 비도덕적인 방법을 쓴 것이었다. 불법 로비가 그것이었다. 그러니 주위에서 신뢰와 원군을 얻을 수 없었다.

원군이 없이 막강한 적과 싸우는 것은 지기 마련이었다. 결국, 모든 것이 승려교도관이 지적한 대로 자신은 무분별한 탐·진·치(貪瞋癡)의 노예가 되어 자신과 자신의 우상을 망친 것이었다. 부끄러운 일이었다. 그래서 검사가 "당신은 자신을 어떤 사람으로 생각하느냐?"고 물었을 때 대답을 못 했다. 그리고 검사가 제시한 혐의를 반론하지 않고 그대로 받아드렸다. 검사는 징역 2년에, 1억 원 손해배상으로 엮어 그를 기소했다. 그러나 재판부는 죄의 연루 관계를 더 조사하여 다시 제소하라고 검사 측에 사건을 반송했다.

다음 재판에서는 주로 비자금 조성에 연루된 공모자를 밝히라고 추궁 받았지만, 오신우는 자기의 단독 범행이라는 입장을 일관되게 되풀이했다. 일부 사람이 연루되었지만, 실질적인 책임자는 오신우 자신임을 자기는 잘 알고 있었다. 그뿐더러 공모를 발설하면 재판이 길어질 것이 뻔한데 그것이 더 싫었다. 사실 변호고 뭐고 할 기력도 마음도 소진되었다. 하루빨리 재판을 끝내고 감옥에 들어가 아무 생각 없이 쉬고 싶었다. 결국, 1년 징역에 5천만 원을 변상하라는 판결이 떨어졌다. 5천만 원을 변상할 경제력이 없으니 징역으로 때우겠다고 했다. 그러자 징역이 6개월

늘어나 총 1년 6개월을 복역하기로 결론이 났다. 비교적 가벼운 벌로 끝난 것은 그가 대부분의 비자금을 회사의 갱생을 위해 사용한 점이 참작되었기 때문이었다. 이 전무는 관리 소홀의 책임을 지고 징역 6개월의 형량을 받았으나 보석으로 풀려났다.

재판이 끝난 그 이튿날 그는 군산 교도소에 이감되었다. 그는 홀가분하고 시원했다. 그때까지 검은손과의 생존경쟁에서 적자(適者)로 남기 위해서 얼마나 노심초사했던가. 이제 그 최면에서 깨어났으니 후련한 기분이 들었다. 이제는 자기반성도 번거로웠다. 무얼 생각하기도 무얼 의욕하기도 싫었다. 그저 모든 것을 잊고 아무 생각도 없는 무주공처(無住空處)에서 편안히 누워 지내자고 했다.

3

체면을 차리는 것은 인격을 방어하기 위한 심리적 수단이다. 그러나 방어할 인격이 별로 없는 죄수들은 체면에 구애되지 않는다. 그런 염치없는 죄수들이 주로 집착하는 것은 원초적인 생리적 욕망인 식욕과 성욕이다. 다행히 식욕은 그런대로 감옥에서 해결해 주니까 큰 문제 없지만, 섹스가 문제다. 사실 감옥에 오면서 섹스는 빈사 상태에 빠진다. 섹스를 잃으면 산 송장이나 다름없다. 그들을 죽음에서 건져줄 구세주는 여인의 육체지만 그건 감옥의 현실에서는 신기루다. 그런데 하루는 그 신기루가 실상의 탈을 쓰고 나타났다. 죄수들의 섹스가 온통 비상에 걸린 것은 당연했다.

그날 216호 감방에 간수가 와서 오신우를 찾았다. 면회 손님이 왔으니 나가서 만나보라는 것이었다. 이 씨가 먼저 반기고 물었다.

"정말입니까?"

"정말이라니까. 여자 손님이야."

죄수들은 순간 어안이 벙벙했다. 저 얼뜨기 같은 친구에게 면회 손님이 왔다? 그것도 여자 손님이라니!

"간수님, 저도 가겠습니다."

이 씨의 목소리가 간절했다.

"당신이 왜?"

"제가 오신우 씨와 가장 친한 친구입니다. 제가 가서 도와주어야 합니다."

김 씨가 가만히 있을 리 없었다.

"제가 가겠습니다."

"당신은 또 왜?"

김 씨는 자기 머리 위에 손가락으로 원을 그리면서 그 이유를 설명했다.

"오신우 씨, 좀 멍한 데가 있어서 제가 옆에서 도와주어야 합니다. 제가 늘 그래왔습니다."

이 씨는 말로는 안 되겠다 싶어선지 뭔가를 간수의 봉창에 살짝 찔러 주었다. 간수는 계면쩍은 얼굴로 두 사람을 쳐다보더니 양보했다.

"할 수 없군. 그럼 두 사람 모두 나를 따라오시오."

오신우는 면회 온 여자가 장숙자라고 짐작했다. 달리 올만 한 사람이 없었다. 그녀로부터 전에 몇 통의 편지를 받았지만, 답장을 주지 않았다.

오신우가 감옥에 온 후 변한 것 중의 하나는 용렬한 과거의 자신은 물론, 번거로운 남과 얽히는 일이 싫어진 것이었다. 얽히다 보면 자연히 불쾌한 과거의 관계에 신경을 써야 하는데 그게 싫고 귀찮았다. 번거로웠다. 불자 교도관에 의하면 세상과 관계하는 것이 주(住)라고 했다. 따라서 무주처(無住處)에서 지내면 세상의 번뇌를 잊는다고 했다. 오신우도 그런 무주처에서 자족하고 싶었다. 그 때문에 장숙자가 온 것이 별로 마음에 내키지 않았다.

면회소에 들어가니 투명한 플라스틱 벽 너머에 서 있던 여인이 통화 입구에 다가왔다.

"오 선생님, 저예요. 숙자예요."

장숙자는 엉겁결에 손을 내밀어 오신우와 악수하려다 유리막에 막히자 손을 거두고 쓸쓸히 웃었다. 오신우의 마음이 무거웠다.

"…"

"고생 많으시지요?"

"…"

"건강은 어떠세요? 얼굴이 안 되었어요."

"괜찮습니다. 저, 이 전무님은 어떻습니까?"

"그분은 벌써 보석으로 풀려나와 잘 있어요. 오 선생님은 왜 보석을 넣어준다고 했는데도 거절하셨어요?"

"저는… 여기가 편합니다."

"그런 게 어딧서요. 어려워 마시고, 지금이라도 보석을 신청할까요?"

"괜찮습니다. 저는 별로 갈 곳도 없고… 여기가 좋습니다."

"왜 갈 곳이 없어요! 사무실로 오시면 되지요."

"무슨 낯짝으로 사무실에 갑니까?"

"오 선생님, 너무 자책하지 마세요. 선생님은 회사를 위해서 좋은 일 하셨잖아요. 용기를 내세요."

좋은 일? 그에게는 오히려 나쁜 일로 들려 낯뜨거웠다. 장숙자는 그렇게 말뿐만 아니라 인물 자체가 그에게는 반어적이었다. 그녀의 아름다운 옷치장은 그의 누추한 자신을 돌아보게 했다. 그녀의 육감적인 미모는 그의 어두운 삶에 찌든 메마른 몸을 상기시켰다. 그녀의 팔팔한 언행은 죽음을 가까이 두고 있는 그의 시든 생명을 보여주었다. 연인으로서의 그녀는 기쁨이었지만 동시에 슬픔이었다. 반가움이자 두려움이었다. 희망이자 절망이었다.

"이제 얼마 안 있으면 나오시지요?"

"아마 그럴 겝니다."

"저, 기다릴게요."

"저… 그러지 마십시오. 저는 이제 기다리고 뭐고 할 만한 사람이 못됩니다."

장숙자의 얼굴에서 미소가 사라졌다. 그러나 가까스로 웃는 표정을 다시 추스른 다음 오히려 힘을 주고 말했다.

"저뿐만 아니라 모두 기다리고 있습니다. 특히 이 전무님은 눈이 빠질 지경이에요."

"…"

"심심하실 것 같아 신문과 잡지, 그리고 소설 한 권을 가져왔습니다. 읽으시면서 마음도 가라앉히시고… 그리고 뭐 더 필요한 것 없으세요. 제가 갖다드릴게요."

"없습니다."

장숙자가 가져온 읽을거리를 오신우가 유리창 밑으로 받아들 때, 그의 등 뒤로 두 사람이 다가왔다. 장숙자를 본 두 사람은 마치 꿈속에서 그리던 여인을 만난 듯 들떴다.

"저분들은 누구세요?"

숙자가 의아한 눈으로 두 사람을 쳐다보며 물었다. 오신우가 대답하기에 앞서 이 씨가 선수를 쳤다.

"저는 오신우 씨와 형님 동생같이 지내는 사람입니다. 신우 씨에게 시키실 일이 있으면 저에게 말씀하십시오. 제가 알아서 잘 처리해 주겠습니다. 요즘 오신우 씨가 너무 의기소침해서 제가 돌봐주고…"

김 씨가 이 씨의 말을 끊고 튀어나왔다.

"제가 오신우 씨와 제일 친한 친구입니다. 저에게 무슨 일이라도 시키시면 성심껏 해드리겠습니다."

장숙자는 울상이 되었다. 오신우가 얼마나 사람이 망가졌으면 다른 사람들이 보호자를 자처하고 나서는지 걱정이 된다는 표정이었다. 15분간의 짧은 면담이 끝나고 세 사람은 곤혹스러워하는 여인을 뒤로 한 채 감방으로 돌아왔다. 그들을 고깝게 쳐다보던 방장이 오신우가 들고 있는 신문이 탐이 났는지 "그것 신문아녀? 이리 좀 줘봐." 하며 채어갔다. 함께 돌아온 두 사람은 마냥 아쉬워했다.

"아, 그 여자, 되게 이쁘드라. 어떻게 그런 여자가 오신우와 같은 촌뜨기를 좋아하지? 나 같은 사람을 놔두고? 이놈의 세상 틀려먹었어. 그걸 보면 하나님도 믿을 수 없어."

"하나님은 없다. 있다면 당신 같은 나쁜 심뽀를 가진 인간을 만들었겠냐?"

"뭐야, 또 시비냐!"

"미안, 그런데 그 여자 참 섹시하드라. 꼭 배우 김정혜 같던데, 그런 여자하고 하룻밤만 지내면 소원이 없겠다."

"그렇지?"

"이봐, 당신 나 때문에 그런 이쁜 여자, 만나본 줄이나 알아라."

"알겠다. 그런데 말이야, 당신 눈에도 그 여인이 정말로 예쁘게 보이든?"

"그럼, 물론이지."

"그럴 리가 없는데? 어떻게 당신 눈에도 그 여자가 예쁘게 보일 수가 있단 말인가?"

"내 눈이 어때서?"

"네 눈이 내 눈과 같냐? 내 눈에 예쁘게 보인 여자가 당신 눈에도 예쁘게 보일 리 없다. 그렇다면 당신, 사기 치는 것이야!"

"뭐! 내가 사기를 쳐? 이게 또 헛소리야!"

"야, 다시 말하지만 내가 예쁘다고 느낀 여인을 어떻게 해서 당신도 똑같이 예쁘다고 느낄 수 있는 거냐 말이야. 그건 천 번 만 번 부당한 일이다."

"당신, 말 다 했어!"

곧 두 사람이 서로 주먹다짐을 할 것 같이 보이자, 신참이 와서 말렸다.

"그만들 하십시오. 아니, 아까 누군가 만나고 오셔서 기분이 좋은 것 같더니만 왜 또 싸우십니까?"

두 사람은 누그러졌다. 그러나 누그러진 것은 생각뿐이지, 가랑이 사이에서 모처럼 만에 힘을 얻은 그놈은 아니었다. 흥분한 그놈이 이 씨를 다른 표적으로 이야기를 몰고 갔다.

"어이 신참, 자네 그것, 참 크더구먼, 잘 생겼어."

"그걸 어떻게 아셨습니까?"

"자네 처음 여기 와서 신고식 할 때, 보았지 않나. 그 좋은 것으로다 유부녀를 따먹었다, 이거지? 어떻게 따먹었어? 몇 명을?"

"따먹기는 왜 따먹어요. 잡수시오, 잡수시오 하고 간청하니까 받아먹은 것이지요. 자비를 베푼 것입니다. 남이 갈구하는 것을 주는 게 자비 아닙니까?"

"얼씨구, 이 친구, 불자 교도관 말을 듣더니 부처가 다 된 모양이네."

"부처라기보다는 박애주의자지요. 부처는 편견적입니다. 금욕하는 사람에게만 자비를 베풀지요. 기독교의 신, 모세의 야훼도 마찬가지입니다. 그 두 신은 인간이 하나의 살아있는 생명체라는 것을 무시하고 있습니다. 부처가 이런 말을 했다고 합니다. '차라리 신체의 성기를 독사의 입에 넣는 한이 있더라도 끝내 이것을 여인의 몸에 접촉하게 해서는 안 된다.' 인간의 섹스는 생명의 본질입니다. 그걸 부처는 부정한 것입니다. 인간의 생명을 부정하는 사람이 어떻게 인간을 구할 수 있겠습니까? 구한다면 그건 허깨비에 불과하지요. 박애주의자들은 신보다 사람을 더 사랑합니다. 사람의 생명을 사랑하고 생명의 정수인 성을 사랑합니다. 그러기에 섹스의 보시를 통해서 동류인 인간들이 자신의 생명과 삶을 즐기도록 도와줍니다. 이게 진짜 휴머니즘입니다."

"야! 자네의 성 박애주의는 성의 공유를 미화하는 것 같은데 그렇게 되면 이 세상이 사생아로 득실거릴 것 아닌가. 그건 좀 문젠데?"

"문제가 안 됩니다. 우리 인간의 근본은 서출이니까요."

"뭐라! 이 친구, 우릴 서자로 취급하는 거여?"

"제 말씀 들어보십시오. 서자란 무엇입니까? 친부의 적통을 계승하지 못한 자식이 서자 아닙니까? 인간은 신의 적통을 이어받지 못한 서자입니다. 만일 신의 적통이었다면 우리 인간은 섹스가 필요치 않은 에덴동산에 살았을 것입니다. 적통이 아니고 신이 실수로 섹스를 가진 서자로 잘못 만들어놓고 보기 싫으니까 지상으로 추방한 것입니다. 그러니까 그런 무정한 친부에 연연하지 말고 우리 동류끼리 서로 동정하고 도와가면서 어차피 주어진 생명과 섹스를 잘 보존하고 활용하자는 것이 휴머니즘입니다."

"그런 박애주의자가 간통죄로 감옥에 오다니, 그건 어떻게 설명할 것인가?"

"에… 또 제가 아는 한 여인이 있습니다. 미인인 데다 지성도 갖춘 분이지요. 그런데 남편이 도박과 술로 곯아 병약해서 사는 것이 사는 것 같지 않아 심신이 사위어 갔습니다. 그러나 저와 사귄 후로는 다시 생명의 활기를 되찾고 사람같이 살고 있습니다. 그걸 이상하게 본 남편이 뒤 조사를 하고 저를 고발한 것입니다."

"그 봐, 자네가 그 여인과 사귄 것은 이 세상에서는 윤리적으로 고발깜이 된다는 것을 의미하는 것이 아닌가?"

"한 사람의 생명을 살린 것이 죄가 됩니까? 생명을 어떻게 하면 건전하게 발전시킬 수 있느냐 데 관점을 두고 윤리의 기준을 설정해야 합니다. 그 기준으로 보면 저의 행동은 비록 부작용이 있었다 하더래도 정당하고 윤리적이라고 생각합니다."

"그래 그 여인은 어떻게 되었나?"

"남편과 이혼했답니다."

"그 봐, 자네 그 여인을 불행하게 만든 게 아니여?"

"아닙니다. 제가 출소하면 책임지고 그분을 도울 작정입니다."

"자네 아까 섹스를 잘 보존해야 한다고 했는데 이 감옥에서는 그게 불

가능하니, 우린 죽은 목숨 아닌가?"

"아닙니다. 방법이 있습니다."

"어떻게? 어서 말해보게!"

"그놈이 눈을 감지 않도록 가끔 자극을 주는 것입니다."

"자극을 주어? 상대가 없는데 무슨 수로 자극을 준단 말이여?"

"제 경험을 털어놓겠습니다. 잘 들어보십시오. 어제 저녁 회색 황혼이 질 무렵 나는 바위 굴 앞에서 한 쌍의 남녀를 보았습니다. 뒤에는 울창한 검은 숲이 눈비에 쏠리고 있었습니다. 남자는 여자를 데리고 바위 굴 속으로 들어갔습니다. 조금 있다, 남자가 봉산탈춤에 나오는 창을 읊었습니다. '그놈의 곳이 험하기도 험하다. 솔잎이 좌우로 우거지고 산 높고 계곡 깊은(山高谷深)데 물 맑은 호수 중에 굽이굽이 섬 둑이고 갈피갈피 유자(流字)로다.' 노래가 끝나자 하얀 다듬잇방망이가 어두운 계곡 안으로 들어가는 것을 보았습니다. 쑥쑥 잘도 들어갑디다. 그러자 여자가 생명의 환성을 질렀고 그 순간 내 그놈이 불끈 솟았습니다. 꿈을 통해서 섹스에 자극을 준 것입니다. 그게 생명 기르기 연습입니다."

"어이 둘러대지 마. 우리는 다 안다. 그 꿈속에 나타난 남자가 바로 자네지? 누구 이야기 들어보니까 좋은 자궁으로 들어가야 다음에 좋은 가문에 태어나 부귀영화를 누린다고 하던데. 그리고 못 된 자궁으로 들어가면 개나, 소, 돼지, 그리고 나쁜 인간으로 다시 태어난다고 하더군. 자네는 어쨌어?"

"저야 섹스의 자비를 베푸는 사람이니까 언제나 네 잎 연꽃 같은 자궁을 헤치고 들어가지요."

"연꽃?"

"생명력의 여신이 사는 샘에는 연꽃이 핍니다."

그때 김중달이 벌떡 일어났다. 도저히 더는 들어줄 수 없었는지 황소처럼 신참에게 대들었다.

"뭐, 성 박애주의자! 섹스의 자비를 베풀어! 너 같은 놈 때문에 우리 가정이 파탄 난다. 가만히 있는 유부녀를 꾀어내어 가정을 파괴하는 놈이 바로 너 같은 놈이다. 너 같은 놈은 없어져야 한다."

김중달은 목에 핏대를 세우며 신참의 멱살을 거머쥐고 마구 뒤흔들었다. 금방 무슨 사달을 낼 것 같았다. 신참은 놀라 뒤로 물러나면서 사정조로 말했다.

"아니! 김 선생님, 왜 이러십니까? 제가 뭘 잘못했다고 이러십니까?"

방장도 김중달을 껴안고 달랬다.

"김중달, 손은 놓고 말로 해, 말로."

김중달은 마지못해 손을 놓고 방장에게 하소연했다.

"방장님! 잘 아시지요. 가정은요, 인간 사회의 기본 아닙니까? 그 기본이 파괴되면 사람도, 우리가 사는 세상도 다 망가집니다. 그러니까 가정을 파괴하는 놈들은 혼구멍을 내줘야 합니다."

김중달의 외치는 소리로 감방 안이 시끄러웠다. 그걸 들었는지 복도를 지나던 불자 교도관이 깜짝 놀라 방 안으로 들어왔다.

"왜들 그러나? 무슨 일 있습니까?"

큰 소리의 내력을 알게 된 교도관이 물었다.

"신참, 자네가 좋은 자궁으로 들어갔냐고?"

교도관은 어이없다는 투로 말했다.

"그건 실은 당신의 망상이요. 당신의 무지 때문에 나쁜 자궁을 좋은 것으로 착각하고 들어간 것이지. 나쁜 자궁으로 들어갔기 때문에 결국 좋은 곳으로 못 가고 감옥에 온 것이요. 알겠습니까?"

"그럼, 어떻게 하면 좋은 자궁을 선택할 수 있습니까?"

"제일 좋은 방법은 자궁의 본질을 이해하는 것이요. 자궁은 실체가 아니고 허상이요. 우리의 무명이 만들어낸 허구란 말이요. 그런 허구를 악처(惡處)라고 합니다. 악처에 들어가면 우리는 다시 나쁜 인간, 개, 소, 돼지로 환생합니다. 이를 불경에서는 이생(異生)이라고 하지요. 그런 나쁜 이생을 되풀이해서야 쓰겠습니까?"

"그런 나쁜 환생을 어떻게 하면 벗어날 수 있습니까?"

"존재의 근원이 보내주는 '투명한 빛'을 받으면 됩니다. 그 투명한 빛은 당신의 눈에서 무명을 걷어내고 자궁이 악처인 것을 훤히 드러냅니다. 그러면 그것에 들어갈 마음이 생기지 않지요."

"투명한 빛? 그게 어떤 빛입니까?"

"부처님께서 나이란자라 강가의 보리수나무 아래에서 결가부좌하고 동쪽 하늘을 우러러보며 수행했을 때 본 빛입니다. 부처님은 그 빛을 보시고 득도했습니다."

"어떻게 하면 우리도 그 빛을 얻을 수 있습니까?"

"내가 전에도 말했지요. 우리 마음에는 불심이 있다고. 그 불심이 곧 그 투명한 빛입니다. 그 불심을 가리고 있는 무명을 씻어내고 마음을 본래의 텅 빈 순수한 상태에 휴식하도록 하면 그 광명은 스스로 알아서 나타납니다."

교도관이 떠난 후에도 투명한 빛의 이미지는 어느 때보다도 강렬한 미련으로 죄수들의 뇌리에 남아있었다. 누군가 그런 미련의 후속 담을 이어갔다.

"일전에 여기 와서 설교한 교회 목사도 투명한 빛을 말씀하던데… 정말로 투명한 빛에는 뭔가 있는 모양인가?"

교회 목사도 가끔 감옥에 들려 죄수들을 모아놓고 설교했다. 한 번은 요한복음의 첫 절을 읽어주면서 빛에 관하여 이야기한 적이 있었다.

"'그리스도는 맨 처음부터 하느님과 함께 계셨고 모든 것은 그분을 통해서 창조되었으며 그분 없이 만들어진 것은 아무것도 없었다. 그리스도 안에 생명이 있었으니 이 생명은 인류의 빛이었다. 이 빛이 어두움 속에 빛나고 있었으나 어두움이 이 빛을 깨닫지 못하였다.' 여러분! 우리는 어둠입니다. 어둠을 걷어내야 하나님의 빛을 볼 수 있습니다. 그래야 우리는 죽어서도 예수와 더불어 부활하여 영생을 얻을 것입니다."

"그러면 우리의 어둠을 어떻게 하면 제거할 수 있습니까?"

"사도 바울처럼 회심해야 합니다. 바울은 원래 기독교인을 박해하던 죄인이었습니다. 어느 날 길을 가던 중 다마스커스 부근에 이르렀을 때 하늘로부터 홀연히 내려오는 밝은 빛 속에서 예수의 말씀을 들었습니다. 그러자 그의 눈에서 비늘 같은 것이 떨어지고 그는 하나님의 증인이 되기로 회심을 한 것이었습니다."

박 씨도 빛에 대하여 일가견을 가진 사람이었다.

"인류의 양대 종교에서 말하는 빛은 영원한 생명을 말합니다. 그 영원한 생명이 붓다의 생명이고 그리스도의 생명입니다. 그러니까 이 영원한 생명을 얻어야 우리는 영생을 누릴 수 있습니다. 이런 생각은 서양 근대 철학의 개조인 데카르트도 가졌습니다. 그는 이런 말을 했습니다. '신은 우리 한 사람 한 사람에게 진실과 허위를 구별할 수 있는 어떤 빛을 주었다.' 이 빛을 데카르트는 자연의 빛이라고 하면서 신이 부여한 것이라고 했습니다. 신이 부여한 자연의 빛이란 영원한 생명이 발산하는 빛을 말하는 것이지요."

박 씨의 말이 끝나자 뒤에서 수군거리는 소리가 들렸다.

"하기야 빛이 그립기도 하지. 이놈의 공동묘지 같은 감방에 환한 밝은 빛이 들어오면 얼마나 좋을까."

"그런데 신참의 말을 들으면 사타구니에 있는 그놈은 빛과 상극이야. 그러니까 그놈은 우리 몸에서도 햇빛이 스며들지 못하는 제일 어두운 곳에 숨어있다가 어두운 동굴로 들어가기를 좋아하지. 그 말에도 일리가 있어."

"무엇이 두려워서 숨어있겠나. 그놈이 당당해야 우리도 당당하게 사는 거야."

"아니야, 뭔가 부끄러워서 어둠 속에 숨어있는 것이 아닐까?"

한동안 감방은 다시 조용했다. 김중달은 소란을 피운 것이 미안했는지 사람들과 떨어진 방 윗목에 가서 벽을 보고 누워버렸다. 말려진 등판이 보기에 딱했던지 방장은 그가 있는 곳으로 가서 위로했다.

"신참 이야기, 너무 신경 쓸 것 없어. 시답지 않은 이론이니까. 자 이 신문이나 읽으면서 기분을 풀게."

장숙자가 가져온 신문을 김중달에게 건네주었다. 다음에는 신참이 있는 곳으로 가 나직이 충고했다.

"신참, 아까 자네가 한 말 너무했어, 김중달 마음을 아프게 했네."

"뭐가 잘못된 게 있습니까? 김중달 씨, 여태 저에게 친절하게 잘 대해 주셨는데 오늘은 왜 그렇게 불같이 화를 내는지 알 수 없습니다."

"그 사람 뻐꾸기야."

"뻐꾸기라니요?"

"간부에게 아내를 빼앗긴 남편을 뻐꾸기라고 하지."

"그래요? 김 선생님, 어쩌다 그렇게 되었습니까?"

"김중달은 전에 원양어선 선원이었어. 그 생활을 10년 했대. 한 번 배

타면 짧아야 6개월, 보통은 1년 걸려야 집으로 돌아가는 데 그렇게 오랫동안 집을 비우는 동안 와이프가 다른 남자와 배가 맞은 모양이야. 부쳐준 돈을 몽땅 갖고 둘이 도망쳤다는 거야. 여자도 나빴겠지만, 여자를 꼬신 바람둥이 남자가 더 나빴지. 그렇게 해서 김 씨의 가정은 파탄 나고 그는 빈털털이가 되었대. 어찌어찌 수소문해서 그 두 년, 놈을 찾아내어 죽어라 패주었다는 거야. 그 상해죄로 감옥에 온 것이지. 그런데 자네가 성 박애주의 하면서 바람둥이 간부를 치켜세우는 식으로 말을 하니까 뿔이 난 거야. 자네가 이해하게."

장숙자가 교도소를 다녀간 후에 감방에는 뜻밖의 사건이 발생했다. 김중달이 변한 것이었다. 그의 변화를 가져온 것은 한 장의 낡은 신문 쪽지였다. 장숙자가 가져온 신문인데 방장이 갖고 있다 김중달에게 건네준 것이었다. 김중달은 처음에는 건성으로 읽는 듯하더니 뭘을 발견했는지 방구석으로 물러가 신문에 머리를 박고 읽기 시작했다. 신문에 빠진 모양새가 어찌나 진지한지 읽는 그가 신문인지 신문이 그인지 분간하기 어려울 정도였다. 소위 물아일체의 무아경지에 이른 것 같았다. 수상하게 여긴 동료들이 넘겨보려고 다가가면 그는 쪽지를 가슴에 숨기고 벽 쪽으로 돌아누워 그들의 접근을 차단했다. 남과는 나눠 가질 수 없는 자기만 누려야 할 내용이 있는 모양이었다. 읽다가 이따금 머리를 들어 창밖을 줄기차게 바라보면서 뭐가를 골똘히 생각하는 듯했다

다음 날은 행동이 다른 방향으로 변했다. 전에 없이 온종일 방바닥에 배를 깔고 종이쪽지에 무언가를 열심히 썼다 지웠다 했다. 식사도, 주위 사람도 잊고 글 쓰는 데만 온 정성을 다 쏟았다. 뭐가 큰일을 칠 것 같아 동료들은 불안하기도 했으나 편지를 쓴다는 것은 좋은 징조로도 보여 마

음이 놓이기도 했다. 마침내 다 쓴 글을 감방 복도 끝에 놓여있는 우체통에 넣고 왔다. 그다음부터 그는 전과 같은 침울한 정물이 아니었다. 끊임없이 움직이는 영상이었다. 방을 서성거리던가, 창밖을 기웃거리던가, 망연히 먼 곳을 바라보던가 했다. 그런 동작 하나하나가 뭔가를 애타게 기다리는 마음의 편린이었다. 동료들도 부지불식간에 그의 애타는 동작에 물들어 덩달아 부친 편지에 대한 회답이 언제 올지 마음 설레며 기다리게 되었다. 그러다 보니 방이 모처럼 만에 할 일이 생겨 권태에서 벗어났다.

그렇게 10여 일 지났을 때였다. 간수가 와서 김중달에게 손님이 왔다고 했다. 여자 손님이라고 했다. 모두 일제히 환성을 질렀다. 김중달이 보낸 편지가 여인을 불러오리라고는 상상도 못 했기 때문이었다. 김중달이 20여 분간 면회실에 갔다 돌아왔을 때 동료들은 또 한 번 놀랐다. 그는 나갈 때의 그가 아니었다. 우중충한 죄수가 아니었다. 그의 얼굴에는 연분홍 혈색이 꽃을 피우고 옴 몸에 힘이 뻗쳐 있었다. 그때까지 김중달이라는 이름으로 불렸던 사람은 아니었다. 동료들은 물어보기에 바빴다.

"누가 왔어? 응, 손님이 누구여?"

"…"

"이 사람아! 오신 분은 우리 손님이기도 해. 우리 모두 얼마나 기다린 사람인가? 누구여!"

"…그 신문 속의 여인입니다."

"신문 속의 여인? 누군데?"

"신문에 기사를 쓴 분입니다. 제가 그 기사를 읽고 편지를 보낸 분입니다."

"뭐 하시는 분인데?"

"서울에 있는 초등학교 여교사입니다."

"그래? 어떻게 오게 되었어?"

"제가 보낸 편지에 대한 답장으로 왔습니다."

"만나서 무슨 이야기 했는데?"

"…"

"이게, 또 말 안 할거여!"

"아! 그 시선, 뭐라고 할까요. 말로 표현하기 어렵습니다."

"시선?"

"그분의 시선이 제 몸에 닿는 순간 저는 눈 녹듯 녹아버렸습니다."

"녹아버려?"

"예, 저는 녹아 없어져 버리고 그 자리에 낯선 새로운 내가 탄생하는 것을 느꼈습니다."

새로 탄생한 김중달은 말 그대로 새로운 정명(正名)이 필요한 딴 사람이었다. 표정이 전에 없이 맑고 밝은 것은 말할 것도 없고 행동도 부지런하고 기민했다. 특히 그의 눈은 초롱초롱 희망에 찬 눈이었다. 그는 매일 아침 일찍 일어나 방 윗목에 좌정하고 안 하던 요가를 30분간 했다. 그런 다음에는 감방의 궂은일을 도맡아 했다. 방 정돈과 청소, 변소 치기, 물 떠오기, 잔심부름 등을 자진해서 혼자 다 했다. 그런 일들을 모두 함박꽃 같은 웃음을 지으며 했다. 그의 마음도 활짝 열렸다. 그는 신참에게 가서 일전에 자기가 저지른 무례를 용서해달라고 빌었다.

"사람이 저렇게 변할 수 있는가? 여 선생을 보고 오더니만 완전히 딴 사람이 되었어."

동료들은 부러워했다.

"여자의 시선이 사람을 완전히 바꿔놓았어. 자기 말대로."

"그 시선은 혹시 우리 불자 교도관이 말하는 '투명한 빛'이 아닐까?"

김중달의 맑고 밝은 웃음은 과연 한줄기 밝은 빛이었다. 그게 어둠 속을 헤매고 있던 오신우의 의식에도 한 줄기 광명을 심어주었다. 희미하게 깨어난 의식으로 생각해보면 김중달이 그때까지 그런 함박웃음을 웃은 적이 없었다. 그런 함박웃음을 웃을 처지에 있는 사람이 아니었다. 그러니까 그 함박웃음은 김중달 본인의 것이 아니었다. 그의 너머에 있는 누군가가 김중달의 얼굴을 빌려 웃는 웃음이었다. 그 누군가는 누구일까? 그 누군가를 만나면 나도 그런 함박웃음을 웃을 수 있지 않을까? 오신우는 그런 부러운 생각을 했다.

인격이 약화 되면 자신의 중심을 잡기가 어렵다. 쉽게 기분과 충동에 흔들린다. 고답적이다가도 이내 미천한 행동에 빠진다. 한 말로 변덕쟁이가 된다. 더 나쁜 것은, 자신이 변덕쟁이가 된 것을 알면서도 그에 별로 구애되지 않을 정도로 뻔뻔한 사람이 된다는 것이다. 걸핏하면 자기들의 위격(位格)을 놓고 티격태격 싸우는 이 씨와 김 씨는 드디어 격을 논의하기에는 영 어울리지 않는 생리적인 배설 문제로 격돌하고 그 불똥이 다른 죄수들에게까지 튄 사건이 벌어졌다.

하루는 아침 일찍 뺑끼통(화장실) 일을 보고 나오는 김 씨를 이 씨가 불문곡직하고 패대기 했다. 감방의 관습적인 규율을 어겼다는 이유에서였다. 아침에 일어나면 방장이 제일 먼저 화장실에 가서 용무를 마쳤다. 다음에는 고참 순서대로 일을 보는데 그날은 김 씨가 순서를 어기고 먼저 화장실에 들어갔다. 화가 난 이 씨는 문밖에서 식식거리며 기다리고 있다가 용무를 마치고 나오는 김 씨를 다짜고짜로 멱살을 잡아 바닥에 내동댕이친 것이었다. 두 사람은 한동안 어우러져 치고받았다. 처음으로

하는 몸싸움이었다. 평소 김 씨에 밀려 수모를 당한 적이 한두 번이 아
닌 이 씨의 쌓인 울분이 폭발한 모양이었다. 감방의 소란은 금방 죄수들
을 감시하는 간수실로 전달되었다. 여지없이 간수 두 명이 달려와 싸움
을 한 당사자는 물론 다른 죄수 전원을 감옥 마당으로 끌어냈다. 연대책
임을 물어 모두에게 체벌을 주기 위해서였다.

"야! 95호, 뭘 꾸물거리고 있어, 빨리 안 나와!"

95호는 오신우였다. 그는 자신의 수인번호에 아직 익숙하지 못했는
지, 못 들었는지 굼떴다. 간수가 다가와 또 소리쳤다.

"이 굼벵이만도 못한 놈, 너 한 번 혼나봐야 정신 차리겠나!"

하면서 오신우의 궁둥이를 냅다 발길로 찼다. 그는 앞으로 꺼꾸러지면
서도 번쩍 머리에 떠오르는 생각이 있었다. 내가 굼벵이라고? 검사가 '당
신은 자신을 어떤 사람으로 생각하느냐?'고 물었을 때, 아무 말도 못 했
는데, 이제야 그 해답을 얻은 것 같았다. 자신은 정말로 굼벵이만도 못한
놈인지도 몰랐다. 그런 생각으로 우물쭈물하고 있는 그의 엉덩이를 간수
가 재차 밀어 찼다. 그 서슬에 그는 겨우 일행의 뒤꽁무니에 따라붙었다.
앞에서 소곤거리는 소리가 들렸다. 앞서 싸웠던 두 사람이 싸울 때와는
달리 다정한 목소리로 말을 주고받고 있었다.

"야 너, 코피 난다."

"임마, 네가 그렇게 만든 거여!"

"너, 코피 나는 것 보니 아직 살아있구나. 안심이다."

"무슨 소리야!"

"나는 네가 죽은 줄 알았다. 죽은 사람은 피를 흘리지 않는다. 그래서
네가 살아있는지 어쩐지 확인하고 싶어 코피를 내본 거다."

"너나 나나 큰일이다. 헛소리만 하고 있으니. 우리 둘 다 정말 죽은 거

아니냐? 지금 우리가 가는 곳이 지옥이냐?"

감옥 마당은 시골 초등학교 운동장만큼 컸다. 그 둘레에는 3m 벽돌 담벼락이 쳐있고 그 아랫단에 자잘한 꽃나무 화단이 깔려있었다. 그 화단에 붙어서 담을 따라 2m 정도의 시멘트 길이 타원형으로 나 있고 그 안으로 넓은 황토마당이 들어있었다. 죄수들은 싸운 벌로 그 시멘트 길을 달려야만 했다. 단풍이 막 드는 초가을 정오, 아직 더운 날씨 속을 운동을 안 하던 몸으로 30분쯤 달렸을 때는 기진맥진했다. 갑자기 김 씨가 외쳤다.

"귀신이다. 귀신이 나타났다!"

모두 깜짝 놀라 동작을 멈추고 김 씨를 바라보았다. 담 구석 망루의 감시병조차 이상한 징후를 감지했는지 총을 겨누고 아래를 굽어보았다. 간수가 뛰어왔다.

"왜 그래? 무슨 일인가?"

김 씨가 오신우를 가리키며 소리쳤다. 눈동자가 거슴츠레 풀려있었다.

"간수님, 저 친구 귀신입니다, 귀신이요!"

"뭣이 어째?"

"저 친구, 그림자가 없어요. 저것 보십시오. 그림자가 없습니다. 귀신입니다."

김 씨의 눈은 오신우를 보면서도 눈동자는 다른 곳을 보고 있었다.

"이 친구 헛것을 보고 있군, 운동이 과해서 그런가? 어이 여러분들! 좀 쉬었다 한다. 쉬어라!"

죄수들은 모두 바닥에 철퍼덕 퍼져버렸다. 몇 사람은 아예 누워버렸다. 김중달은 김 씨가 염려되어 그의 옆구리를 팔로 끼고 함께 앉아 위로했다. 가쁜 숨소리가 여기저기서 거칠게 났다. 얼마 안 있어 누군가 또 소리쳤다.

"이게 뭐야! 에잇 징그러워!"

그 외마디 비명과 동시에 두어 명이 벌떡 일어나 다른 곳으로 옮겨갔다. 지친 몸들인데도 그런 과격한 몸동작을 한 것을 보면 뭔가 못 볼 것을 보고 비상한 충격을 받은 것이 틀림없었다. 과연 그럴만했다. 비워진 바닥에 징그럽게 으깨어져 죽은 송장이 여럿 보였다. 자세히 보니 지렁이의 시체였다. 웬 지렁이들이 저렇게 많이 나와 시멘트 길에 죽어있을까? 오신우는 이상한 생각이 들어 자세히 살펴보았다. 시체들 가운데서 한 놈이 움직이고 있었다. 15㎝ 정도의 큰 놈인데 꾸물거리며 어렵게 시멘트 길을 건너고 있었다. 겉 몸에서 분비하는 점액에 모래와 흙이 잔뜩 엉겨 붙어있어 움직이는 것이 더욱 느리고 고통스러워 보였다. 지렁이는 하체의 힘을 끌어당겨 가슴 띠 부분에 모은 다음 그 축적된 힘을 앞으로 투사하면서 윗몸을 밀고 가느라 동작이 아주 느렸다. 게다가 눈이 없어 이리저리 길을 더듬다 보니 더욱 느렸다. 그런 맹목의 몸으로 2m 길을 건너는 데 한 시간은 족히 걸릴 것 같았다. 그동안 뙤약볕에 말라 죽거나, 시멘트 바닥에 긁혀 죽거나, 사람이나 짐승의 발에 밟혀 죽거나, 새들에 쪼여 죽을 것이 뻔했다. 그 때문에 지렁이 시체가 그렇게 많이 길에 널려있는 것이었다.

눈앞에서 움직이는 놈도 애쓴 보람 없이 곧 죽을 것 같아 불쌍한 생각이 들었다. 그놈을 화단 쪽으로 던져주면 살 것 같았다. 나뭇가지를 주어 그놈의 배 밑으로 밀어 넣고 들어 올려 화단 쪽으로 던지려고 했다. 그러자 지렁이는 잽싸게 몸을 타원형으로 말았다 펴면서 당차게 저항했다. 자기의 가는 길을 방해하지 말라고 항의하는 것이었다. 다 죽어가는 몸의 어디에 그런 결기가 남아있는지 놀라웠다. 나뭇가지를 내려놓았다. 지렁이는 다시 건너기 시작했다. 곧 죽을 몸이니 엔간하면 포기하고 원래 있던 안전한 곳으로 되돌아갈 만도 하련만 한사코 길을 건너는 것이었다. 그게 이상하기도 신기하기도 했다. 그때 간수의 소리가 들렸다.

"모두 일어섯! 숙소로 돌아간다!"

죄수들은 축 처진 몸을 끌고 숙소로 발을 돌렸다. 맨 끝에 따라가는 오신우의 머릿속에는 계속 죽음의 미로를 헤매고 있는 지렁이의 모습이 맴돌았다. 누가 시켜서 그러는 것일까? 아니면 자진해서 그럴까? 그 출구는 어딜까? 그런 의문이 들지만 그에 대한 해답의 실마리가 잡히지 않아 안타까웠다.

숙소에 도착했을 때였다. 또 범상치 않은 것을 발견하고 발을 멈추었다. 한 폭의 작은 시든 잡초였다. 문 입구 계단 밑, 지저분한 시멘트 바닥의 째진 틈새를 비집고 나와 있었다. 누렇게 시들어가고 있는 서너 개의 잎줄기 속에서 한 가닥 파란 연약한 줄기가 잡초의 생명을 가까스로 지탱하고 있었다. 햇볕도 제대로 받지 못하는, 죄수들의 더러운 발에 밟히고 밟히는 열악한 환경에서 죽음과 처절한 싸움을 하고 있었다. 왜 저런 곳에서 나서 살겠다고 아등바등할까? 언짢기도, 안쓰럽기도 했다.

"야! 95호, 거기서 또 뭘 하고 있는 거야! 다들 들어갔는데!"

"여기에 잡초가 있어서요…"

"잡초? 그것 뽑아버려!"

"…"

"뽑아버리라니까!"

"그것도 살겠다고 저러는데…"

"뭐야? 말 안 듣기야!"

간수는 발로 또 오신우의 엉덩이를 걷어찼다. 그 바람에 그는 고꾸라지듯 문 안으로 밀려들어 갔다.

그날 밤이었다. 밤이 이슥한데도 잠이 오지 않고 낮에 본 지렁이와 잡초의 측은한 모습이 집요하게 그의 의식을 파고들었다. 지렁이의 생각이 특히 그랬다. 지렁이는 땅속에서 살도록 만들어진 운명을 타고난 생물이다. 따라서 그렇게 살도록 진화된 몸을 가지고 있다. 몸에서 분비하는 점액도 그 한 예다. 점액은 땅속에서 움직이는 데는 편리한 윤활유 역할을 하겠지만 땅 밖으로 나오면 그 점액에 여러 물질이 들러붙어 떨어지지 않기 때문에 오히려 죽음을 자초하기 쉽다. 그러니까 지렁이란 놈, 자신의 운명에 순종해서 지금까지 살아온 대로 화단의 땅속에 살면 안전하고 편안할 터인데 무슨 이유로 밖에 나와 죽음을 무릅쓰고 길을 건너려고 하는지 알 수 없었다.

　생명체는 자기 생명을 해치거나 위협하는 것은 본능적으로 피하거나 거부한다. 그런데 지렁이는 반대로 그런 본능을 거부하고, 자신의 운명을 거부하고, 죽기를 각오하고, 땅 밖으로 나와 길을 건너고 있다. 못생긴 만큼이나 미련한 미물이니 그런 바보짓을 하는가 보다 했다. 그러나 그렇게 치부해도 지렁이의 고행은 석연치 않았다.

　그렇게 치부하기에는 지렁이의 길 건너기는 너무나 간절했다. 그 간절한 몸짓에는 죽음을 불사하고라도 반드시 길을 건너야 하겠다는 강인한 의지가 보였다. 그 의지가 매진하는 곳은 길 건너 피안이었다. 분명 그 피안으로부터 오라고 부르는 소리에 응답해서 길을 건너고 있음이 틀림없었다.

　무슨 소리일까? 스님 교도관이 말한 그 순수하고 투명한 빛이 부르는 소리 아닐까? 그 빛을 만나면 차안(此岸)의 지하를 다스리는 검은 손이 만들어준 누추한 자신과 차원이 다른 새로운 생명을 얻을 수 있다는 깨달음을 얻은 것이 아닐까? 그러기 때문에 죽음을 마다하지 않고 그 빛을 만나러 가는 것이 아닐까? 그런 지렁이 앞에 '굼벵이만도 못한 놈'은 고개를 들 수 없었다.

또 그 잡초는 어떤가. 더러운 시멘트 바닥의 틈새에 끼어 산다는 것이 죽기보다도 더 힘들고 고통스러울 터인데 왜 그런 곳에서 살려고 아등바등 애태우고 있을까? 고통으로 찌들어 시든, 꽃도 못 피우는 무명초를 누가 반겨준다고 그렇게 기를 쓰고 살려고 하는 것일까? 죄수들의 더러운 발에 짓밟히면서도 살고 싶은 것일까? 뭘 바라고 그런 자학적인 인고를 견디어내는 것일까? 혹시 자신의 운명에 저항하는 오기를 부리는 것은 아닐까? 넓은 대지를 놔두고 하필이면 감옥의 시멘트 바닥 틈새에 생명을 준 그 악연에 항거하는 것은 아닐까? 차라리 죽어버리면 모든 고통과 인욕(忍辱)을 끝내고 편안하지 않을까. 그런데도 자기를 포기하지 않고 한사코 버티는 이유는 뭣일까? 그건 꼭 주어진 생명을 살기 위한 것만은 아닐 것이다. 무엇 때문에 그런 구차한 생명을 살기 위해 그런 간난신고를 참아내겠는가. 아마도 현생의 자신과는 격이 다른 새로운 생명을 애타게 기다리며 버티는 게 아니겠는가.

정부는 다가오는 크리스마스이브에 일부 죄수를 특별 사면한다고 발표했다. 213호실 감방 죄수 중 실업가 이 씨, 김중달, 오신우는 그 사면에 포함되었다. 형이 가벼운 경제사범들이 주로 대상이 되었다. 방장은 속내는 모르지만, 겉으로는 출소자를 축하해 주었다. 잘 되었다, 축하한다, 먼저 나가서 자리를 잡아놓고 자기를 기다려 달라고 부탁까지 했다. 박 씨는 태연했다. 사상범이라 사면을 기대하지 않았기 때문이었다. 정치가 김 씨는 예상 밖이었다. 불공평한 조치라고 불같이 화를 낼 것 같았는데 아무 말이 없었다. 너무 충격이 커서 말문이 막혔나 안쓰럽게 생각한 방장은 김 씨에 다가가 위로의 말을 건넸다.

"너무 낙담하지 말게. 자네나 나도 곧 풀려날 거야. 그때까지 우리 남아있는 사람들끼리 잘 지내보자구."

그런데 김 씨의 대답은 의외였다.

"저는 여기가 좋습니다. 나가기 싫습니다."

"응?"

"나가 보았자 수많은 악귀, 수많은 망나니가 내 목을 자르겠다고 쫓아다닐 텐데… 여기가 더 안전하고 평안합니다."

방장은 물론 다른 죄수들도 수많은 악귀, 망나니가 무엇인지 궁금했지만 물어보지 못했다. 짐작하건대 바깥세상에서 저지른 그의 업보들이 잠들지 못하고 악귀로 변신해서 그를 기다리고 있는지도 모른다는 생각을 했다.

오후가 되자 김중달이 오신우 곁으로 가만히 다가왔다.

"오 선생님, 여기 나가시면 어디로 가십니까?"

"…"

"가정으로 돌아가시겠지요?"

그러나 가정이란 말이 어색하게 들렸다. 그런 곳에 꼭 자기가 돌아가야 할지 선뜻 내키지 않았다. 삭막한 고향 땅도 마뜩하지 않은 것은 마찬가지였다.

"김중달 씨는 어디로 가니까?"

김중달은 한동안 망설였다.

"갈 곳이 마땅치 않습니까?"

"저는… 우선 서울 정동에 있는 그 초등학교 여 선생한테 가볼까 합니다."

"그래요? 그것 잘 되었군. 벌써 두 사람의 관계가 그렇게까지 되었습니까?"

"지난번 면회 왔을 때 그분이 저에게 두 가지를 해보라고 말씀하셨습니다. 하나는 아침에 요가를 하라는 것이었습니다. 요가를 하면 평정심을 얻게 되어 세상에 대한 울분 같은 것을 다 잊게 되고 마음이 평안해진다고 했습니다. 두 번째는 남을 사랑해보라고 했습니다. 남을 사랑할 때 자기 자신도 사랑하게 된다고 했습니다. 자기를 사랑해야 세상을 살아갈 힘이 생긴다고 했습니다. 그리고 출소 후 가급적이면 자기 있는 곳에 한 번 들려달라고 했습니다."

"아, 그래서 아침마다 요가를 하셨군요."

"저는 그분을 만나본 다음에는 바다에 가겠습니다."

"바다? 집으로 안 가고요?"

"저의 집은 원래 바다입니다. 저는 바다에 청춘을 바쳤습니다. 그러다 한 때 외도해서 육지에 살림을 차린 적이 있었으나 그 때문에 망해버리고 이 감옥에 오게 된 것입니다. 이제 제 고향으로 돌아가야죠. 오 선생님, 어제 정부가 사면을 발표했을 때 제일 먼저 저를 찾은 자가 누구신지 짐작하겠습니까. 바다가 부르는 소리였습니다."

"바다가 부르는 소리?"

"예, 그렇습니다. 바다가 부르는 소리…"

창밖을 내다보는 그의 눈이 빛났다. 그때 두 사람의 대화를 엿듣고 있던 박 씨가 한 말 했다.

"마가다 국왕 빔비사라가 석존 보고 왕이 되어달라고 했습니다. 그러자 석존이 말씀하시기를 '어떤 사람이 바다를 본 다음에 소의 발자국에 고인 물을 보고서 애착하는 마음을 내겠는가.' 바다가 부르는 소리를 들은 김중달 씨는 행복하겠습니다."

오신우는 사면 소식을 듣고 실은 좋기는커녕 오히려 불안했다. 정치가 김 씨를 이해할 만했다. 차라리 감방이 나았다. 그곳에서는 조악한 대로 의식주는 해결되니 지내는 데는 별문제가 없었다. 그러나 출소하면 문제가 달라질 것이 뻔했다.

그는 지금까지 감방에서 의식의 불을 끄고 무(無)에 자폐 되어 지내왔다. 무의 존재는 내분의 갈등이 없고 주객의 대립이 없는, 전체가 하나로 통일되고 조화된 일심(一心)의 세계였다. 일심을 심리학자들은 '자기(Selbst)'라고 부르기도 한다. 그러나 감방 밖으로 나가면 사정은 달라진다. 바깥 세계는 유(有)의 세계다. 유의 지분을 놓고 무수한 타자의 시선들이 투쟁하는 세계다. 사람들의 시선, 이념의 시선, 관습의 시선, 제도의 시선들이 유의 지분을 증대하기 위해 오신우를 가만히 놔둘 리 없다. 어떻게 해서든지 그를 자기들의 시선에 맞추어 자기편으로 세뇌하려고 들 것이다.

그런데 문제는 그런 타자의 시선에 아부하여 소유의 지분을 한몫 챙기고자 스스로를 타자화하는 '나'가 생긴다는 것이다. 동시에 그러한 타자화된 나를 '자기'에 대한 배신자로 비난하는 '또 하나의 나'가 생긴다는 것이다. 이리하여 일심이 두 자아로 양분된다. 양분된 자아들 사이에는 메우기 어려운 대결의 골이 파이기 때문에 필연적으로 갈등하고 싸운다. 싸우다 죄를 짓는 것이 필연이다. 그 필연에 코가 꿰인 자기가 죄인이 되어 다시 감옥으로 돌아오는 것도 필연이다.

이 필연의 악순환에서 벗어날 수는 없을까? 있을 것 같기도 하다. 스님 교도관의 말대로 타인의 시선에 구애되지 않는, 소유욕에 매이지 않는,

그리하여 필연의 고리에서 해방된 자유로운 의식체로 탈바꿈하면 가능할 것 같다. 과연 그게 가능할까? 지렁이를 부르는 소리를 만나면 그런 탈바꿈이 가능하지 않을까, 오신우는 그런 기대를 해봤다.

그런데 근본적인 물음이 있었다. 지렁이를 부르는 소리를 만나려면 받아드리는 마음의 본바탕이 선근(善根)이어야 했다. 과연 자신에게 그런 선성(善性)이 있는가? 자기는 태생적으로 일천제(一闡提)가 아닌가? 그러기 때문에 장년까지 바친 삶이 결국 감옥으로 귀결된 것이 아닌가. 과거의 자신을 돌아봐도 생각나는 것은 주로 민망한 자아상뿐이었다.

일곱 살 때였다. 하루는 할아버지로부터 된통 혼나고 집을 뛰쳐나와 군산 근교에 있는 외가로 도망갔다. 삼십 리 길을 어린 애가 혼자 갔으니 집안은 온통 패닉 상태에 빠졌다. 자기는 어릴 때부터 애물단지였다. 커가면서도 그런 졸렬한 상을 면하지 못했다. 남으로부터 애먼 매를 얻어맞고도 덤비지 못한 비겁한 자신, 남을 속이고 거짓말했던 자신, 술집 작부로부터 얻어맞고 되받아쳤을 때, 슬픈 눈으로 바라보는 그녀를 외면하던 자신, 결혼을 약속한 시골 처녀를 배신한 자신, 불법 비자금을 만들어 남들에게 피해를 준 자신 등, 이런 숱한 정신적 외상으로 곪아있는 못난 사람이 과연 지렁이를 만날 자격이 있을까? 그렇다고 지렁이를 부르는 소리를 단념해야 할까? 그래서는 안 되었다. 다시 감옥으로 돌아갈 수는 없었다. 그는 며칠 동안 자기에게 착한 구석이 없는지 곰곰이 생각해 보았다. 드디어 그럴 가능성을 시사하는 몇 가지 반가운 사례를 발견했다.

초등학교 5학년 때였다. 학교 수업이 끝나고 신나 집으로 돌아가는 길이었다. 책가방을 빙빙 돌리면서 대똘(큰 도랑) 둔덕을 걷다가 폭이 제일 넓고 물이 깊은 웅덩이가 있는 곳에 다다랐다. 그곳에는 대여섯 명의 어린아이들이 맨몸으로 물장구치며 멱 감고 있었다. 갑자기 한 아이가 양손을 위로 뻗고 무자맥질을 하고 있었다. 그런데 그 모양이 정상이 아니었다. 변고가 생겼다는 생각이 들자마자 옷을 입은 채 물로 뛰어들었다. 물속을 들락대며 허우적거리는 아이를 잡아 어깨에 메고 물 밖으로 나왔다. 같은 마을에서 사는 최 부자 집 아들이었다. 아이의 어머니는 기다란 단수숫대 하나를 보상으로 주면서 몇 번이고 착한 아이라고 칭찬해주었다. 그러니 자기에게는 착한 구석이 있는 것이 아니겠는가.

고등학교 1학년, 농촌에서 모심기가 한창인 5월 말경이었다. 그때를 놓치면 벼농사가 부실해짐으로 집안의 노동력은 어른, 아이 할 것 없이 전부 논으로 동원될 때였다. 그는 담임선생을 찾아가 남자는 자기밖에 없는 집안 사정을 설명하고 3일간 농사일을 하게 해달라고 간청했다. 그러나 선생은 네가 무슨 농사일을 할 줄 안다고 결석하려고 하느냐, 공부하기 싫으니까 꾀를 부리는 것이 아니냐고 핀잔을 주며 허락하지 않았다. 그는 그냥 결석을 감행하고 집안 모심기를 도왔다.

그 후부터 그를 대하는 선생의 눈꼬리가 전과 달리 매서웠다. 며칠 후였다. 그의 반 학생들은 농번기 농촌을 돕는 봉사활동으로 학교에서 멀지 않은 논에 가서 모를 심어주었다. 5단 논에 양쪽을 가로지르는 40여 m 줄을 치고 거기에 학생들이 나란히 붙어 서서 모를 심었다. 모를 처음 심어보는 도시 학생들은 오전에는 신나 했으나 오후가 되자 허리가 아프고 장다리가 부어 더는 못 하겠다고 하나, 둘 울력에서 빠져나갔다. 그들이 빠져나간 10여 m 구간을 그가 도맡아 모를 심었다. 논두렁에 나가 있는 학생과 선생들은 오신우의 빠른 모심기 솜씨에 놀라워했다.

그 이튿날, 학교에 가자 담임선생이 만면에 웃음을 띠고 그를 불렀다. 며칠 전 역정을 낸 것을 미안하다고 하면서 자네는 공부도 잘하고 농사

일도 잘하니 참 착한 학생이라고 칭찬해 주었다. 선생마저 착하다고 칭찬해 주었으니 자신이 착한 사람이라고 생각해도 괜찮을 것 같았다.

착한 면이 있다고 해서 새로운 의식체로의 탈바꿈이 보장될 수 있을까? 그런 의문도 들어 우울했다. 그런데 다행히 그런 불안을 덜어주는 자극제가 있었다. 지렁이의 변신을 보여주는 신화였다.

오신우가 D자동차 공장에 있을 때 일본의 나고야(名古屋) 근교에 있는 도요타(豊田) 자동차 공장에 파견되어 견습한 적이 있었다. 그때 일본의 고적지인 나라(奈良)에 들러 근처에 있는 미와산(三輪山)을 구경했다. 그 산에는 뱀신(蛇神)을 모시는 오미와진자(大三輪神社)가 있었다. 뱀 신을 모시는 연유에 대해서 사찰의 주지는 일본 고대 야마도 시대의 신화 한 토막을 들려주었다.

"미와산 근처에 사는 어느 어여쁜 처녀는 밤마다 자기 방에 나타나는 잘생긴 남자와 정을 통하고 훌륭한 옥동자를 낳았습니다. 알고 보니 대국주신(大國主神)이 밤이면 실뱀으로 변신해 처녀의 방 열쇠 구멍을 들어간 후 다시 잘생긴 남자로 변신해 처녀와 통정을 하였던 것입니다. 이 신화는 다산과 풍요를 기원하는 일본 고대인들의 염원을 상징하는 일화지요. 이런 의미에서 뱀 신을 모시고 있습니다. 그런데 이 뱀 신인 대국주신이 실은 조선반도의 신라에서 도래한 신이었습니다. 그걸 알고 계십니까?"

그리고 덧붙여 말하기를 비슷한 신화가 조선에도 있는 것으로 알고 있다고 했다. 그때 번득 후백제 시조 견훤과 관련한 비슷한 설화가 있는 것이 생각났다. 고등학교 때 역사 시간에서 배운 이야기였다. 그는 일본에서 돌아와 삼국유사를 살펴보았다. 지렁이 신화가 있었다. 지렁이는 뱀

과에 속했다. 큰 지룡(地龍: 지렁이)이 한 마리가 밤마다 자주색 옷을 입은 잘생긴 남자로 변신해서 경기도 광주 땅 북촌에 거주하고 있는 어여쁜 처녀의 방에 들어가 정을 통하고 아들을 낳았다. 그 옥동자가 커서 나중에 후백제를 건설한 견훤이 되었다고 했다. 지렁이가 대를 이어 일국의 왕이 된 것이었다.

견훤의 설화를 읽으면서 오미와진자의 주지를 생각했다. 교토대학에서 종교철학을 공부했다는 그는 이런 말을 했다."인간은 자신의 한계, 미혹이나 불완전성을 벗어나 좀 더 나은 존재, 좀 더 완전한 자아로 변신하고 싶은 본구적(本具的)인 욕망을 갖고 있습니다. 그런 욕망이 자아의 발전과정에서 어떤 계기 -이를 서양 신학에서는 〈매듭〉이라고 하고 불교에서는 일대사인연(一大事因緣)이라고도 합니다만- 를 만나면 현실 존재로 돌현(突現)합니다. 그런 돌변현상이 신화의 형식을 통해서 표현되고 있지요. 인간이 과거와 마찬가지로 앞으로도 긴 역사를 통해서 매듭과 일대사인연에 의한 돌현 변화를 거듭하다 완전히 성숙한 단계에 이르면 육체와 시공의 한계를 탈출하여 순수한 영혼이 됩니다. 그 시점에서 순수한 영혼은 붓다 또는 예수를 만나 일심이 되어 새로운 세상을 이룰 것입니다."

출옥을 앞둔 전날 밤, 오신우는 방에 누워 잠을 재촉하고 있었다. 잠이 설핏 들 무렵이었다. 쇄쇄 웅웅 하는 소리가 꿈결에 들렸다. 먼 곳에서 들려오는 바다의 소리 같기도, 대지가 우는 소리 같기도 했다. 둘 다 귀기가 서린 소리였다. 온몸이 으스스 떨렸다. 듣지 않으려고 베개 홑청으로 귀를 막아도 몸속으로 파고들었다. 그 알 수 없는 소리는 그가 어릴 때 고향의 초가집 안방에 누워 잘 때 문풍지 소리에 섞여 들려오던 무서운 소리이기도 했다. 그때는 귀신이 자기를 잡으러 오는 소리로 들렸다. 자기는 곧 잡혀 어디론가 끌려가 죽게 될 것 같다는 생각이 들었다. 저절로 아버지 소리가 나왔다. 아버지, 아버지, 저를 구해주세요…아버지, 어디에 계십니까? 어릴 때 부르던 아버지를 그날 밤도 불렀으나 소리가 나오지 않아 애를 먹었다.

아버지는 그가 7살 때 집을 떠나 일본으로 징용되어 갔다. 일본 본토를 거쳐 곧바로 태평양 군도의 어느 섬으로 끌려가 그곳에서 전사했다. 어머니는 아버지에 대해 침묵했다. 고모들에 의하면 아버지는 징용 가던 전날 밤 어머니와 각방을 썼다고 했다. 그 원망이 어머니의 침묵으로 맺혀진 것 같았다. 그 침묵이 두려워 가족들은 어머니 앞에서 아버지 이야기는 금기시했다. 그래서였을까? 집안에 아버지 사진 한 장 없었다.

아버지와 관련된 기억은 서너 건에 불과했다. 2차 대전이 끝나는 해의 봄철이었다. 하루는 누런 군모, 황색 옷, 초록 각반으로 복장을 한 우체부가 자전거를 타고 집으로 왔다. 검붉은 가방에서 빨간 줄이 쳐진 봉투 한 통을 꺼내어 마루에 놓고 갔다. 그걸 들고 방으로 들어간 할머니가 얼마 안 있다, 머리를 푼 채 우탕탕탕 문을 박차고 나왔다. 어린 손자는 혼비백산했다. 할머니는 맨발로 마당 가로 달려가 남쪽을 향해 흰 저고리를 내저으며 대성통곡했다. 네가 부모 먼저 갈 리 없다, 어서 돌아오라고 울부짖었다. 그러다 혼절했다. 깨어나서는 지붕 위에 흰 저고리를 던져놓고 그쪽을 향하여 절하고 또 절하면서 돌아오라고 읍소했다. 그 후로 흰 저고리는 그의 마음 깊은 곳에 박혀버린 상장(喪章)이 되었다.

그가 다섯 살 나던 해였다. 아버지는 논에서 일하고 그는 용수(用手) 똘(水路)에서 피라미, 개구리를 잡고 있었다. 둔덕에 앉아 갈대로 올가미를 만들어 개구리를 유인하는데 발이 삐끗 미끄러지더니 신고 있던 고무신 한 짝이 빠져 물에 떠내려갔다. 당시 농촌에서 짚신, 나막신을 신을 때, 고무신은 집안의 위신을 세워주는 귀한 물건이었다. 어린 생각에도 그걸 잃으면 된통 혼날 것 같아 꼭 건져내야 했다. 둔덕에서 손을 뻗어 고무신을 잡으려고 애썼으나 손이 닿지 않아 허사였다. 고무신은 점점 건너편 둔덕 쪽으로 밀려갔다. 똘이 넓어 그쪽으로 뛰어넘어가 건질 수도 없었다. 꾀를 냈다. 둔덕을 따라 흐르는 물과 함께 아래로 내려가면서 흙을 집어 고무신과 저쪽 둔덕 사이로 던져 물결을 일으켰다. 예상대로 출렁이는 물결이 고무신을 그가 있는 쪽으로 밀어주었다. 계속 흙을 던지자 드디어 고무신이 그에 가까이 다가와 집어냈다.

그때였다. 누가 뒤에서 번쩍 그를 안아 올려 품에 안았다. 아버지였다. 아버지의 품은 따뜻했다. 그렇게 따뜻한 품에 안겨보기는 처음이었다. 아버지는 그를 안고 집으로 돌아가, 아들 자랑을 했다. 머리가 똑똑하다고 칭찬했다. 어린 아들에게는 칭찬보다는 따뜻한 아버지의 품이 더 좋았다. 그때 처음으로 어린 나이지만 아버지가 자기에는 가장 좋은 분이라는 부정을 느꼈다.

고등학교 시절, 아버지의 부재는 종종 호래자식이라는 열등의식에 연계되어 그를 위축시켰다. 동네 사람들로부터 그런 치욕적인 언사를 들을까 봐, 어머니는 늘 자식의 행동거지를 경계했다. 장년으로 직장 생활을 할 때는 이따금 아버지가 옆에서 지켜봐 주고 지도해주면 사는 일이 훨씬 수월하지 않겠나 하고 아쉬운 마음이 들기도 했다.

감옥에 있을 때는 아버지란 말만 생각나도 기겁을 하고 지워버렸다. 죄인으로서 아버지를 생각할 면목이 없었다. 아버지는 그렇게 없는 듯

있는 분이었다. 가족들도 마찬가지였다. 아버지의 죽음에 대하여는 일절 말을 삼갔다. 어딘가에 살아있어 언젠가는 꼭 돌아와 가정을 재건할 분이었다. 그 때문에 선조의 제사상에 아버지의 위패를 놓지 않았다.

4

　12월 24일, 성탄 이브의 아침이었다. 일부 죄수들이 정부의 사면으로 풀려났다. 216호 감방에서도 남고 떠나는 사람들 간에 아쉬움과 설렘이 교차했다. 실업가 이 씨와 정치가 김 씨의 석별은 의외였다. 투박한 잿빛 죄수복을 입은 사람에게서 기대하지 못한 인정이 묻어나서 보는 사람의 마음을 뭉클하게 했다. 그동안 앙숙 관계에 있던 두 사람이 실은 싸우면서도 정이 들었던 모양이었다.

　"어이, 링컨, 앞으로 자네 없이 무슨 재미로 사냐. 큰일 났다. 내가 먼저 나가게 되었으니 자리를 잡아놓고 기다릴게. 앞으로 출소하면 꼭 나를 찾아와! 그리고 뭣이든 필요한 것이 있으면 연락해. 대령해 줄게. 내가 준 명함 가지고 있지? 그 주소로 연락하면 돼."

　"감사하네. 정말 자네 없이 심심해서 어떻게 지내지? 그게 제일 걱정이다. 나가면 약속대로 꼭 이병철이 되어야 해. 그래야 내가 나중에 자네 신세를 지지."

　김 씨는 사업가 이 씨의 손을 꼭 잡았다. 그의 눈가에 물기가 촉촉했다. 그걸 본 다른 죄수들은 콧등이 시큰해짐을 느꼈다. 방장은 출소자의 거취가 궁금했다.

"어이 사업가! 나가면 무슨 일을 할 것인가?"

"하던 일 해야지요. 사업할 것입니다."

"절에는 안 갈 건가? 교도관이 일러준 대로 절에 가서 불공드려야 사업도 잘된다고 했는데."

"사업이 잘된다면야 가봐야지요."

"오신우 씨는 무얼 할 것인고?"

"…"

"저 사람 말이 없는 것, 감옥 나갈 때까지 똑같네. 그럼 김중달 씨는 뭘 할 것인고?"

"저는 그분을 찾아갈 겁니다. 저의 앞으로의 행방은 그분께 달렸습니다."

"그분? 아 그 여 선생 말인가!"

김중달은 수줍게 웃었지만 다른 사람들은 모두 부러워했다.

"성탄절에 새 사람으로 탄생하여 감방을 나가는 사람은 김중달 씨뿐이군. 축하하네!"

부러운 사람 중 한 사람인 박 씨가 한 말 했다.

"사랑이 그를 바꾸어놓았습니다. 사랑을 라틴어로는 아모르(amor)라고 합니다. 어원을 따지자면 사랑을 하면 죽음을 이겨낸다는 뜻입니다. 김중달 씨는 사랑을 통해서 감옥의 죽음을 이겨내고 행복한 사람으로 재탄생한 것입니다. 축하합니다, 김중달 씨."

"죽음을 이겨내는 사랑, 그건 영원한 생명을 밝혀주는 그 투명한 빛이 아닐까요? 김중달 씨, 복 많아 받으세요."

오신우는 다른 죄수들과 함께 아침 10시경 감옥 문을 나왔다. 밝은 햇빛, 맑은 공기, 확 트인 공간, 그런 무상의 선물을 아무 제약 없이 받고 즐길 수 있는 게 자유가 아닐까? 그런 느낌을 되씹으며 주위를 둘러보았다. 문밖에는 마중 나온 사람이 여럿 모여 있었다. 두 사람이 잰걸음으로 달려와 사업가 이 씨의 품에 안겼다. 그의 처와 아들인 걸로 보였다. 무리에서 좀 떨어져 있던 한 여인이 주춤거리며 김중달에게 다가왔다. 김중달은 여러 번 굽실거리며 정중히 맞이했다. 화제의 여 선생으로 보였다.

오신우는 설 자리가 마땅찮아 멀리 떨어져 구경만 했다. 어떤 사람은 출감자에게 두부를 먹였다. 먹는 사람이나 먹이는 사람 다 같이 함박웃음을 웃었다. 감옥 문이 열리면 두부 한모로도 저렇게 사람들이 기뻐하는 것을, 그는 감옥 문을 새삼 돌아보았다. 둔중하게 입을 꽉 다물고 있던 문이 드디어 입을 열고 사람들을 내보내고 있었다. 감동적이었다. 출감자와 손님들 일부는 승용차를 타고 떠나고 일부는 버스를 타러 큰길로 나갔다. 마지막에 남은 사람은 그뿐이었다. 주위를 둘러봐도 자기를 맞이하는 손님은 연말의 추위뿐이었다. 추운 몸을 웅크리고 어디로 간다? 자문했다. 아무래도 고향으로 가야겠지? 헌 가방 하나를 어깨에 걸치고 저 멀리 보이는 대로로 이어지는 들판 샛길에 들어섰다.

그의 고향은 만경강 갓 땅을 막아 만든 간척지였다. 향수의 정서가 우러나지 않는 메마른 땅이었다. 산과 나무가 없었다. 꽃이 피는 오솔길도, 제 절로 흐르는 맑은 시내도 없었다. 식수란 것도 뱀, 개구리, 쇠똥이 떠다니는 도랑물이 전부였다. 어디를 둘러보아도 미감이나 정감을 자아낼만한 자연의 운치나 윤기가 없었다. 오직 먹고 살기 위한 억척만이 있었다. 억척에서는 인정이나 관용과 같은 부드러운 인성이 자라기 어려웠다.

　오신우 가정도 그 점에서는 예외가 아니었다. 순경이나 부자로 출세하기만을 바라는 가정은 그에게 늘 부담이었다. 그러니 집에 갈 때마다 마음이 무거웠다. 동네 사람들 보기에도 마음이 편치 않았다. 야간 대학이라도 졸업한 오신우가 권력자로 돌아와 자기들을 도와주기를 바라는 그들의 마음에 부응하지 못했기 때문이었다. 그런데 이번에는 오히려 풀려난 죄수로 돌아오니, 몸 둘 곳이 없었다. 그러나 이런 것들보다도 더욱 그의 발길을 무겁게 하는 것은 무엇보다도 김정자였다.

　오신우가 비행장에 다닐 때였다. 직장에서 번 돈으로 가정형편이 어느 정도 나아졌으나 불안했다. 비행장의 하인 신분으로는 할아버지가 바라는 손자, 가문의 면천을 책임지는 손자는 될 수 없었다. 가문의 면천은 고사하고 자신의 면천도 해결할 수 없었다. 출세해야 했다. 출세하려면 돈을 벌어 지식과 권력을 사야 했다. 돈을 벌자면 돈이 많이 도는 서울에 올라가 돈의 생리를 배워야 한다고 생각했다.

　상경하던 전날, 오신우는 정자를 만나고 싶었다. 상경에 앞서 허전한 마음을 누군가 위로해주기를 바랐다. 정자 말고 다른 사람은 없었다. 정자는 고향에 대한 마지막 미련이었다.

　두 사람은 만경강 둑에서 만났다. 마침 강에는 저녁노을이 황금 물결을 이루고 있었다. 갈매기 떼가 황금 물살을 가르고 열을 지어 날았다. 강 건너편에는 동화 속의 파랑새가 살고 있다는 검푸른 변산이 아아히 솟아있었다. 함께 살아온 황금 물결, 갈매기 무리, 신비한 변산은 옛날이나 지금이나 한결같이 아름답고 신비했다. 변한 것은 자신이었다. 도회지를 동경하는, 자연의 이단자로 변한 것이었다. 마음이 무거웠다. 만나러 나온 정자는 키만 컸지 어릴 때의 모습이었다. 치마저고리를 입고, 고무신을 신고, 검은 머리를 뒤로 묶고, 화장기 없는 얼굴을 하고 있었다. 오신우를 대하는 자기 모습은 어릴 때나 지금이나 변하지 않고 있다는 것을 보여주고 싶은 것 같았다. 정자가 먼저 입을 뗐다.

"저것 봐, 석양에 물든 만경강, 참 아름답지."

"그렇구먼. 그런데 너는 저 강에서 조개를 잘 잡았는데."

정자는 조개잡이 고수였다. 갯벌에는 억만 개의 구멍이 있었다. 그 하나하나 속에는 생명이 들어있어 바깥 공기를 들이마시고 뱉어내고 있었다. 그 많은 구멍 중에서 열쇠 구멍 같은 조개 구멍을 찾기란 여간 어려운 것이 아니었으나 정자는 용케 잘 찾아냈다. 구멍을 파면 등딱지가 노란 조개가 나왔다. 가장 맛이 좋은 참 조개였다. 생것으로 먹어도 맛이 있었다.

"너는 바다에서 게, 가자미를 잘 잡았는데."

만경강 하구에서 서해안으로 오리쯤 들어가면 기억(ㄱ) 자 모양으로 길게 박혀있는 대나무 발이 그물을 치고 있었다. 썰물 때 바닷물이 빠져나가고 수면이 낮아지면 발을 빠져나가지 못한 고기들이 그물에 걸렸다. 먼저 발 임자가 고기를 잡아가고 남는 잔챙이가 그의 차지였다. 잔챙이 고기들은 발밑 갯고랑으로 숨어드는데 그곳을 발바닥으로 지그시 누르고 쓸어 가면 숨어있던 가오리, 홍어, 게, 도다리 등이 밟혔다. 발가락 사이로 꼬챙이를 밀어 넣어 밟힌 고기를 찍어 올리면 옆에 따라다니는 정자가 받아 구럭에 넣었다. 푸성귀 반찬뿐인 가난한 시골에서는 색다른 국거리, 반찬거리가 되었다.

한 번은 사고가 났다. 개흙 속에 숨어있던 가오리가 밟히자 화를 내고 꼬리에 붙은 가시로 그의 발을 쏘았다. 금방 발이 쑤시고 부어오르기 시작했다. 정자는 그를 껴안고 육지로 나왔다. 마른 풀과 쑥을 모아 태워 만든 매캐한 연기로 가시에 찔린 상처를 쐬어주었다. 그러면 가오리 독이 가셨다.

"그때가 참 좋았는데."

"저 갈매기 떼는 날이 저무니까 잘 곳을 찾아가는 모양인데, 그들의 집은 어딜까?"

"글쎄…"

"저 강 건너 변산이 아닐까. 그곳에 그들의 보금자리가 있을 것 같아. 변산에 한번 가봤으면… 그곳에는 동화에 나오는 동산이 있다는데."

목을 길게 빼고 강 건너를 바라보는 정자의 눈이 촉촉했다.

"그 동산에는 한 번 먹으면 종일 먹지 않아도 배가 부른 음식이 있다고 들었는데… 거기서 살면 먹고 사는 것 갖고 고생하지 않아도 되니 얼마나 좋아."

정자는 그런 곳에 가서 오신우와 함께 살기를 바라는 것 같았다.

"…"

"만경강 물이 서해로 들어가면 다시 돌아올 수 있을까?"

정자가 작은 머리를 돌려 그를 올려보았다. 얼굴에 황혼의 어스름이 끼었다.

"글쎄, 바다로 간 강물이 수증기가 되어 구름이 되었다가 그 구름이 언젠가 비가 되어 우리 동네에 찾아오겠지."

"그러니까 바닷물이 모양새는 변해도 본심은 변하지 않고 결국은 자기 고향으로 돌아온다는 말이야? 그런 천연의 이치가 우리 인간 생활에도 있을까?"

천연의 이치라, 정자는 소학교밖에 나오지 않았는데도 곧잘 수준 높은 말을 해서 그를 놀라게 했다. 정자는 그에게 너무 쳐지는 사람이 되지 않기 위해 독학으로 지식을 쌓았다. 그런데 독학으로 잘 해결되지 않는 지식이 있었다. 영어였다. 중학교 때 하루는 정자가 와서 영어를 가르쳐 달라고 졸랐다. 그는 "영어가 얼마나 어려운지 알아? 그리고 그걸 배워서 뭣하게." 하고 핀잔을 준 적이 있었다. 그러고는 후회했다. 정자는 영어 대신 다른 책을 열심히 읽고 공부했다. 정자는 그가 서울로 가면 천리(天理)를 버리는 비정한 사람이 되지 않을까 불안한 모양이었다.

"나는 어쩐지 네가 한번 흘러가면 돌아오지 않는 물 같은 생각이 드는데…"

"무슨 소리야, 내 꼭 돌아온다."

그는 엉겁결에 큰 소리로 불망기를 써주고 말았다. 정자를 돌봐주어야 한다는 의협심이 울컥 든 탓도 있었지만 사실 그러고 싶은 마음도 일었다.

"그 말 믿어도 되지?"

"그럼, 내 서울 갔다가 형편이 되면 내려와 꼭 널 데려가마."

"그런데 네 얼굴이 왜 그리 어둡니?"

정자의 눈이 애처롭게 보였다.

"아냐, 너를 두고 떠나니까 그런 거겠지."

정자가 치마 속에서 손수건 뭉치를 꺼내어 그에게 건넸다. 이거 얼마 되지 않지만 보태 써, 하면서. 그 돈을 조금씩 모은 정성을 생각하면 가슴이 뭉클했다. 꼭 정자를 서울로 데려가야겠다고 속으로 다짐했다.

그러나 서울로 올라온 그는 변했다. 세상을 보는 그의 눈이 변했다. 세상에는 있고 자기에게는 없는 것이 유별나게 눈에 띄었다. 전에도 그런 비교의 시각이 없었던 것은 아니지만 고향을 버리고 서울에서 새 터전을 잡으려는 생활의 전기에서는 그 비교의 시각이 더욱 심각해졌다. 세상을 내려다보는 저 빌딩의 주인은 누구일까? 서울 거리를 윤나는 자동차로 누비는 사람은 어떤 사람일까? 종로 거리를 아름다운 옷으로 치장하고 웃으며 활보하는 사람은 어떤 종류의 사람들일까? 그들의 웃음은 재화가 빚는 윤택하고 풍요로운 웃음이었다. 자기의 웃음은 빈 곡간이 내는 공허한 바람 소리였다. 공허한 곡간을 채울 재화와 재력이 필요했다. 그런 필요를 해결하는데 고향의 가정이나 정자는 도움이 될 수 없었다. 방해가 되지 않으면 다행이었다. '정자는 고향의 들판에 핀 순수한 어린 꽃이다, 들꽃은 들에서 피어야 아름답고 행복하다. 도시에 오면 창가 화분을 장식하는 완상용 꽃에 불과하다. 완상용 꽃은 금방 시들어 완상의 가치를 잃고 불행해진다. 정자가 불행해지면 나의 출세 가도도 불행해진다.' 그는 그렇게 타산적인 사람이 되어갔다.

정자는 초조했다. 서울에 올라간 오신우로부터 1년이 다 되어도 편지한 장 없었다. 이쪽에서 편지를 보내도 답장이 없었다. 떠나기 전날 만경강 둔덕에서 만났을 때, 그의 어두운 얼굴을 보고 걱정했는데 그게 사실로 나타난 것이었다. 그러나 그의 입장에서 보면 그럴 만하다고 체념하고 자신이 부족한 사람임을 새삼 통감했다. 부모들은 신랑 자리를 물색해 놓고 결혼하라고 성화였으나, 그러기에 앞서 오신우의 마음을 한 번은 알아봐야겠다고 생각한 정자는 마침내 서울 가는 호남행 열차를 탔다. 밤새 기차에서 시달리고 그 이튿날 아침 서울역에 도착했다. 청량리에 거주하고 있는 6촌 오빠를 찾아가 그의 도움을 받아가며 해 질 무렵 그의 직장에 갔다. 구파발에 있는 가구 공장이었다.

정자를 본 오신우는 한동안 입이 마비되었다. 입술은 달싹거렸으나 말이 나오지 않았다. 그걸 본 오빠는 두 사람에게 자리를 비켜주고 일찍 떠났다. 오신우는 정자를 대면하는 것이 괴로웠다. 피하고 싶었다. 그렇지만 먼 길을 온 사람을 그냥 돌려보낼 정도로 파렴치한이 되어서는 안 된다고 생각하고는 정자를 음식점으로 데리고 가 저녁을 샀다. 정자는 순간 한 가닥 희망의 끈을 본듯했다. 그러나 밥상을 놓고 마주 앉은 그의 얼굴을 보고는 그 실낱같은 희망도 사라졌다. 그의 얼굴은 시종 붉으락푸르락했다. 반갑기도 두렵기도 한 상반된 감정이 어지럽게 착종되어 보였다.

그는 정자에게 안부를 묻고 싶었지만 그럴 용기를 못 냈다. 물었다가 반갑지 않은 소식이 나오면 그 귀책 사유가 자기에게 있을 것이 빤한데 그걸 변명할 구실이 없기 때문이었다. 그는 엉뚱하게 시골 동네 형편이나 소학교 동창 소식을 물었으나 정자를 곧바로 쳐다보지도 못하고 건성으로 묻는 것이었다. 정자 쪽이 오히려 미안하고 불편할 지경이었다. 하지만 끝을 맺어야 했다. 정자는 고개를 곧추세우고 오신우를 바라보았다. 바른 눈길로 한참 바라보았다. 시골에서 써준 불망기는 어떻게 된 것이냐고 소리 없이 따진 것이었다.

정자의 당찬 시선을 의식한 오신우의 마음은 소용돌이쳤다. 사죄하면서 이해해달라고 빌어보자. 아니다, 약속을 꼭 지킨다고 다시 한번 다짐해 보이자. 아니다, 그냥 어물쩍 넘겨보자… 그러나 어떤 변명도 소리를 내지 못하고 끝내 입안에서 질식사하고 말았다. 사산된 말에 대한 죄의식으로 그의 얼굴은 한층 더 일그러졌다. 그런 흉한 얼굴을 본 정자는 그가 서울 생활에서 얼마나 부대꼈으면 저렇게 말도 제대로 하지 못할 정도로 변했을까 생각하고 오히려 측은한 마음이 들었다. 그 이상 추궁하지 않고 빨리 일어서주는 게 마지막으로 그를 도와주는 일이라고 생각했다.

식사를 중도에 파하고 일어섰다. 놀라 고개를 똑바로 쳐든 오신우는 보았다. 정자의 눈가에 눈물이 배어있는 것을. 동시에 그 눈물은 비수가 되어 그의 마음을 후비는 것을. 그래도 끝내 약속을 지키겠다는 말을 하지 못했다. 그렇게 끝까지 배반을 고집하는 자신이 혐오스럽지만, 변한 사람으로 살기 위해서는 어쩔 수 없다고 체념했다. 방을 나서는 정자는 차분했다. 뒤돌아보지 않고 똑바로 앞만 보고 걸어갔다. 오신우는 정자의 만류에도 불구하고 청량리까지 정자를 바래다주었다. 정자와의 대면이 거북하고 괴로웠지만 그렇다고 지켜야 할 도리를 저버리는 것은 사람이 할 짓 아니란 생각이 들어서 그렇게 한 것이었다.

시골로 돌아온 정자는 부모가 바란 곳으로 시집갔다. 그러나 뭣이 잘못되었는지 결혼한 지 1년도 못 되어 친정집으로 돌아왔다는 소문이 돌았다. 오신우는 그 소문을 일부러 외면했다.

감옥을 출소하는 오신우는 자신이 보아도 낯선 사람이었다. 죄수복을 양복으로 바꿔입은 자신이 자신 같지 않았다. 자신이 낯설게 보이는 것은 바꿔입은 옷 때문만은 아니었다. 자기가 자신에게 낯설다는 것은 마음과 생각이 괴리되어 서로가 통하지 못하고 소원해졌기 때문이었다.

정자를 생각하면 더욱 그랬다. 정자를 만나고 싶은 마음은 굴뚝 같은데 그럴 염치가 없다는 생각이 반대했다. 그래서 발길이 성큼 내키지 않고 주춤거렸다. 그런데도 자기 생각과는 달리 발은 고향으로 가고 있었다. 일단 출옥한 이상 어머니에게는 인사를 해야 했다. 다음에는 면사무소에 가서 볼일을 보아야 했다. 그런 구실에 기대어 염치없는 고향길을 두둔했다.

감옥으로부터 샛길을 타고 200m쯤 남쪽으로 가면 고향으로 가는 대로가 나왔다. 그곳에서 한 시간가량 기다렸다 버스를 탔다. 버스 손님들이 그를 보고 고개를 돌려 못 본 체하든가 몸을 사렸다. 그의 행색을 보고 감옥에서 갓 나온 죄수임을 눈치 챈 모양이었다. 그만큼 자신은 일상 사람과는 다른 사람이었다. 그 다른 거리가 겨울 날씨만큼 시리었다.

버스를 타고 동쪽으로 30여 분 가서 내렸다. 그곳에서 다시 남쪽으로 2㎞ 정도의 신작로를 걸어 만경강 쪽으로 가면 살던 마을이 나왔다. 그 길을 보자 마음이 울컥했다. 소학교 시절의 한겨울, 어찌나 추웠던지 누더기 면바지를 몇 겹 끼어 입었는데도 불알이 꽁꽁 얼어붙어 사타구니를 할퀴었다. 같은 길이 이번에는 마음을 할퀴어 쓰리게 했다.

마을 가까이 갔을 때였다. 몇몇 동네 사람이 그를 보고 얼른 집안으로 몸을 사렸다. 피하지 않은 사람은 그를 잘 알아보지 못했다. 그는 큰길에서 논두렁길로 빠져 집으로 갔다. 어머니는 아들이 돌아온 것을 반기면서도, 남들의 눈에 뜨일까 소리를 죽였다. 한동안 우둑하니 서 있든 그가 처음으로 입을 열어 물어본 것은 정자네 소식이었다. 어머니는 지나가는 말로 정자는 이혼한 후 가족과 함께 부안 변산 부근으로 이사 갔으나 그 후 소식은 모른다고 말했다. 더 캐묻기가 어색해서 그만두고 그는 바로 뒤에 있는 정자네 집으로 가보았다.

빈집으로 오래 두어 폐가였다. 검게 삭은 지붕의 이엉에 잡초가 자라고 있고, 버려둔 마당에도 지저분하게 시든 잡초들이 엉켜있었다. 부엌문도 반쯤 떨어져 나가고 그 안으로 보이는 살강과 부뚜막은 거의 허물어진 채 북데기투성이었다. 사람은 물론 조왕도 살림을 포기하고 떠난 부엌이었다. 사람과 조왕이 버리고 간 폐가, 고향도 바로 그런 모습이었다. 돌아온 것이 후회되었다. 귀소본능을 후회로 맞아주는 고향, 향수를 우수로 변질시킨 고향, 인정이 밭은 땅, 자연과의 친화력이 메마른 땅,

그런 땅은 자기가 어렸을 때 동심이 뛰어놀던 고향이 아니었다. 본고향이 아니었다. 본고향은 다른 데에 있고, 있어야 했다. 아버지가 계신 곳이 본고향이리라. 본고향에 가서 아버지를 모셔야 한다, 그는 그렇게 다짐했다.

집에서 하룻밤을 지낸 그는 그 이튿날 집에서 2㎞ 떨어진 면사무소에 갔다. 아버지의 행방을 좀 더 자세히 알아보기 위해서였다. 직원은 아버지의 호적부를 점검하더니 거기에 기재된 내용을 보여주었다.

'소화(昭和) 18년(1943년) 11월 25일 시각 불상 시에 남양군도에서 전사. 요코스카(橫須賀)해군 인사부장 아끼야마가쓰가즈(秋山勝三) 보고. 소화 20년 1월 15일 수부(受附)'

면서기는 그 이상의 자료는 면에 없다고 하면서 더 상세한 것을 알려면 서울이나 대전에 있는 국가기록원에 가보라고 했다.

다음 날, 오신우는 기차를 타고 서울로 갔다. 서울의 국가기록원은 광화문종합청사 뒤편에 있었다. 그곳 직원은 비교적 자세한 기록을 찾아주었는데, 그 기록은 일본해군이 작성한 '군속 신상 조사표'에 들어있었다. 그 기록에 의하면 아버지는 1942년 8월 26일 일본으로 징용되어 갔다. 처음에는 동경에 있는 시바우라(芝浦) 회사로 갔다가 바로 남태평양의 길버트 국의 수도인 타라와섬으로 옮겨갔다. 그곳에서 공원공장(工員工長)으로 일하던 중, 2차 대전 초기 타라와에서 벌어진 일본군과 미군 간의 대격전에서 전사한 것으로 되었다. 그때가 1943년 11월 25일, 호적부의 사망일과 같은 날이었다.

길버트 국에 관한 자료도 찾아보았다. 지금은 키리바시공화국으로 불리는 나라인데, 하와이에서 멀지 않은 남태평양 중부에 33개의 산호초

섬으로 이루어진 나라였다. 1788년 영국의 길버트 해군 대령이 상륙한 뒤 영국에 식민지로 편입되었다가 1979년 7월 독립했다. 인구는 11만 명 정도. 그중 약 8만 명이 수도가 있는 타라와(Tarawa)섬에 몰려 살고 있었다. 영어와 현지어가 공용어. 생업은 주로 어업과 특산품인 코프라(코코넛 말린 것)와 진주조개의 수출에 의존하고 있었다. 개인 국민소득 약 2,000불. 국가재정의 태반은 한국, 일본, 미국 등 원양어업 국가들로부터 받는 입어료였다. 호주의 화폐를 자국의 통화로 사용할 만큼 호주의 보호국이 되어있었다. 한국은 1980년 키리바시와 수교. 그해 어업협정을 맺고 그 후 매해 입어료를 내면서 그쪽 해역에서 꾸준히 원양어업을 하고 있었다.

오신우는 타라와로 가기로 마음을 굳혔다. 결심이 서자 마음과 생각이 온통 태평양행으로만 꽉 들어찼다. 일찍이 한 일에 그렇게 전념하기는 처음이었다. 그는 즉시 타라와로 가는 수송편을 알아보았다. 항공사에 문의했더니 4일에 걸쳐 인천, 홍콩, 피지, 타라와로 연결되는 항공편이 있는데 항공료가 엄청나게 비쌌다. 거기에 중간 환승지와 타라와 체류비용을 합치면 시골 논을 팔아도 감당할 수 없는 경비였다. 어머니의 생계수단인 논은 팔 수 없었다. 군산 해운협회에 배편을 알아보았다. 한국에서는 타라와로 가는 상선이나 화물선은 없고 혹시 일본에서는 있을지 몰라도 타라와란 섬이 워낙 멀리 떨어진 후진 곳에 있어 그럴 가능성은 거의 없다고 했다.

한국원양어업협회에 알아보라고 했다. 한국어선이 그곳에 갈지도 모른다고 했다. 어업협회에서는 키리바시 안내 자료에서 소개하듯이 한국어선들이 매해 입어료를 내고 타라와 경제수역에서 원양어업을 한다고 했다. 쾌재를 불렀다. 그곳으로 가는 어선의 선원이 되면 모든 문제가 해결될 것이라는 생각이 들었다.

당장 군산에 있는 '군산수산업협동조합'의 최 조합장을 찾아갔다. 수산업에 달인인 그는 그 분야에 발이 넓어 아는 사람이 많았다. 그는 당장 부산에서 원양어업을 하는 지기를 소개해주겠다고 했다. 박 사장이라고 하는 분인데 그는 원래 군산 출신이라고 했다. 고향 바다에서 소형 어선 다섯 척을 굴리며 수산업을 하다가 근래 서해에 어족이 말라가자 배를 팔고 부산으로 옮겨 가, 외국 배를 임차해 원양어업을 하고 있다고 했다.

며칠 후, 최 조합장으로부터 연락이 왔다. 박 사장과의 면담이 약속되었으니 그날 부산에 내려가 만나보라고 했다. 잘 될 것 같다고 했다. 오신우가 영어를 잘한다고 추켜세웠더니 박 사장이 관심을 보이더라고 했다. 그는 내친김에 최 조합장으로부터 돈도 빌렸다. D 회사에서 번 돈은 거의 다 어머니에게 주어 수중에 돈이 없었다. 최 조합장은 오신우에게 신세 진 것도 있고 또 믿을만한 죽마고우임으로 여러모로 도와주었다.

오신우는 약속 날짜에 부산진에 자리 잡은 박 사장의 회사를 찾아갔다. '금강해양수산'이란 간판을 내건 3층 목조건물이었다. 고향의 금강에서 이름을 딴 상호가 마음에 들었다. 건물 1층은 어업 도구 보관실, 2층은 선원 휴게실 겸 대기실, 3층에는 사장실과 직원 사무실이 배치되어 있었다. 먼저 휴게실에 들렀다. 넓은 방의 한구석에 탁자와 의자, 찻잔이 들어있는 찬장이 놓여있고 커피를 빼는 자판기도 있었다.

박 사장이 부르기를 기다리는 동안 들어올 때부터 시선을 끈, 벽에 붙은 사진들을 살펴보았다. 외국의 이곳저곳 항구에서 정박해 있는 어선을 배경으로 선원들이 어깨동무를 짜고 찍은 사진이 여러 장 있었다. 한 장한 장 유심히 쳐다보며 가다가 한 사진 앞에서 딱 멈춰 섰다. 유난히 큰 배를 뒤로하고 여러 명의 선원이 웃고 서 있으면서 찍은 사진인데 하단에 '타라와 베티오 항구에서'라는 글귀가 쓰여 있었다. 박 사장의 어선이 타라와를 출입하고 있는 것을 확증해주는 사진이었다. 그는 봉사가 눈을 뜬 듯 기뻤다. 새삼 이 회사의 선원이 되어야겠다고 마음속으로 별렀다.

　오신우가 여비서의 안내를 받으며 사장실 문을 열고 들어서자 책상 안락의자에 앉아 서류를 보던 박 사장이 벌떡 일어나 환한 얼굴로 그를 맞이했다. 책상을 돌아 나와 스스럼없이 그의 어깨에 팔을 얹고 끌어당기며 소파로 안내했다. 그의 소탈한 대우에 오신우의 마음이 한결 놓였다. 박 사장은 비교적 큰 키에 뼈대가 굵은 어깨를 하고 있어 50대 후반 나이치고는 젊고 다부지게 보였다. 3월 초, 아직 차가운 날씨인데도 남방셔츠를 입고 있는 것을 보면 피가 끓는 모양이었다. 그 끓는 피의 기백 하나로 사업을 추진하는 인상을 주었다. 박 사장은 최 조합장으로부터 오신우에 대해 많은 것을 들었다고 하면서 신뢰를 보였다. 특히 영어를 배운 경위에 관심을 가지고 이것저것 물어보았다. 원양어업은 외국을 출입하는 경우가 많아 영어를 잘하는 선원이 필요한데 오신우가 그에 적격인 것 같다고 하면서 함께 일하자고 했다. 사장은 일어나 창가로 가더니 오신우를 불렀다.

　"오신우 씨, 이리와 밖을 보게."

　창문 아래로 내려다보이는 부두에 많은 배가 정박해 있었고 그 너머로 넓은 바다와 멀리 수평선이 보였다.

　"이봐, 저 넓은 바다는 어떤 곳인가? 우리 선장이 내게 말해 준 게 있네. 일찍이 영국의 탐험가 월터 롤리는 말하기를 '바다를 지배하는 자가 세계의 교역을 지배하고 교역을 지배하는 자가 세계의 부를 지배한다'

고 했다네. 나는 그 말을 늘 명심하지. 바다는 부를 얻기 위한 무진장한 보고야. 그러니 우리 한번 바다의 보고를 개척해서 삶을 제패해 보지 않겠나?"

"열심히 하겠습니다."

"우리 배가 일주일 후면 떠나네. 그날 아침 9시까지 사무실로 와서 대기하게. 그리고 어업과 관련한 영어를 빨리 익히게."

삶을 제패해 보겠다는 박 사장의 기개가 범상치 않았다. 그게 오히려 박 사장에 대한 신뢰와 친근감을 높여주었다. 그 때문인지 긴장이 풀린 오신우는 용기를 내어 아까부터 궁금한 것을 물어보았다. 박 사장의 큰 책상 뒷벽에 '太一生水 水反輔太一'라는 글귀가 들어있는 액자가 걸려 있었다. 글귀 자체에도 관심이 갔지만 거친 생업에 종사하는 그가 그런 글귀를 걸어놓고 보는 데는 별다른 이유가 있을 것 같았다.

"저… 사장님 뭐 하나 물어봐도 되겠습니까?"

"뭔데?"

"사장님, 저 벽에 걸려 있는 액자에 대해 말씀해주실 수 있습니까?"

"아, 저 글말인가? 그 글은 노자의 도덕경에 나오는 말인데, 내가 고등학교 다닐 때 나를 특별히 아껴주시던 한문 선생님이 가르쳐주신 것이지. 선생님은 충남 분이셨는데 유학에 조예가 깊었어. 자네, 저게 무슨 뜻인지 짐작이 가는가?"

"글쎄요."

"선생님 말씀에 의하면 애초에 바닷물에서 우주의 생명이 생겨났다는 거야. 그리고 그런 바다를 다스리는 임자가 태일이라는 거야. 심청전에 따르면 바닷물은 인당수이고 옥황상제는 태일이지. 옥황상제가 심청이를 도와주듯, 태일이 우리를 도와주기를 바라는 마음에서 저 액자를 걸어놓고 늘 경배를 하네.”

　액자의 글은 노자의 글일 뿐만 아니라 박 사장이 원양어업에 뜻을 두었을 때의 초심을 담고 있는 것 같았다. 그 초심을 벽에 걸어놓고 매일 보면서 자신의 사업 의지를 독려하는 듯이 보였다. 박 사장이 새삼 돋보였다. 그는 큰절로 감사한 마음을 표하고 사무실을 나왔다.

　오신우는 사무실 근처에 있는 여관에 투숙했다. 근방 일대에는 자잘한 집과 음식점, 가게 들이 많이 들어있고 길 건너편 바다의 부둣가로 올망졸망한 배들이 많이 정박해 있었다. 선원인지, 상인들인지 사람들의 왕래도 잦았다. 진한 삶의 현장이었다.여관방에 들어가 상의를 벗어 벽에 걸고 바닥에 대자로 누웠다. 몸이 저절로 풀어지면서 마음이 후련하고 가벼웠다. 정말로 날아갈 듯했다. 가뭄 때 시골 논에 물 대기가 생각났다. 저수지에서 방출된 물이 용수로에 찰 때, 용수로와 논을 잇는 물꼬 마개를 빼주면 물이 콸콸 시원하게 논으로 흘러 들어갔다. 그러면 말라 쩍쩍 갈라진 논바닥에서 다 죽어가던 모들이 생기를 되찾았다. 조금 전까지 선원이 안 되면 어쩌나 하는 초조감으로 말라가던 심신에 박 사장은 물꼬의 마개를 빼고 물을 넣어주었다. 그 물은 앞으로는 태평양의 바닷물이 될 것이었다. 바닷물은 전과는 다른 새로운 생각, 새로운 활력을 넣어줄 것으로 믿었다. 마음이 흐뭇했다. 기분이 좋아지니 술 생각이 났다.

　그는 다시 옷을 걸치고 밖으로 나왔다. 어둠이 깔린 길가, 여기저기에 전등을 켠 음식점들이 보였다. 그는 ‘해산물 전문식당’이라는 갑판이 붙은 음식점으로 들어갔다. 겉과 달리 안은 안온했다.

　“어서 오십시오. 안쪽으로 들어옵시데이.”

그를 맞는 경상도 안주인의 목소리가 반가웠다. 얼마 만에 들어보는 반기는 인정의 소리인가. 마음이 흐뭇해지면서 술이 당겼다.

"혼자 오셨는가베?"

"네."

"무슨 좋은 일이라도 있는 것 갑네? 얼굴에 함박웃음을 띠고 있는 것을 보니께."

"있습니다. 있어도 아주 좋은 게 있습니다. 아주머니, 안주 제일 좋은 걸로 뭣이 있습니까?"

"장어 볶음과 갈치 조림, 그리고 광어 회도 좋습디더."

"그것들 다 한 접시씩 주시고 소주 한 병 주세요."

술이 입에 착 당겼다. 안주가 좋은 탓도 있겠지만 바깥의 야경이 맛을 돋웠다. 검푸른 밤하늘에 뜬 수많은 영롱한 별들, 부두에 정박한 어선들이 켠 수많은 선등, 별빛과 선등의 불빛이 어울려 너울지고 있는 바다, 아름다웠다. 이따금 뱃고동 소리도 났다. 뿡⋯ 바다 건너 어딘가에서 미지의 보금자리가 자기를 부르는 소리였다. 그곳에 대한 향수가 물밀듯 밀려왔다. 몸이 아른아른 풀어지면서 일말의 행복감이 찾아왔다. 참으로 모처럼 만에 느껴보는 행복감이었다.

그런데 이상했다. 시간이 지나고 술을 한 병 다 마셨을 무렵이었다. 가슴 속이 개운치 않았다. 초저녁처럼 행복감이 매끈하게 흐르지 않고 조금씩 무언가에 걸렸다. 어딘가에 미세한 마개가 아직 남아 있어 행복감의 흐름을 방해하고 있는 것 같았다. 시간이 지나면서 그 걸림의 강도가 조금씩 더해갔다. 가슴이 답답해 왔다. 웬 마개일까? 아무리 생각을 굴려 봐도 그것에 붙여줄 이름이 생각나지 않았다. 몸 어디가 아픈 것일까? 그럴 리 없었다. 아까까지 말짱하지 않았나. 자고 나면 없어지겠지 생각했다. 술을 중도에 작파하고 여관에 돌아와 잤다.

그 이튿날 아침, 깨어나서도 답답증은 가시지 않았다. 오히려 쓰라림
으로 더 나빠졌다. 마음이 쓰리자 생각은 중심을 못 잡고 산란했다. 이러
다간 아무 일도 할 수 없을 것 같았다. 그는 마음을 다잡고 차근차근 자
신을 검증해보았다. 드디어 마음속 깊은 곳, 한구석 비어 있는 곳에 마개
와 같은 옹이가 박혀있는 것을 발견했다.

허전함이었다. 허전함이 옹이로 굳어져 날을 세우고 자신의 마음을 쑤
시고 있던 것이다. 그런데 웬 허전함인가? 허전함이란 인연과 이별할 때
생기는 후유증이 아닌가? 그렇다면 무슨 인연을 떠나는가?

떠남이라… 그렇다, 떠나기는 떠난다, 며칠 후면 뭍을 떠나 허허한 바
다로 갈 예정이었다. 어쩌면 돌아오지 못할 떠남이었다. 불귀의 객이란
생각이 들자 그의 마음은 자신도 모르게 지금까지 살아온 뭍과 얽힌 여
러 인연과 결산을 하고 있었던 모양이었다. 그런데, 청산되지 않는 부분
이 있었다. 그게 아쉬움이 되고, 허전함이 되어 그를 아프게 하고 있었
다. 그 청산되지 않는 잔여분, 그것의 정체는 무엇일까? 거기에서 막혔
다. 또 답답해 왔다. 방에 있는 것이 감옥에 갇혀 있는 것처럼 답답했다.

그는 방을 나와 부둣가를 걸었다. 많은 사람이 나와 새로운 하루를 즐
기고 있었다. 그들의 활기찬 걸음걸이에는 허전함이 없었다. 자신감으로
충만했다. 부러웠다. 왕래하는 군중 속에 한 어린 소녀의 뒷모습이 눈에
띄었다. 뒤로 묶어 길게 따내린, 검게 윤나는 머리채가 금방 그의 마음을
사로잡았다. 그 검은 윤이 얼마나 싱싱하고 아름다운지, 자연이 발휘한
수예(手藝) 솜씨에 저절로 감탄사가 나왔다. 그런데 어딘가 낯익은 댕기
머리였다. 자세히 보니 아! 어릴 때 만져본 김정자의 머리채였다. 그 머

리채, 그게 허전함의 진원지였다. 갑자기 우우욱 정자를 보고 싶은 그리움이 치밀어 올라왔다.

그는 간단한 손가방 하나만 챙겨 들고 허겁지겁 부산역으로 달려갔다. 진주를 거쳐 전북 정읍까지 가는 기차를 탔다. 창가에 자리를 잡았다. 부산을 떨며 바삐 뛰던 마음이 가라앉자 눈의 긴장이 풀리면서 조름이 왔다. 창밖에는 산천초목과 사람들이 아슴아슴 흐르고 있었다. 자기와는 반대 방향으로 흐르고 있었다. 아니었다. 자신이 그것들과는 반대 방향으로 가고 있었다. 홀로 멀고 먼 안개 낀 길을 따라가고 있었다. 한참 가자 나무가 우거진 오솔길이 나오고 그 끝에서 누군가 오고 있었다. 그 인물이 가까이 와서 말을 걸었다.

"자네 오신우 아닌가?"

다정한 말씨였다. 자세히 보니 아는 얼굴이었다. 그가 한때 러시아 소설 속에서 자주 만나던 인물이었다. 언쟁도 많이 했지만, 그 때문에 친해진 친구였다.

"아! 자넨가! 여기서 만나다니, 반갑네."

"그런데 자네 어디 가나? 멍한 꼴이 꼭 홀린 사람 같군. 무엇에 홀렸나?"

"음… 그게 말이야, 그리움이네."

"그리움? 정자에 대한 그리움 말인가?"

"꼭 정자만은 아니네. 정자는 아우라이지 아우라의 주인은 아니네."

"아우라의 주인? 그게 누구인가?"

"정자를 나에게 보내준 분이네."

"이봐 자네 아직도 옛날과 변함이 없군. 옛날과 똑같은 꿈을 꾸고 있어. 내가 그때도 말했지. 그리움만으로는 빵을 해결할 수 없다고."

"빵으로는 나를 해결 못 하네."

"그게 무슨 소리야."

"나답게 되기 위해서는 어떻게 살아야 하는지 그런 문제는 빵만으로는 해결할 수 없다는 말이네."

"자네 뭘 잘 모르고 있군. 나란 말이야, 남과의 관계, 함께 사는 사회와의 관계에서 만들어지는 거야. 자작한다고 생각하면 오산이네."

"아니야, 자작도 타작도 아닌 그리움만이 참다운 나를 만들어주네."

"왜 그런가?"

"그리움은 '당위로 있는 것, 마땅히 있어야 할 것'을 그리워하고 만들어내는 힘이기 때문이야."

"그게 무슨 소리야?"

"그리움의 눈으로 보면 세상은 마땅히 있었던 모습으로 보이네. 저기 차창 밖 초목을 보게. 평소 땔감이나 재목으로 보이던 나무가 그리움으로 보면 같은 생명을 가진 동기간으로 다가오네. 사람도 마찬가지야. 그리움으로 보면 사람은 그냥 사람이 아니라 내 피붙이로 보이네. 다시 나무를 생각해보세. 그리움으로 본 나무는 나보다 더 낫네. 더 낫다는 것은 나무는 생명이 본래 가지고 있는 지당한 아름다움에 더 충실하기 때문이네. 보이지 않던 진리가 그렇게 환히 보이네."

"만상이 동일체로 보인단 말인가?"

"기차가 철거덕 철거덕 레일을 달리는 소리 들리지! 그 소리는 내 마음의 그리움에는 어릴 때 아버지가 몰던 달구지가 울퉁불퉁한 시골길을 달리면서 내던 정겨운 소리네. 아버지는 잠이 많았지. 달구지를 몰면서도 졸았어. 위험했지. 그 때문에 어린 아들 나를 데리고 다녔네. 아버지가 졸면 아들이 대신 고삐 줄을 잡고 소를 몰았지. 졸면서 끄덕이는 아버지의 뒷머리, 희끗희끗한 새치 머리칼을 바람에 날리는 뒷모습은 아버지의 영원한 본래의 상이네."

"자네 완전히 홀려있군."

"더 말해 줄까! 어릴 때 정자와 풋사랑을 익힐 적에는 온 세상이 다 진실하고, 착하고, 아름다웠지. 왜 그러는지 알겠나? 그건 정자와 나는 하나의 그리움으로 뭉쳐있었기 때문이네. 그리움은 진선미(眞善美)를 진선미이게끔 정해주는 원형이네. 그러니까 그리움으로 사는 세상은 완전한 세계이네. 어린 내가 그런 완전한 세계의 일원이라는 것이 자랑스럽고 사랑스러웠어. 그러나 장년이 되면서 나는 정자를 배신함으로써 그 순수한 원형의 세계를 배반하고 죄인으로 타락했네. 그런 죄인이 무슨 낯으로 정자를 만나러 가는지, 참 후안무치한 인간이 아닌가. 그러나 그런 후안무치한 감정은 정자를 그리워하는 마음을 도저히 이겨낼 수 없네. 그만큼 그리움은 나의 의지로는 어찌해 볼 수 없는, 나와는 상관없는 절대적인 힘을 가졌네. 왜 그런지 아는가?"

"왜 그러나?"

"그리움은 정자를 만나야 한다는 정자의 주인이 나에게 부과한 절대 소명이기 때문이네."

"길이 갈라지는군. 신우 군, 자네는 어디로 가나?"

"변산으로 가네."

"그래? 나도 변산으로 가는데!"

"왜? 변산에 무슨 볼일이라도 있나?"

"자네, 조선의 실학자 유형원(柳馨遠) 선생 알지? 그분이 변산 우반동(愚磻洞)에서 20년 살면서 『반계수록(磻溪隧錄)』이란 책을 썼지."

"뭘 썼는데?"

"백성이 살기 좋은 세상을 설계하고 그걸 세상에 제안했네. 당시 양반이 농민을 노예처럼 부려먹는 사회제도를 폐지하고, 국가가 토지를 소유하여 백성에게 골고루 나눠주는 토지 공영제를 주장했지. 그러니까 백성이 빵에 굶주림 없이 사람답게 살 수 있는 이상사회를 기획했네."

"유 선생은 인간이 살아야 할 지당한 제도를 구상했군"

"우리 어쩌면 변산에서 다시 만날 수도 있겠군. 잘 가게."

"우반동에 반계서당이 있는데 거기서 만나세."

기차는 정읍에 도착했다. 역사(驛舍)를 빠져나온 오신우는 택시를 타고 시외버스 정류소로 갔다. 정류소 건물은 도심에서 약간 떨어진, 집들이 성긴 시 외곽에 있었다. 건물 뒤로 논밭이 있고 멀리 야산이 보였다. 그 야산까지 좁은 두렁길이 나 있는데 양 가로 가을꽃이 만발했다. 전 같으면 그냥 지나칠 꽃들인데 마음의 그리움 때문이었을까? 그날은 유난히 꽃이 보고 싶었다.

변산으로 떠나는 버스 시간에 여유가 있어 그는 들길로 나가보았다. 길섶에 백색, 연분홍색, 노란 국화가 어우러져 한창 아름답게 피고 있었다. 어쩌면 저렇게 아름다울까? 그는 쭈그리고 앉아 그 신비한 색조의 아름다움에 한동안 정신을 잃고 바라보고 있었다.

꽃과 인간은 같은 생명체다. 그러나 외양이나 내면에서 양자는 현저한 차이가 있다. 꽃은 화장을 하지 않는다. 있는 그대로 충분히 아름답기 때문이다. 인간은 화장을 한다. 추함을 가리기 위해서다. 꽃의 향기는 그 자체로 감미롭다. 그러나 인간은 역한 인내를 감추기 위해 향수를 바른다.

꽃과 오신우는 다 같이 그리움을 그리워하고 있다. 그러나 오신우가 그리워하는 대상은 내가 아니라 타자다. 타자와는 일체가 될 수 없음으로 애를 태운다. 그러나 꽃에 있어서 그리움은 자기 자신에 대한 그리움이다. 자기 자신의 완전한 자아상에 대한 그리움이다. 그러니까 완전한 자기를 지향하여 정진만 하면 족하고 애태울 필요가 없다.

꽃나무는 제각기 자기 꽃을 피우기 위한 태생적인 목적을 가지고 있다. 어느 것은 흰 꽃을, 어느 것은 연분홍 꽃을 피우기로 내정된 목적을 갖추고 있다. 그리움은 꽃나무의 그런 내재적 목적을 실현해 주는 의지요 에너지다. 그 의지가 예정된 목적을 달성하면 꽃나무는 자신에 부과된 존재의 책임을 다하여 아름다운 꽃을 피우고 그럼으로써 꽃으로써의 미와 가치를 완성한다. 예정된 자아를 완성하는 것이다. 그런데 자신은 어떤가? 오신우는 자문해 보았다. 자신의 존재에는 주어진 목적도, 이뤄야 할 의미도, 가치도 없다. 그러니 자연의 아름다운 목적의 왕국에서 제외된 부끄러운 열외자다.

꽃나무는 홀로 피는 예가 드물다. 군락을 이루어 자연의 화원을 만든다. 꽃나무 하나하나는 자기만의 개성적인 꽃을 가지고 자연의 화원을 꾸미는 일에 참여한다. 그런 울력을 하기 위해서 꽃들은 틀림없이 서로 말을 주고받을 것이다. 정자도 한때 그런 말을 한 적이 있었다. 그 꽃말을 알아들을 수는 없을까? 지렁이를 부르는 동산에 가면 들을 수 있지 않을까?

정읍에서 탄 버스는 40여 분 들판을 지나고 산기슭을 거친 끝에 오후 2시경 변산의 동남쪽에 있는 보안면 면사무소 앞에 도착했다. 면서기에게 반계 선생 유적지가 있는 우동리 마을의 소재지를 물었다. 그는 일부러 사무실을 나와 면사무소에서 우측으로 멀리 보이는 옥녀봉을 보고 곧장 가면 된다고 했다. 우동리 마을은 반계 선생에게 이상사회를 구상하도록 영감을 줄 만큼 산세가 일품인 곳으로 알려졌다. 그곳에 정자가 살고 있을 것 같았다. 하지만 실제로 정자를 만날 것이라고 기대하고 온 것은 아니었다. 정자가 살만한 곳에 가서 그리움이 불러오는 정자를 만나면 그것으로도 괜찮다고 생각했다.

면사무소를 떠나 1㎞쯤 걸어 옥녀봉 산자락에 이르렀다. 그곳에 20여 채의 집들이 올망졸망 들어선 마을이 있었다. 정자가 살기에 안성맞춤인 곳이었다. 마을은 구차한 편이지만 그 일대의 풍광은 아름다웠다. 마을 어귀에는 여러 그루의 미루나무가 하늘 높이 솟아있고 조금 들어가면 우측으로 복사꽃 나무, 소나무, 회나무, 밤나무 등이 울창한 동산이 있었다. 동산 여기저기에 만발하고 있는 밤나무 흰 꽃이 초록색 나무와 묘한 색조를 이루어 그 일대 풍경을 더욱 아름답게 채색하고 있었다.

동네 앞에는 오솔길을 따라 맑은 실개천이 흐르고 그 위로 펼쳐있는 자드락 땅에서는 곡식 그루터기가 삭고 있었다. 그곳으로부터 두엄 냄새가 불어왔다. 어릴 적 고향에서 많이 맡았던 냄새였다. 정자의 냄새도 섞여 왔다. 정자는 이따금 만경강 건너 변산에는 꽃과 나무들이 밀어를 속삭이는 동산이 있을 것 같다고 했다. 가보고 싶다고 여러 번 말했다. 바람이 불었다. 밤나무 동산에서 꽃향기와 함께 맑고 밝은 새 소리가 다가왔다.

"아저씨, 누구 찾아오셨어요? 제가 안내해드릴까요?"

돌아보니 그의 곁에 앳된 소녀가 서 있었다. 책가방을 멘 초등학교 학생이었다. 햇볕에 살짝 그을린 얼굴이 맑고 예뻤다.

"잘 되었다. 이 동네에서 살지?"

"예."

"몇 학년이니?"

"육학년이에요."

"그럼 김정자란 분 알겠구나?"

"학생이어요?"

"학생은 아니고 부인인데 한 마흔 살쯤 되신 분이다."

"낯선 이름인데요. 잘 모르겠어요. 죄송해요."

모르는 것을 미안해하면서 소녀는 수줍은 웃음을 웃었다. 순간 그 수줍은 웃음이 너무나 티 없이 맑고 정겨워 그의 가슴을 쳤다. 손에서 가방이 떨어져 발등을 찍었다. 치고 찍는 충격이 얼마나 컸던지 그의 눈에 낀 비늘이 다 떨어져 나갔다. 맑고 밝아진 눈으로 본 소녀는 어느새 정자였다. 반가웠다. 말을 걸고 싶었으나 나오지 않았다. 그저 바라만 보았다. 한참 바라본 정자는 벌써 한 떨기 수줍은 국화였다. 향기를 맡고 싶었다. 다가갔다. 소녀는 어느새 저만치 가고 있는 새하얀 구름이었다. 그 구름이 개울가 미루나무 사이로 난 고샅길을 따라 멀어져 갔다. 먼 산에서 들려오는 뻐꾸기 소리, 찌르레기 우는 소리가 고샅길에 메아리로 울렸다. 그렇게 정자를 만났다 헤어졌다.

오신우는 숙소를 찾았다. 다행히 변산 해수욕장에 딸린 여관이 있어 투숙할 수 있었다. 시골 여관이라 투박한 데로 정겨웠다. 술 한 잔 걸치고 이불에 누워 잠을 청했다. 긴 여행을 했기 때문에 곧 잠이 들 줄 알았다. 그게 아니었다. 낮에 본 소녀가 자꾸 떠올랐다. 국화꽃보다 아름다운 소녀의 미소는 충격적이었다. 그 충격이 가시지 않고 잠을 설치게 했다. 잠이 설치다 보니 소녀의 미소가 준 충격은 엉뚱한 의문으로 이어졌다. 소녀의 아름다운 미소를 자기와 같은 부족한 사람이 어떻게 인지할 수 있었을까?

소녀의 그런 웃는 모습을 전에 본 적이 없었다. 그런 웃는 모습이 아름다운 것이라고 배운 적도 없었다. 그러니까 경험이나 학습을 하지 않고도 한 번 보고 대번에 그 웃는 모습이 아름다움임을 직관한 것이다. 다시 말하면 그러한 직관 능력은 논리적 판단, 가치 판단, 선악 판단 이전에 주어진 그러니까 선험적으로 우리에게 주어진 심미 기능이다. 그 심미 기능을 미의 원형적 틀이라고도 한다 -이 틀을 플라톤(Platon)은 이데아라고 했다- 그 심미의 틀에 감각적 직관이 포착한 대상이 들어맞으면 그 대상은 미로 주조되고, 현상되고, 느껴지는 것이라고 할 수 있다. 선험적이라는 것은 '나'를 초월한 것을 의미한다. 그러므로 직관적 심미 틀은 그의 개인과는 상관없는 독립적인 자율 기능이다. 그의 생각이나 의지가 관여할 수 없는 영역이다.

누군가가 '나'에게 부여한 성역(聖域)인 것이다. 누가 부여했을까? 뭐라고 명명하든 그것은 우주 만상의 존재를 존재하도록 하는 원존재(元存在), 존재의 원뿌리라는 생각이 들었다. 그 뿌리로부터 초자아적인 미 인식이나 정자에 대한 제약 없는 그리움이 가지를 치고 있다고 생각했다. 그 원존재가 지렁이를 부르고 있는 것이 아닐까? 그런 생각을 그는 했다.

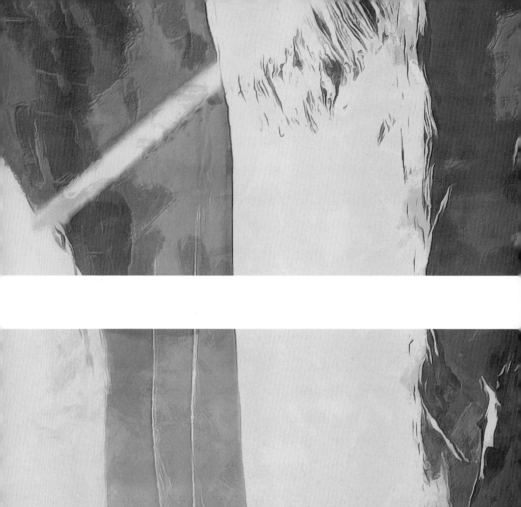
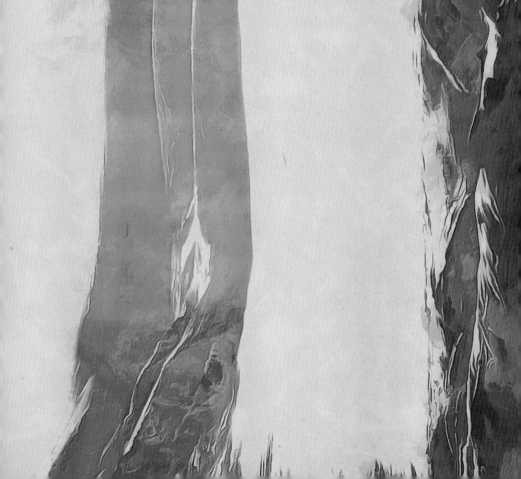

제2부   출항

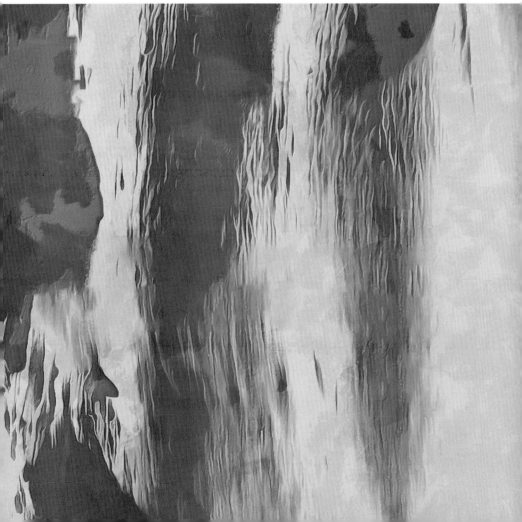

5

　부안에서 돌아온 오신우는 별로 할 일이 없었다. 모처럼 만에 한가로
운 시간을 얻었다. 그에게 있어서 시간은 언제나 현재다. 사건에 쪼들리
고 쫓기는 때는 언제나 현재이기 때문이다. 그래서 한가롭다는 것은 고
된 현재의 질곡에서 해방됨을 의미한다. 해방된 마음이 제일 먼저 하고
싶은 것은 과거로 돌아가서 추억이 서린 책을 다시 읽는 일이었다. 그는
책방에 가서 학창시절 감명 깊게 읽었던 책들을 샀다. 그걸 가지고 와 여
관방에서 일주일 동안 뒹굴면서 시간 가는 줄도 모르고 읽었다. 특히 앞
으로 생활의 터전이 될 바다와 물에 관한 글들을 열심히 찾아 읽었다. 고
대의 선지자나 현대의 식자 중에는 바다를 단순히 물을 저장한 곳이 아
니라 생명의 원천으로 본 자가 많이 있다는 것을 기억하고는 그런 맥락
에서 자료를 탐색했다.
　원시불교의 경전인 장아함경의 소연경(小緣經)에는 초기 불교의 창세
관이 나온다. 그걸 보면 태초에는 어둠과 물만 있었는데, 그 후 물에서
땅이 생기고 땅에서 중생이 생겼다고 했다. 기독교 성경의 창세기 편을
보아도 같은 이야기가 있다. 태초에 하느님이 우주를 창조하였을 때, 지
구는 암흑과 물로 뒤덮여 있었는데, 그 물에서 땅과 생명이 생겨났다고

했다. 고대 그리스 철학자 탈레스는 세계 전체를 하나의 원리(이를 아르케라고 불렀다)로 설명한 최초의 철학자인데, 그 원리를 물로 보았다. 물은 생명체를 포함한 만물을 생성하는 근본적인 원질(原質)이었다.

박 사장의 말을 듣고 노자의 도덕경에 나오는 '太一生水 水反輔太一 是以成天 天反輔太一 是以成地'를 찾아보았다. '태일이 물을 만들고, 물은 태일을 도와 하늘과 땅, 생명을 만든다'는 의미다. 또 그리스 철학자 아낙시만드로스는 '물에서 최초의 생명체가 생겼으며, 인간도 맨 처음에 물속에서 태어났다가 충분히 자립할 만큼 발전된 다음 땅으로 나온 것'이라고 했다. 현대 생물학자들도 인체의 3분의 2가 물이라는 사실을 근거로 인간 생명이 물에서 발생했다는 의견을 냈다. 이상을 종합해 보면 인류가 우주나 생명의 기원을 생각하기 시작한 문화의 시원 단계부터 물을 만물을 생성하는 근본 원인으로 보고 있다. 배를 타고 바다로 나간다는 것은 앞으로 그런 우주의 본고향을 자신도 체험할 수 있지 않을까 하는 기대를 갖게 했다.

배를 타던 날 아침 9시경, 오신우는 '금강해양수산'에 갔다. 건물 2층 휴게실에는 벌써 20여 명의 선원이 모여 있었다. 개중에는 얼굴 생김새와 색깔이 다른 동남아 선원도 여러 명 보였고, 말로만 듣던 중국 조선족 선원도 있었다. 나머지 선원들은 한국 본토 사람인데 행색이 붙임성이 없어 보였다. 처음으로 낯선 사람들과 섞이다 보니 어디에 끼어야 할지 몰라 한동안 엉거주춤하고 있었다. 이럴 때 김중달이라도 오면 얼마나 좋을까, 그도 배를 탄다고 하지 않았던가, 오신우는 속으로 그가 왔으면 하고 바랐다. 그때 갑자기 뒤에서 놀라는 목소리가 들려왔다. 들어본 목소리 같아 놀랐다.

"오 선생님, 오 선생님, 여기는 웬일이십니까?"

돌아보니 김중달이 오고 있었다. 아니, 김중달과 비슷한 사람이 오고 있었다, 세상에는 비슷한 사람이 있지 않은가.

"…"

"오 선생님, 여기 회사에 무슨 볼일이 있습니까?"

자꾸 '오 선생'을 부르는 것을 보면 어쩌면 김중달인지도 모르겠다는 생각이 들었다. 그렇지만 오신우는 그럴 리가 없다고 생각했다.

"정말 김중달 씨 맞습니까?"

"예, 저 김중달입니다. 그런데 오 선생님은 왜 여기에 와 계십니까?"

"음, 배를 타러 왔는데…"

"예? 정말입니까? 저도 이 회사 배를 타러 왔는데요! 이게 무슨 조화 속이지요? 우리 한배를 타는 겝니까!"

오신우는 여전히 어리둥절했다.

"참 알 수 없는 일이군. 호랑이도 제 말하면 온다더니. 정말 그런데!"

"예? 저에 대하여 누구와 이야기하고 있었습니까?"

"그래요. 김중달 씨가 오면 얼마나 좋을까, 하고 내 속의 나와 이야기했지요. 그런데 정말 왔습니다. 참 신기하지요?"

김중달이 왔으면 하고 오신우가 바란 시간에 실제로 김중달이 출현한 현상은 물리적 인과현상은 아니다. 그건 물심(物心)의 영감이 이뤄낸 인과현상이다. '나'의 바람이 원인이 되어 김중달의 출현을 결과한 것이다. 이런 현상을 심리학자 융은 비인과적 동시 현상이라고 불렀다. 그리고 이런 비인과적 동시 현상은 우리가 일상생활에서 흔히 볼 수 있는 물리적 인과현상에 못지않게 우리 생활에 중요한 의미를 갖고, 그로써 중요한 영향을 미친다고 했다. 그래서 융은 이 양자의 현상 즉, 물리적 인과와 그와 대칭되는 비 인과의 현상을 하나로 조화 통일시키는 전일(소一)의 세계가 완전한 세계이고, 이 전일의 세계를 주재하는 자가 절대지(絕代知)라고 했다. 그 절대지가 다스리는 완전한 세계가 지렁이를 부르고 있는 것이 아닐까? 그런 생각을 오신우는 했다.

김중달을 만난 것은 반갑고 다행한 일이었다. 선원 생활을 처음 해보는 오신우에게 그는 큰 도움이 될 것이 분명했다. 온 사람 중에는 필리핀 선원 4명, 월남인 3명, 인도네시아 2명, 중국 국적을 가진 조선족 2명이 있었다. 나머지 11명은 한국인 선원이었다. 낯선 사람들의 모임은 서먹서먹하고 거북했다. 다행히 그런 어색한 분위기를 웃음의 기분으로 바꿔 놓는 사람이 있었다. 키가 훤칠하게 큰 한국 선원이었다. 그의 외모도 키만큼이나 걸출했다. 영화 '마도로스 박'에 나오는 주인공을 닮았다. 구레나룻에 콧수염을 기른 그는 걸쭉한 입에 마도로스파이프를 물고 담배를 피우고 있었다. 담배 연기가 하얀 해군 모자에 달린 닻 모양의 검은 배지를 맴돌다 하늘로 유유히 날아갔다. 복장도 특별했다. 위는 감청색 더블 재킷, 아래는 흰 바지를 입고 있었다. 흰색의 와이셔츠에 감청색 넥타이를 매고 흰 구두를 신었다. 그의 특출한 외양을 보기만 해도 선원들의 입에서는 저절로 웃음이 나왔다.

"안녕하십니까? 나 일등항해사 박효진이요. 새로 오신 분들이지요? 반갑습니다."

그는 손을 내밀어 오신우, 김중달과 악수를 했다. 두 사람이 유심히 자기를 쳐다보는 것을 알아차렸는지 그는 빙긋 웃으면서 자기소개를 했다.

"사람들은 나를 '마도로스 박'이라고 부릅니다. 앞으로 그렇게 부르셔도 됩니다."

"저는 선원 생활이 처음입니다. 앞으로 잘 부탁합니다."

"나는 이 생활 10년 넘게 합니다. 그래서 좀 아는데 선원 생활이란 게 뭘 부탁할 만큼 특별한 게 없습니다. 바다 생활이나 육지 생활이나 다 그게 그것입니다. 우리가 다 그게 그건데 바다 생활이라고 별 것 있겠습니까? 우리가 잠시 스쳐 가는 곳이지요. 그러니 너무 욕심부릴 것 없이 그저 마음 편한 데로 가면 됩니다."

그의 생각도 복장만큼이나 일상의 취향과는 다른 것 같았다. 반복되는 '그게 그건데' 하는 말투에서 어쩌면 사는 일에 정을 못 붙이는 사람처럼 보이기도 했다.

사무실 직원들이 나왔다. 두 사람이 큰 평상을 갖고 와 동쪽 벽에 낮게 세워 놓자, 그 위에 다른 직원들이 돼지머리, 시루떡, 과일, 술을 진설했다. 푸짐한 제사상이 차려졌다. 조금 후에 박 사장이 나오고 선원들이 박수로 맞이했다. 박수가 끝나자 마도로스 박이 나섰다.

"여러분 지금부터 옥황상제에게 제사를 지내겠습니다. 사장님, 앞에 서시고 여러분들은 그 뒤로 열을 지어 서십시오."

정열이 끝나자 박이 제문(?)을 낭독했다,

"상제님이시어, 상제님의 전능하심을 봉축하나이다. 그 전능하심으로 바다가 평온하도록 다스려주시고 우리가 하는 일이 다 잘 이루어지도록 보살펴주시기 비옵나이다."

제문이 끝나자 박의 선도를 따라 모두 큰절을 두 번 하고 일어섰다. 박 사장만은 홀로 그대로 꿇어앉아 머리에 손을 합장하고 묵념을 계속했다. 방 안이 한동안 숙연해졌다. 묵념을 끝낸 박 사장이 일어나 일장 연설을 했다. 신임 선원들을 위해 우선 배의 선임자들을 소개했다. 선장과 기관장은 떠날 준비 때문에 배에 미리 가 있고 아침 모임에는 빠졌다고 했다.

어로장(漁撈長)을 소개했다. 배에서 선장 다음으로 급이 제일 높은 사람으로서 어로 작업을 총지휘하는 분이니 잘 보필하라고 했다. 그 말이 떨어지자 비교적 큰 키에 다부진 어깨를 하고 광대뼈가 약간 나온 얼굴이 한 발 앞으로 나와 고개를 끄덕였다. 군인 장교처럼 반듯했다. 다음으로 마도로스 박 일등항해사를 소개했다. 따분한 선원 생활을 유머로 즐겁게 해주는 바다의 멋쟁이라고 했다. 이등항해사, 기관장 보조, 통신사, 주방장, 실습생을 별 수식 없이 소개했다. 다음은 본 연설에 들어갔다. '금강해양수산'은 신생기업이므로 여러분들의 노력 여하에 사운이 걸렸다고 강조하면서 분발해 주기를 당부했다. 항해 일정도 설명해 주었다.

배는 스페인 근해에 있는 라스팔마스까지 갔다 온다고 했다. 가는 중간에 일본, 싱가포르, 인도네시아, 몰디브, 케이프타운을 거치고 돌아올 때는 선장의 판단에 따라 중부 남태평양에 들어가 참치잡이를 할 수도 있다고 했다. 이번 항차에 1만 5천 톤의 어획고를 올리면 월급 한 달 분을 보너스를 주겠다고 약속했다. 원래 선원봉급은 보합제였다. 정해진 기본급에 조업실적에 따라 얼마를 가산해 주는 식이었다. 따라서 가산급으로 한 달 분 월급을 얹어준다는 것은 큰 인센티브였다. 그런 약속을 하면서 박 사장은 어로장을 매섭게 쳐다보았다. 어획 목표 달성 여부는 당신의 책임이라고 못 박는 눈길이었다. 어로장의 얼굴이 갑자기 굳어졌다. 끝으로 오신우를 영어를 잘하는 귀한 선원으로 소개했다. 그리고 오신우에게 자기가 한 말을 대충 외국 선원들에게 통역해 주라고 부탁하고는 나갔다. 선장이 떠나자 마도로스 박이 다시 제사상 앞에 나가 아랫배에 손을 포개고 머리를 조아리며 한 말 했다.

"옥황상제님, 잘 아시다시피 바다의 홀아비 생활이 얼마나 따분합니까. 고기를 많이 잡도록 도와주시고 아울러 외국 항구에 들렸을 때 그곳 아름다운 여인들도 많이 잡도록 도와주기 바랍니다."

와! 선원들이 웃었다. 다음에는 제사상의 돼지머리를 안주로 술을 들었다. 술을 못 드는 선원들은 다과와 음료를 들면서 담소했다. 오신우와 김중달은 조선족 중국인 두 명에 가서 인사하고 통성명했다. 같은 민족이어서 그런지 그들에게 관심이 갔다. 한 사람은 이름이 이종섭이었다. 비교적 왜소한 체격을 하고 있으나 눈만은 살아있었다. 또 한 사람은 보통 체격을 한 장복수. 수더분하고 사람 좋게 보였다. 둘 다 중국 연변에서 왔다고 했다. 다른 어선에서 2년간 선원 생활을 하다가 대우가 더 좋은 금강호로 이적해 왔다고 했다. 그들과 이야기하는 도중 한 직원이 오신우에게 와서 사장이 보자고 한다고 알렸다. 그는 직원을 따라 사장실에 갔다.

"오신우 씨, 거기 앉아요. 어떻습니까? 분위기가 맘에 들어?"

"네."

"금강호의 선원은 총 24명이야. 이 중 11명은 외국인이고 나머지 13명은 한국 선원이지. 한국 선원은 학력이 높네. 자네처럼 대부분 대학을 졸업했어."

"대학 졸업생이 왜 그렇게 많지요?"

"그건 선원봉급이 대기업의 봉급보다 2배 또는 3배 높기 때문이야. 몇 년 선원 생활을 하고 목돈을 만들면 엔간한 집 한 채는 마련할 수 있지. 그러니까 그 사람들 함부로 대해서는 안 돼."

"알겠습니다."

"다름이 아니고 선장에 대해서 참고로 알려주고 싶은 것이 있어 오라고 했네."

"..."

"선장, 그분 보통 분이 아니네. 원래 부산 동아대학에서 영국 정치사를 가르쳤는데 교수 생활을 할 때 부산에 주둔하고 있던 장군 한 분과 친하게 지냈데. 그런데 그 후 그 장군이 청와대 주인인 되는 바람에 청와대와도 잘 통해서 신문사 사장도 하고, 기업도 하고 한때 끗발이 좋았지. 그분이 한때 군산대학에도 있었는데 그때 그분을 잘 알고 지냈지. 그분이 잘나가자 나도 군산에서 수산업을 할 때 덕을 보았네. 그런데 그 후 청와대 주인이 바뀌면서 그도 몰락했어. 신문사, 대학 직장도 잃고 경제적으로도 어려운 처지에 놓였지. 그게 보기에 딱해서 내가 그를 우리 회사의 선장으로 영입한 것이네. 옛날 신세 진 것도 있고 해서 말하자면 모셔온 셈이지. 그분, 선장 노릇은 하지만 마음이 편치 않을 것이네. 자네가 나이도 있고 하니 그분을 곁에서 잘 도와주게."

"그래도 대학교수까지 한 분이 배의 선장을 하겠다고 나선 것은 보통 일이 아닌데요?"

"그분, 몰락한 후에도 권력의 감시를 받고 있지. 바다는 그런 감시를 벗어나 울분을 삭이는 데는 제일 좋은 곳이야. 그래서 선장직을 수락한 것으로 나는 알고 있네. 그런데 요즘은 달라졌어. 뭔가 다른 속셈이 있는 것 같기도 한데 알 수 없어. 한국 말고 어디 딴 데 살만한 곳을 찾고 있는 것 같기도 하고… 어쨌든 그분, 아는 것도 많고 사람도 좋은 분이니 자네가 잘 도와주게. 선장이 마음이 편해야 조업도 잘 되고 선원 생활도 잘 굴러가네."

"잘 알겠습니다. 앞으로 선장을 잘 모시겠습니다."

다과회가 끝나자 사무실 직원이 와서 선원들을 안내하고 부산진 제 6부두로 갔다. 그곳에 그들이 탈 배, '금강호(錦江號)'가 정박하고 있었다. 금강호는 2,000톤급 참치잡이 선망 어선인데 영국인 소유주로부터 용선한 배였다. 선적은 인도에 두고 있었다. 어선으로서는 비교적 덩치가 크고 외양이 번듯해 그 일대에 많이 들어선 자잘한 어선들 가운데서 돋보였다. 승선한 신참 선원들은 우선 선장실로 가 인사를 했다.

선장은 박 사장과 거의 같은 연배인 인물이었지만 풍기는 인상은 서로 달랐다. 당찬 풍모를 띠고 있는 박 사장과 달리 선장은 진중한 모습이었다. 지난날의 교수 티가 남아있었다. 특히 선장의 눈 모습이 시선을 끌었다. 짙은 눈썹 아래로 움퍽 들어간 눈매 때문인지 깊고 사색적으로 보였다. 선장은 별말이 없었다. 앞으로 잘 해보자고만 했다. 다들 나가려고 하는데 선장이 오신우만 불러서 자기 곁에 세웠다.

"자네가 영어 잘한다는 선원인가? 이름이 뭐라고 했지?"

"오신우라고 합니다."

"오신우라, 박 사장한테서 자네 이야기 들었어."

"…"

"앞으로 잘 해보세. 영어로 편지 쓰는 일, 번역하는 일, 또 외국 항구에서 상거래 할 때 통역해야 할 일 많이 있어. 잘 도와주게."

"부족합니다만 열심히 하겠습니다."

인사를 마치고 나오려는데 선장의 침대 맡에 걸린, 표구해둔 글씨에 시선이 갔다. 박 사장 사무실의 액자에 들어있는 글귀가 거기에도 있었다.

"선장님, 한 가지 문의 들여도 되겠습니까?"

"응 괜찮아. 뭔가?"

"저 표구된 글, 박 사장님 사무실에도 걸쳐있던데요. 두 분이 의기투합하고 있는 것을 의미하는 것인가요?"

"그런 것에 관심을 가지다니 역시 다른 데가 있군. 음, 말한 대로 그런

면도 있지. 그러나 그보다는 나는 바다의 길에 더 신경을 쓰네. 바다는 여러 갈래의 길을 내네. 반듯한 길, 휘어지는 길, 소용돌이치는 길 등 많은 길을 만드네. 그런 길을 내는 바다의 의지를 잘 살피고 따라가야 고기도 잘 잡을 수 있고 배도 순항하지. 그 바다의 의지를 박 사장은 옥황상제라고 하면서 섬기네. 나도 박 사장과 비슷한 생각을 갖고 있네."

"바다에 길이 많다는 것은 처음 들어봅니다."

"그 길은 그냥 길이 아니야. 우주의 도(道)야. 우주가 순항하려면 따라야 할 길이지."

말을 마친 선장은 조용히 고개를 돌려 창밖 바다를 바라보았다. 뭔가 깊은 생각에 빠져드는 것 같은데 얼핏 보면 수도승 같이 보이기도 했다.

선장에게 인사를 마친 신참 선원들은 갑판의 일 층에 있는 숙소에 가서 자기에게 지정된 칸막이 침대에 들었다. 비교적 넓은 공간에 나일론 커튼으로 구분한 칸막이가 여럿 있었고, 그 하나하나에는 침대와 사물함 그리고 선풍기 한 대가 비치되어 있었다. 선원들은 자기의 이름이 붙어있는 칸막이 하나를 차지하고 사물함에 용품을 넣어두었다. 선원실 뒤에 휴게실 겸 식당이 있었고 그다음으로 선장이 전용하는 독방이 따로 있었다. 선원실 아래 지하층에는 기관실, 냉동시설, 자재 보관실이 들어있었다.

배는 오전 10시경 출항했다. 닻을 올리고 브리지를 거두자 배는 고물에서 흰 물길을 일으키며 점점 부두로부터 멀어져갔다. '부우… 웅', 배가 긴 고동 소리를 냈다. 육지와 작별을 고하는 소리였다. 그 소리의 여운이 스산하게 들렸다. 못 돌아올지도 모른다는 생각이 들어 육지를 다시 한번 보고 싶었다. 어쨌든, 기구한 애환의 삶을 보낸 곳이 아닌가. 고물로 나가보았다. 뜻밖에 뱃전에 마도로스 박이 나와 있었다. 그는 난간에 기댄 채 멀어져 가는 육지를 바라보며 노래를 흥얼거리고 있었다.

"아 아 아 잘 있거라 부산항구야,

미스 김도 못 있겠소 미스 리도 못 잊어,

만날 땐 반가웁고 그리워해도,

날이 새면 떠나야 하는 사랑이지만, 사랑이지만,

아 아 또다시 찾아오마 부산 항구야…"

"노래가 좀 애상적이군요."

"아니 오 선생, 듣고 있었습니까? '마도로스 박'이라는 노래지요. 부산 항은 나의 애증이 서린 곳이지요."

"육지에서 미즈 김이나, 미즈 리와 무슨 일이 있었습니까?"

농담조의 질문에 마도로스 박은 정색을 하고 나왔다.

"실은 지난밤 나는 어느 인연과 사랑의 씨를 뿌렸습니다. 그 여인은 나를 붙잡고 함께 살자고 애원했습니다. 그러나 나는 그게 부질없는 일이란 것을 알기 때문에 뿌리치고 나왔습니다. 얼마간 생활자금을 주고 말입니다. 돈을 받아서인지 그 여자는 오늘 아침 부두에 나와 나를 배웅한다고 약속하고는 나오지 않았습니다. 나오리라고 기대하지 않았지만 막상 나오지 않으니까 서운합니다. 내가 왜 그런지 알 수 없습니다."

"불가에 무주(無住)란 말이 있습니다. 인연에 집착 없이 사는 게 편하다는 뜻이지요."

"주(住)라, 나에게는 머물 사람이나 머물 집이 없습니다."

마도로스 박은 주머니에서 파이프를 꺼내 담배를 잰 다음 불을 붙이고 빨기 시작했다. 파이프에서 품어져 나오는 하얀 연기를 바라보며 그는 말을 이었다.

"내 노래를 들었으니 이번에는 시 한 수 들어보시겠습니까?"

"무슨 시인데요?"

"성현들과 더불어 지혜의 씨를 뿌리고

내 손수 공들여 가꾸었지만

마침내 거둔 것은 다음 한마디

'나, 물처럼 왔다가 바람처럼 가노라.'

어떻습니까? 나는 지난날 리비아의 사막에서 5년간 수로 공사 일을 했습니다. 그때 페르시아의 시성이라고 불리는 오마르 카이얌(Omar Khayyam)의 시를 익혔지요. 방금 부른 가락은 그가 지은 시구의 하나입니다."

"글쎄요. 뭔가 사는 것이 무상함을…?"

"그렇습니다. 저는 바람같이 왔다 바람처럼 가는 사람입니다."

그때 뱃고동 소리가 빵 빵 두 번 더 울렸다. 그러자 마도로스 박은 어깨를 추스르며, "저 두 번 울리는 뱃고동 소리는 저를 부르는 신호입니다. 조타실에 가봐야겠군요. 오 선생, 우리 언제 술 한잔 합시다." 하며 떠났다. 그는 떠나면서도 머리 뒤로 손을 흔들며 또 하나의 시구를 날렸다.

"나는 아노라, 술집에서 문득 본 진실이 사원에서 잃은 진실보다 더 귀한 것을."

그의 마지막 단구도 페르시아 시인으로부터 얻은 것으로 짐작이 갔다. 그를 처음 봤을 때는 그의 독특한 언행이 자기 과시의 일종으로 보였는데 마지막 단구를 읊는 그를 보고는 그렇지만도 않은 다른 사연을 지닌 듯했다. 그래서였을까? 그의 뒷머리가 쓸쓸하게 보였다.

오신우는 다시 멀어져가는 육지를 보았다. 마도로스 박이 말한 인연은 마음을 비운 인연이 아니고 팔고 사는 욕망의 인연이었다. 그 때문이었을까? 부둣가에 즐비하게 늘어선 건물들이 모두 장사하는 집으로 보였다.

개 중의 하나에 살고 있는 마도로스 박의 인연은 그에게 구매능력이 없는 것을 알고 박대한 것은 아닐까? 구매능력이 없기는 자신도 마찬가지였다. 그래서 사람이 모여 거래하는 장마당에서 소외되어왔던 것이 아닌가.

금강호는 한 바다로 나왔다. 대마도 해협을 지나 일본 나가사키(長崎) 항구로 가고 있었다. 거기에 들러 그곳 수산 업체와 어획물 판매계약을 맺어야 한다고 했다.

바다에서 하루를 지내는 동안 오신우는 경이로운 체험을 했다. 그는 자신의 심신에 맺혀있던 과거 아쉬웠던 점, 억울한 것, 회한 등이 모두 빠져나가고 마음이 아무 거침없는 확 트인 공간이 된 것을 느꼈다. 그러자 몸이 한없이 가벼워지면서 금방 뱃전을 자유롭게 나르는 갈매기가 된 기분이었다. 그렇게 자신의 심신에 자유의 날개를 달아준 것은 바다의 광대무변한 개방성이었다.

바다는 일망무제(一望無際)다. 공간적으로 무궁이다. 궁이 없는 것은 공(空)이다.

바다는 변하지 않는다. 물결이 생멸을 반복하지만, 그것은 변화가 아니라 같은 율동의 반복에 불과하다. 그러니까 바다는 항시 같은 바다. 변화가 없는 바다에는 시간이 생길 수 없다. 그러니 바다의 시간은 공이다.

그뿐만 아니다. 바다에는 육지에서처럼 인간이 만들어낸 형상(形象)이 없다. 형상이 없으니 그것에 집착할 '나'도 없다.

시공이 없고 형상과 '나'가 없는 바다는 공의 원조다. 그러나 아무것도 아닌 공이 아니다. 생명의 원천인 물을 만들어내는 공이다. 공이 모든 존재의 근원이다. 그런 이유로 불교에서는 바다를 법신(法身)이라고 불렀다. 법신은 공의 진리를 육화한 부처의 몸이다. 바다를 부처와 같은 신성으로 본 경우는 서양에도 있다. 서양 중세기의 위대한 신학자 토마스 아퀴나스는 '무한하고 무규정적인 실체인 바다'를 신에 비유했다. 무규정적인 실체는 공이다. 그 공이 신과 같다는 것이다.

많은 선지자는 공 즉, 신은 '일자(—者)'로 발현한다고 했다. 서양의 고대 철학자 플로티노스와 성 아우구스티누스는 일체의 만물이 '일자(Unum)'에서 생성, 유출된 것으로 보았다. 동양에서는 노자의 태일(太一) 또는 신라 원효대사의 '일심(一心)'도 그런 경우다. 그 '일자'가 가장 눈에 띄게 형상화되어 현재(顯在)하고 있는 곳이 바다의 수평선이다. 수평선은 있는 것이 눈에 보이면서도 다가가면 없다. 있으면서도 없고 없으면서도 있는 존재가 만물을 생성하는 바다의 중심이다. 그게 바로 신의 속성이다. 수평선을 볼수록 그게 띠고 있는 신성이 물밀 듯이 밀려와 보는 이의 마음을 숭고한 감정으로 벅차게 했다.

하루해가 저물도록 오신우는 바다를 바라보면서 바다가 주는 숭고한 영감에 행복해했다. 그런데 오후 늦게부터 몸에 이상이 왔다. 처음에는 머리가 띵하니 아프더니 좀 지나자 가슴이 울렁이면서 토할 것 같았다. 일시적인 증상이라고 생각했으나 그게 아니고 오래 지속 되었다. 뱃멀미인지, 다른 곳에 이상이 온 것인지 그게 생각보다는 훨씬 고통스러웠다. 왜 이런 신체상의 이상이 올까? 바다의 신비함과 숭고함에 한껏 도취된 자신에게 그런 신체상의 이상이 오는 것은 참 아쉽고 이해할 수 없는 일이었다. 그는 김중달에게 가 고통을 호소했더니, 그는 그게 뱃멀미라고 하면서 의무실에 가서 뱃멀미약을 얻어다 주었다. 그걸 먹고 자기 침대에 와 누워있으니 조금 나아졌다.

누워있는 동안 생각해 봤다. 왜 뱃멀미는 생길까? 아무래도 자신의 생명이 육지에서 굴러먹다 원래 바다에서 생겼을 때의 순수성을 상실하고 그때문에 바다의 리듬과 마찰한 데서 오는 것이 아닐까? 그렇다면 어떻게 하면 될까? 그 답은 지렁이가 해 줄 것이라고 생각했다.

선장이 어떻게 알았는지 오신우를 병문안차 찾아왔다.

"뱃멀미는 육지의 땅을 밟으면 나아지네. 내일 일본 사람들과 어업협상이 있는데 함께 가세. 땅도 밟아보고 또 내 통역도 해주게."

"물론 모시고 가겠습니다."

그 이튿날 그러니까 바다에 나온 지 3일째 되는 날, 배는 일본 규수에 있는 나가사키항구에 들어갔다. 항만 양안으로 병풍처럼 쳐있는 진초록 야산, 그 자락에 자리 잡은 회색 일색의 잘 정리된 가옥들, 그 사이를 한가롭게 거닐고 있는 하오리를 입은 사람들, 이런 것들이 먼 안개 속에서 저게 일본이고나 하는 생각을 자아내게 했다.

나가사키항구는 폭이 약 2㎞, 길이 8㎞나 되는 말편자 지형인데 그걸 짙푸른 야산이 둘러싸고 있어 배가 출입하고 정박하기에는 아주 좋은 천혜의 항구였다. 그 때문에 1850년대에 네덜란드 선박과 상인들이 자주 이용하여 일본과 통상을 했고, 일본은 네덜란드 문물을 도입함으로써 유신을 개척한 것이었다.

그날 오전에 선장은 마도로스 박과 오신우를 데리고 그곳에 있는 일본 어업회사 사람들을 만나러 갔다. 마도로스 박은 보통 때와는 달리 신났다. 뱃멀미가 있는 오신우는 땅을 밟으면 가신다고 해서 따라나섰다. 김중달도 편지를 부쳐야 한다며 일행에 합류했다. 어로장에게는 배에 남아 단속을 잘하고 있으라고 했다. 어로장은 못마땅한 얼굴로 떠나는 일행을 오래 바라보았다.

일본 측 회사는 외국 상인들의 사무소와 주택이 많이 들어서 있는 글로버 정원 안에 있었다. 그곳에 주둔하고 있는 미 해군에 생선을 보급하는 회사인데 협의에 나온 일본인이 영어를 꽤 잘했다. 교섭 과정에서 오신우는 선장의 말을 통역했다. 마도로스 박의 유머러스한 토막 영어와 외모가 협상 분위기를 부드럽게 이끌었다. 선장이 마도로스를 데리고 나온 이유를 알만했다. 판매할 어류와 양 그리고 톤당 값에 관한 협상은 잘 끝났다. 회담이 끝나고 배로 돌아가는 도중에 마도로스 박은 볼일이 있다고 하면서 샛길로 빠졌다. 오신우는 약국에 들러 뱃멀미약을 샀고 김중달은 편지를 부쳤다.

배로 돌아온 선원들은 저녁때가 되자 어로장과 함께 모두 부둣가에 있는 음식점으로 저녁 식사하러 갔다. 일렬로 들어선 많은 음식점 중에서 외양이 가장 화려한 곳에 들어가 음식을 주문했다. 수시요리가 일품이었다. 서비스하는 여점원이 예뻤다. 젊은 나이인데도 기모노를 입고 트레머리를 해서 요염했다. 한국 선원 H가 가만히 있질 못했다. 여인을 끌어당겨 자기 옆에 앉히고 선물을 주는 등 수작을 부렸다. 그러자 바로 옆에 앉아 있던 L이 그 여자는 자기 것이라고 우격다짐으로 빼앗아 갔다. 여자를 놓고 둘이 옥신각신하고 있을 때 어로장이 벌떡 일어나 조용히 하라고 벌컥 소리를 질렀다. 그러나 L과 H는 말을 듣지 않고 계속 여인을 차지하려고 시끄럽게 다퉜다. 선장이 나서서 제지해서야 사태는 수습되고 식사는 계속되었다.

오신우가 챙겨보니까 저녁 식사 시간까지는 돌아오겠다던 마도로스 박이 보이지 않았다. 걱정하고 있는데 식사가 거의 끝날 무렵 돌아왔다. 한구석에 앉아 아무 말 없이 우울한 상으로 맥주만 들이켰다. 오신우는 지피는 게 있어 마도로스 옆에 앉아 위로의 말을 건넸다.

"육지에서 무슨 일이 있었습니까?"

"…"

"혹시 또 한 분 인연이 서운하게 대했습니까?"

"…"

"그게 아니고… 자, 술 한잔 따라주시오."

오신우는 술을 한잔 따라주면서 또 물었다.

"무슨 일이 있었습니까?"

"일본 여자는 한국 여자와 다릅니다. 붙잡고 늘어지지 않습니다. 그저 자기와 살지 않아도 좋으니 잊지 말고 가끔 들리기나 해달라고 부탁하는 정도입니다. 그런데도 그 눈에 는 한국 여인에게서는 볼 수 없는 애절한 것이 있지요. 지금도 그 애절함이 눈에 선해 마음이 아픕니다. 그런 이유도 있지만 사실 그보다는 그런 여인을 품어 안을 수 없는 나, 자신에 대한 실망 때문에 마음이 아픕니다."

마도로스 박은 배가 기항하는 외국 항구마다 사귀는 여자를 두고 있다는 소문이 있었다. 어쩌면 자기기 진실로 사랑하고 싶은 여인을 찾고 있는지도 몰랐다.

다음 날 아침 9시경, 금강호는 나가사키 항을 떠나 한바다를 달리고 있었다. 날씨가 불순한 탓인지 높은 파도, 센 바람에 배가 요동치고 있었다. 특히 큰 배가 요동치고 있는 것을 보면 물결의 위력에 감탄하지 않을 수 없었다. 그뿐만 아니었다. 일망무제의 광망한 공간에서 높이 2m, 길이 50여 m의 큰 파도를 수없이, 끊임없이, 그리고 질서 정연하게 생멸을 반복하게 하는 바다의 그 웅장한 힘 앞에서 보는 사람은 압도당한다.

어느 과학철학자는 노자의 태일을 우주를 창조한 빅뱅의 에너지로 보기도 한다. 바다의 파도를 보면 그의 말에 수긍이 간다. 바다의 힘이 그렇게 막강하고 역동적인 것은 그 거대한 에너지가 분산되지 않고 큰 하나(太一)로 뭉쳐있기 때문일 것이다. 하나로 뭉쳐진 에너지를 보통 원기(元氣)라고 한다. 바다는 그 원기의 힘으로 거대한 공간에서 한량없는 물을 끝없이 움직이고 생물을 길러낸다.

반면 육지의 기는 어떤가?

잘게 부서진 형상으로 분산되어 있다. 사람과 사람, 사물과 사물, 선과 악, 생과 사 등으로 분할되어 있다. 분할된 기는 하나로 뭉쳐지지 않고 각자도생을 꾀하기 때문에 서로 갈등하면서 제힘을 소진한다. 분할된 약한 힘으로는 새로운 것을 창조하기 어렵다. 지상의 정신문화가 본질 면에서 예나 지금이나 큰 차이 없이 정체된 것은 창조의 에너지가 분열되어 약화한 데서 오는 현상이 아닐까? 그 원기로 충만한 세상이 지렁이가 가고자 하는 곳이 아닐까? 그런 생각을 오신우는 해봤다.

다음날, 배는 일본 규수의 남단을 지나 대만 해역으로 가고 있었다. 그날 선원들은 릴낚시를 했다. 참치가 별로 없는 해역이라 다른 고기를 주로 잡았다. 오신우는 큰 고기 잡는 데는 서툴러 김중달의 도움을 받아가며 오징어 채낚시를 했다. 그의 옆에서 이종섭도 오신우가 잡은 오징어를 미끼로 릴낚시를 했다. 오신우는 아무래도 실적이 저조했다. 옆에서는 자꾸 잡아 올리는데 자기만 맹탕을 반복하고 있으니 동료들 보기가 민망했다. 일등항해사가 옆에 와서 도와주겠다고 했다.

"오 선생님, 고기가 잘 안 잡힙니까? 제가 요령을 알려드릴까요?"

"그래 주시면 감사하지요."

"오 선생님, 연애해보셨지요?"

"갑자기 연애는 왜?"

"줄낚시는요. 여자 꾀는 수법을 써야 합니다."

"여자를 꼬시는 수법?"

"그렇습니다. 바다에 낚싯줄을 드리워도 금방 고기가 입질하는 것은 아닙니다. 참고 기다려야 합니다. 서두르면 망칩니다. 마음에 드는 여자가 있다고 해서 서둘러 덤비면 망치기 쉬운 것과 마찬가지입니다. 그러다 고기가 입질을 하면 가만가만 당겨야 합니다. 쎄게 당기면 고기가 입을 찢고서도 도망가니까요. 마치 여자가 튕기고 달아나는 것처럼 말입니다. 고기의 저항이 심할 때는 줄을 잡아당기지 마시고 일단 느슨히 놓아줍니다. 그랬다가 시간을 두고 살살 달래다가 고기가 성질을 죽일 때 콱 잡아당겨야 합니다. 여자도 뻣대는 성질을 누그러뜨릴 때가 있습니다. 그때 잽싸게 잡아채야 낚입니다. 아시겠습니까?"

"잘 알겠습니다. 그런데 그 수법으로 여자를 몇 명이나 낚았습니까?"

"그건 비밀입니다."

"허허…"

옆에서 엿듣고 있던 선원이 한 말 했다.

"우리가 사는 세상에서도 그런 낚시 수법을 써야 되지 않나요?"

"옳소, 옳아."

오신우는 저녁 식사를 마치고 자기 침실로 돌아와 책을 폈다. 다른 때보다도 책 읽기가 편했다. 배의 움직임이 고른 데다 엔진 소리가 낭랑해서 마음이 평안했다. 바다가 어떤 모습을 하고 있기에 그렇게 태평한지 궁금했다. 선실 밖으로 나가보았다. 바람이 거의 없는 바다에 때마침 휘황한 달빛이 쏟아지고 있었다. 달빛에 잠긴 바다는 아름다웠다.

우리의 의식은 두 개의 시선을 갖고 있다. 하나는 해의 시선이고, 다른 하나는 달의 시선이다. 해의 시선은 세상을 다원으로 분해하여 개체들의 특성과 그 특성 간의 연관된 논리를 찾아낸다. 이성적인 시선이다. 반면 달의 시선은 다원을 일원으로 포용하고 통일하여 이성이 찾아내지 못하는 의미와 아름다움을 찾아낸다. 정감의 시선이다. 달의 정감적인 시선으로 본 바다는 바다이면서 하늘이다. 영롱히 빛나는 달은 하늘에만 있는 것이 아니라 바다에도 있다. 별들도 하늘에만 있는 것이 아니라 바다 안에도 있다. 바다 안에 있는 별은 더 아름답게 반짝이고 있다.

바다는 하늘이고, 하늘은 바다다. 바다와 하늘이 하나의 거대한 궁륭(穹窿)을 이루고 있다. 그 궁륭의 중심을 이루는 것이 있다. 수평선이다. 수평선을 중심으로 하늘과 바다, 별, 천체가 돌고 있으면서 만물을 생성하고 있다. 그 수평선에서 금방 하얀 옷을 입은 자가 나와 금빛 물결 위를 걸어올 것 같다. 그때 발소리가 났다. 돌아보니 하얀 복장을 한 마도로스 박이 이쪽으로 걸어오고 있었다. 그의 손에는 술병이 들려 있었다.

"가슴이 답답해서 나왔습니다."

이미 거나하게 취해있는 그에게 오신우는 다정한 말을 건네고 싶었다.

"잘 나오셨습니다. 밤바다 참 아름답지요? 보십시오. 저 검은 수평선에서 어떤 신비한 존재가 우리를 부르는 것 같지 않습니까?"

"글쎄요. 나도 한때는 그 부르는 소리를 들었지요. 수평선에 둥지를 틀고 있는 파랑새가 부르는 소리였습니다. 저는 그 파랑새를 만나기 위해서 열심히 배를 저었지요. 그런데 내가 다가가면 그만큼 수평선은 뒤로 물러납니다. 나는 다시 뒤쫓아 갑니다. 그러면 수평선은 또 물러납니다. 쫓고 물러나고 그런 술래잡기를 10년 하다 눈을 떠보니 나는 원점인 부산에 돌아와 있는 것입니다. 빈손으로요."

"…"

"오마르 카얌은 이런 말을 했습니다. '우리는 모두 기껏해야 환등(幻燈) 속의 허깨비들'이라고. 나란 허깨비가 수평선의 환등을 찾아 헤매었으니 나는 누구의 말대로 헛된 정열이었습니다. 그러니 술 안 먹고 배길 수 있겠습니까?"

그는 다시 술병을 흔들어 보였다. 그의 손이 가늘게 떨리고 있었다.

그 이튿날이었다.

선원들은 아침에 눈이 뜨이면 제일 먼저 점검하는 것이 기상이다. 하늘이 청명하고 바람이 별로 없으면 배가 순항할 수 있고 고기도 잘 잡힌다. 다음은 엔진소리를 점검한다. 고르게 소리를 내면 배에 이상이 없다는 징조니 항해가 안전하다. 그다음은 선장과 어로장의 기분을 살핀다. 그들이 유쾌하면 그날 하루는 정말 청명한 날이 된다.

오후 2시경이었다. 갑자기 돛대에 걸린 마이크에서 소리가 울려 퍼졌다.

"선원들 전부 이물 갑판에 모이시오. 어로장님의 말씀이 있습니다. 특히 이번에 새로 승선한 분들은 빠짐없이 나와야 합니다."

같은 소리가 두어 번 반복되었을 때 김중달이 오신우에게 다가왔다.

"오 선생님, 가십시다. 혹시 어로장의 기분에 이상이 생긴 건 아닐까요?"

넓은 이물 갑판에 어로장이 벌써 와서 떡 버티고 서 있었다. 그 모습이 보통 때와 달리 굳어 있었다.

"뭐 하고 있나! 빨리들 모이지 않고. 그렇게 꾸물대고 무슨 일을 하겠나!"

어로장의 강압적인 반말에 선원들은 '오늘 기분 좋기는 글러먹은 것 같은데'를 속으로 중얼거리며 시무룩한 표정으로 하나둘 모였다. 체격이 작은 조선족 선원 이종섭이 가만히 다가와 오신우를 한 번 힐끗 올려다보고 곁에 섰다. 모인 선원들은 20여 명 가까이 되었다. 잔뜩 찌푸리고 있던 어로장이 줄지어 선 선원들을 사열하듯 좌우로 왔다 갔다 하면서 매서운 눈초리로 위아래로 훑어보았다. 그러다 난데없이 휴이익 소리와 함께 외발 하나가 번개처럼 허공을 가르더니 이내 아래로 내리찍자 동시에 '아이고' 소리와 함께 바닥에서 쿵 소리가 났다. 이종섭이 발에 얻어맞고 바닥에 꼬꾸라진 것이었다. 순간에 일어난 일이었다. 어로장은 쓰러진 이종섭 위에 가로 선 채 큰소리로 외쳤다.

"일어나! 빨리 안 일어나! 이 새끼, 엄살피기는!"

이종섭은 두 팔로 가슴을 껴안은 채 비틀비틀 일어섰다. 입가에는 피가 흐르고 옆구리가 휘어져 반듯이 서 있지 못했으나 눈만은 어로장을 똑바로 보고 있었다.

"이게 째려보면 어쩔 것인데! 눈 안 깔아!"

또 발이 중천에 올라갔으나 이종섭이 고개를 숙이자 빈발로 내려왔다. 어로장은 이번에는 선원들을 향해 큰소리쳤다.

"너희들 내가 누군지 알지! 나는 어로장이다. 어로장이 허수아비로 있는 줄 아나! 배의 군기를 잡는 사람이다. 요 며칠 보니까 너희들 태도가 말이 아니다. 배에서 가장 중요한 것은 기강이다. 조직의 기강이 무너지면 아무것도 안 된다. 정신 똑바로 차리고 허튼짓을 해서는 안 된다. 에… 고기는 남이 잡아 주지 않는다. 우리가 잡아야 한다. 바다에 뼈를 묻을 각오로 열심히 일해야 한다. 저 친구처럼 맥없이 꾸물대는 자는 용서 안 한다. 알겠나!"

그의 손가락은 이종섭을 가리키고 있었다. 선원들은 의아했다. 이종섭이 꾸물댄 것을 본 기억이 없어서였다. 기강이 해이해졌다는 것도 납득되지 않았다. 그때까지 기강문제로 말썽이 난 일이 없었다. 모두 열심히 일했다. 그러니 어로장이 턱없는 이유로 선원들을 구박하는 것을 수긍할 수 없었다. 그것을 알아챈 어로장은 태도를 누그리고 업무 이야기로 말을 돌렸다.

"앞으로 대만, 싱가포르 해역에서 한 번씩 어로작업을 한다. 다음에는 인도양 몰디브 해역에서 한바탕할 것이다. 그때를 대비해서 어구 등에 이상이 없는지 다시 점검하고 정비를 잘하기 바란다. 그리고 사장님께서 이번 항차에 1만5천 톤 고기를 잡아 오라고 한 것, 여러분도 기억하나! 그 분량은 엔간한 소형 어선이 1년 잡아도 잡을똥 말똥한 양이다. 그러니까 여러분, 정신 바짝 차리고 열심히 일해서 사장님의 지시를 완수해야 한다. 알겠나! …알았으면 이만 해산!"

오신우는 선원실로 가다가 멈추고 아까 얻어맞은 조선족의 뒤를 눈으로 쫓았다. 그는 다른 조선족 친구의 도움을 받으면서 침실로 들어가고 있었다. 풀이 죽은 모습이 안쓰러웠다. 빈말이라도 위로하고 싶었다. 그는 김중달과 함께 그들이 있는 곳으로 갔다. 얻어맞은 이종섭은 침대에 걸터앉은 채 고개를 푹 숙이고 있고 그 곁에 그의 친구 장복수가 서서 위로하고 있었다.

"왜 어로장이 구타하지요? 뭐 잘못한 게 있습니까?"

김중달의 질문에 장복수가 먼저 격앙된 목소리로 대답했다.

"잘못한 게 있어서 그러는 게 아닙니다. 초장에 신참 선원들의 기를 죽여서 말을 잘 듣게 길들이려는 수작입니다. 그러면 안 됩니다. 선원들도 저 못지않은 인간입니다. 그런데도 우리를 개돼지만도 못한 인간으로 취급합니다. 그래서야 되겠습니까?"

이종섭도 분통을 터트렸다.

"보셔서 아시겠지만 저는 지금껏 농땡이를 부리거나 잘못한 게 없습니다."

"혹시 전에 그 사람의 화를 건드린 게 있소?"

"그런 거, 없습니다. 그 사람, 선원들을 휘어잡기 위해 폭력을 쓴 것입니다. 그 목적을 달성하기 위해서 몸이 제일 약해 대들 힘이 없는 저를 지목해서 제물로 삼은 것이지요. 그러나 사람을 물리적인 힘으로 평가하는 것은 오산입니다. 그 오산이 어떤 결과를 가져올지 나중에 꼭 보여주겠습니다."

한동안 말들이 없었다. 오신우는 아무래도 선장이 이 사건을 알아야 할 것 같아 세 사람을 몰고 선장실에 갔다. 문 앞에 서 있던, 선장의 비서 격인 선원실습생이 가로막고 선수를 쳤다. 선장은 이미 그 사건을 알고 있으니 들어갈 필요가 없다고 만류했다. 그러면서 충고했다.

"선장님께서는 지금 중요한 책을 읽고 계십니다. 방해해서는 안 됩니다. 참고로 말씀드리는 건데요, 선장님은 혼자 계시는 것을 좋아합니다."

다음날, 배는 필리핀해역을 지나고 있었다. 그날 선원들은 릴낚시로 참치나 다른 고기를 잡았다. 오신우는 참치잡이에 서툴러 오징어 채낚시를 했다. 산 오징어는 참치가 제일 좋아하는 미끼였다. 다른 미끼 감은 잡히면 곧 죽지만 오징어는 잡혀도 수조에 넣어두면 오래 살았다. 오신우는 김중달의 도움을 받아가며 오징어잡이에 열중했다.

옆에서 이종섭은 20m 줄을 던져놓고 찌를 조종하면서 열심히 참치를 유인했다. 그러나 참치가 별로 없는 수역이라 두어 시간 꼬셔도 성과가 없었다. 그러다 갑자기 이종섭이 줄을 위로 낚아채며 거두어들이기 시작했다. 줄 끝에 20㎏쯤 되는 참치 한 마리가 걸려 갈지자로 요동치며 끌려왔다. 오신우 등 몇 사람은 환호를 지르며 이종섭의 고기잡이 솜씨가 일품이라고 칭찬을 했다. 이종섭은 아무 말 없이 고기가 뱃전에 닿자 작살로 찍어 갑판 위로 올려놓았다. 그런데 이상했다. 그는 참치 대가리를 작살로 마구 찍어댔다. 바닥에 피가 낭자하게 번졌다. 참치가 죽었는데도 필요 없는 찍어대기를 계속했다. 그의 손, 팔이 살기를 띠고 있었다. 그걸 어디서 보았는지 어로장이 다가와 소리쳤다.

"임마, 그렇게 고기를 조져놓으면 고깃값이 똥값이 되는 것을 몰라?"

상한 참치는 값이 좋은 사시미 깜으로는 팔리지 못하고 통조림용으로 헐값에 넘길 수밖에 없다는 것을 이종섭이 모를 리 없었다. 그런데도 그는 어로장의 말을 못 들었는지, 듣고도 반항하는지 쪼그리고 앉아 계속 고기를 찍어댔다. 명령이 먹히지 않자 어로장은 "이 자식 말 안 들을 꺼야!"를 외치며 이종섭의 가슴팍을 발로 찼다. 이종섭은 뒤로 벌렁 나자빠졌다. 오신우가 얼른 어로장의 앞을 막고 말렸다.

"참으십시오. 참치란 놈이 잘 안 잡히니까 화풀이를 하는 모양이오. 이해하십시오."

"당신은 뭐야! 걸핏하면 저놈 편만 들고 나를 무시하는 거야!"

"내가 누구를 편들고 무시하고 하겠습니까. 보기가 딱해서…"

"보기가 딱해! 잘못하는 짓을 하지 말라고 지시하는 것이 딱해?"

이때 마도로스 박이 나타나 "허! 이 사람들 사랑싸움하나?" 하고 너스레를 떨며 말리는 바람에 두 사람은 입을 다물고 말았다.

오신우는 자기 침대로 돌아와 드러누웠다. 어로장의 거친 태도가 마음에 걸려 불편했다. 그때까지 자기에게는 비교적 친절하게 대해주던 어로장이 냉대로 변한 것은 배가 나가사키 항구에 들린 후부터였다. 선장이 어로장을 제외하고 오신우 자신과 마도로스 박만 데리고 협상에 갈 때 험한 눈으로 바라보던 그가 생각났다. 저녁때 식사 자리에서 두 선원이 여인을 두고 말다툼을 할 때 어로장이 제지했으나 먹히지 않았다. 그렇게 따돌림을 당하고 자기 말발이 서지 않자 그는 자신의 제2인자 자리에 불안을 느낀 모양이었다. 그 실추된 위신을 만회하기 위해 이종섭을 희생양으로 삼는 것 같았다.

앞으로 어로장이 과민하게 여기는 면에는 좀 더 신경을 써야겠다는 생각을 했다. 한데 어로장에게는 장점도 있었다. 누구보다도 부지런히, 열심히 일했다. 자기 몸은 사리면서 남만 부려먹으려고 행패를 부리면 정말 난감한 일이지만 어쩐 일인지 남보다 두어 배 더 열심히 일했다. 그 때문에 어느 때는 그 두 행태의 사람 중 어느 게 그의 진짜 모습인지 혼란스럽기도 했다.

금강호는 싱가포르까지 가는 도중에 참치 어군을 발견하면 조업을 하기로 했다. 선원들은 각자 맡은 일을 열심히 했다. 이종섭과 동남아 선원들은 그물을 수선하는 일을 맡았다. 선망어업은 통발 같은 두릿그물로 고기를 둘러치고 그물 아랫자락을 죈 다음 들어 올려 잡기 때문에 그물 바탕이나 맺는 코가 튼튼해야 했다. 통발의 위쪽에서 그물을 동여매고 있는 모릿줄이 2,000여 m나 되고, 모릿줄에 붙어 물밑으로 300여 m 드리워지는 그물 아랫단에는 그물을 아래로 당겨주는 납 낚싯봉 줄이 붙어있었다. 그 방대한 그물과 낚싯줄을 살피고, 수선하고, 짜깁기하는 것은 힘도, 시간도 많이 소비하는 일이었다.

오신우는 어창과 냉동고를 정비하고 청소하는 일을 했다. 어로장은 조타실에서 소나(어군탐지기)를 점검하고 바다의 동정을 살폈다. 배가 필리핀 남단 해역을 지날 때였다. 멀리 일군의 새 떼가 수면에 꽂혔다가 위로 치솟는 광경이 보였다. 그 근방에 고기 무리가 있다는 신호였다. 소나에 나타난 붉은 반점들도 같은 신호를 보내고 있었다. 배는 속력을 내어 고기 떼 앞 2㎞ 지점까지 치고 나간 다음 고기가 올라오는 길목을 막고 그 일대에 어망을 둘러쳤다. 그 둘러치는 작업은 배 중앙에 있는 권양기(捲揚機)에 말려있는 모릿줄을 풀어서 했다. 많은 양의 그물을 투하하여 고기떼를 포위하는 데는 오랜 시간이 걸렸다. 갑자기 어로장이 소리쳤다.

"이종섭은 어디 있나?"

누군가 "그 사람, 식당에서 기도 하고 있습니다." 하고 대답했다.

"이 바쁜 때 기도는 무슨 놈의 기도, 빌어먹을 자식!"

어로장이 이종섭을 찾으러 가려고 두어 발 떼어놓았을 때, 이종섭이 나타났다. 어로장은 매서운 눈초리로 그를 째려보면서 선원들을 향하여 외쳤다.

"여러분들! 전에도 말했듯이 고기는 이종섭의 하나님이나 옥황상제가 잡아 주지 않는다. 우리가 잡아야 한다. 그러니까 우리가 철저히 준비해야 한다. 알겠나!"

그물로 고기를 둘러치고 한 시간쯤 기다렸을 때, 드디어 어로장이 그물을 거두어들이라고 큰 소리로 명령했다. 그 양망(揚網) 작업을 두어 시간 하고 난 끝에 통발이 배 위로 올라왔다. 그런데 올라온 그물을 보고 선장과 어로장은 물론 선원들 모두 아연실색했다. 인망률(引網率: 그물 안에 고기가 잡혀있는 비율)이 60% 이상은 되어야 하는데 겨우 30% 정도밖에 안 되었다. 선원들은 풀이 죽었다. 아무 말 없이 잡힌 고기를 갑판 위에 풀고 어망을 비웠다. 그때 선원들은 또 한 번 기겁했다. 어망 여러 곳이 팔뚝만 한 길이로 숭숭 찢어져 있었다. 그 찢어진 틈을 타고 잡힌 고기의 대부분이 빠져나간 것으로 보였다. 어로장은 한동안 넋 나간 사람처럼 그물을 쳐다보고 있었다. 그러다 식식 숨결을 높이는가 하더니 대뜸 이종섭이 있는 곳으로 달려가 다짜고짜로 그를 발로 찼다. 그의 옆에 있던 장복수도 동남아 선원들도 걷어찼다.

"이놈의 새끼들, 그물을 어떻게 수선했길래 구멍이 뻥 뻥 뚫린 거야. 이놈의 새끼들, 느들 일부러 내 명령에 반항한 것이지! 느들 오늘 죽었다."

그는 황소같이 날뛰었다. 마도로스 박이 뛰어와 그를 뒤에서 안고 말렸다.

"야! 너무 그러지 마라. 일부러 그랬겠냐? 그만해라."

이번만은 어로장도 쉽게 누그러지지 않고 마도로스와 한참 옥신각신했다. 결국, 어로장은 포기했다. 그래도 화가 풀리지 않았는지 빈 통을 하늘 높이 차면서 다른 데로 가버렸다. 선원들은 한숨 돌렸다.

조금 여유를 찾은 오신우는 전부터 궁금했던 것을 어로장과 비교적 가깝게 지내고 있는 이등항해사에게 물어보았다.

"어로장 말이요, 마도로스 박 말은 잘 듣는데 두 분 사이에 무슨 특별한 관계가 있는 겁니까?"

"그건요, 마도로스의 내력을 알아야 합니다. 그는 한때 리비아 수로 건설사업에서 현장 감독을 하면서 돈도 많이 벌고 예쁜 여자도 거느리고 살았는데 어쩌다 그게 다 허망으로 끝나고 말았답니다. 그 후부터는 말하자면 김삿갓을 쓰고 세상을 주유하듯이 배를 타고 오대양을 떠도는 생활을 하고 있지요. 그렇게 사는 일에 집착하지 않고, 이권에 별 관심이 없으니 남들과 충돌하는 일이 없습니다. 특히 어로장은 남이 자기 자리를 넘보지 않을까 늘 경계하는데 마도로스는 그런 상대가 되지 않으니 마음 놓고 친하게 지냅니다. 그리고 아무리 이기적인 사람이라도 그렇게 마음 편하게 대할 수 있는 지기를 한 사람쯤 친구로 갖고 싶어 하는 게 아닙니까?"

오신우는 얻어맞은 선원들과 함께 잡은 고기의 뒤치다꺼리를 했다. 고기를 선별하여 좋은 놈은 씻어 냉동고에 넣고 잔챙이들은 꼬리를 자르고, 배를 갈라 창자를 꺼내 버린 다음 냉장고에 보관했다. 게나 오징어는 산 채로 수조에 넣어두었다.

싱가포르 해역을 돌아 얼마 안 가서였다. 배의 난간에 나와 바다를 살피던 어로장은 멀리 수평선에 해무가 끼어있는 것을 발견했다. 해무는 왕왕 태풍이 생긴다는 전조였다. 그는 기관실로 들어가 배의 기상 팩시밀리를 프린트해보았다. 아니나 다를까, 남태평양 쪽으로부터 태풍이 접근하고 있다는 소식이 떴다. 그만 때 되면 그쪽에서 발생한 2, 3개의 소, 중규모 태풍이 동남아 국가를 거쳐 캄차카반도 쪽으로 빠져나가는 데 그중의 하나가 곧 닥친다는 소식이었다.

선원들은 바짝 긴장했다. 좀처럼 밖에 나오지 않는 선장도 조타실에 들어가 직접 키를 잡고 배를 몰았다. 어로장의 지시에 따라 선원들은 갑판, 선창에 있는 모든 움직이는 물체를 고정해 놓았다. 삭구를 어창에 옮겨놓아 유실되지 않도록 했다. 갑판 기둥 사이에 쳐놓은 통신선을 꽉 조여놓았다. 구명에 필요한 장비들 보트, 튜브를 준비해놓고 구명조끼도 입었다. 배에서 일할 경우, 바람에 쏠려 바다로 튕겨나가는 것을 방지하기 위해 구명삭도 쳐놓았다.

드디어 인도양에 들어섰을 무렵이었다. 하늘에 검은 구름이 모이고 비

바람이 강해지더니 본격적인 태풍이 몰아치기 시작했다. 초속 20m로 달리는 강한 질풍이 집채만 한 삼각파도를 몰고 와 배를 하늘 높이 들어 올렸다가 아래로 내리꽂았다. 그때마다 선원들은 천국과 지옥을 오고 가는 공포에 떨었다. 선장은 배의 각도를 1시 방향으로 틀어 배가 파도와 정면충돌을 피하면서 뒤집히지 않도록 사력을 다했다. 뱃전에 부서진 광폭한 파도의 비말은 배의 갑판까지 넘어와 바닥을 패대기 하면서 물바다를 이뤘다. 고인 물의 무게를 못 이겨 배가 침몰하지 않을까 모두 조마조마했다. 선원들의 기억에는 이런 심한 태풍을 만나기는 처음이었다. 바다의 용이 화를 내도 단단히 낸 것으로 생각했다.

"바다의 용이 어째서 저렇게 진노했을까?"

"평화로운 바다에서 폭력을 휘든 인간의 만행이 용의 역린을 건드린 거야.!"

"그럼 우리 옥황상제에게 용을 말려 달라고 빌어봅시다."

몇 사람은 바닥에 무릎을 꿇고 손을 머리 위로 올려 비비면서 옥황상제에게 부디 용이 화를 거둬 드리도록 해달라고 간청했다.

오신우에게는 배를 구하는 일이 더 급했다. 그는 배의 갑판으로 뛰어나가 구명삭 줄을 몸에 감고 갑판 위에 흥건히 고인 물을 양동이로 퍼서 바다로 버리고 또 버렸다. 김중달도 나와 오신우를 도왔다. 갑자기 콰당 하는 소리가 났다. 광풍이 선원실 출입문을 내리친 것이었다. 문이 떨어져 나가고, 그 서슬에 검은 물체 하나가 휙 밖으로 날아갔다. 동시에 이종섭이 쏜살같이 밖으로 튀어 나가 가까스로 그 물체를 잡았으나 몸을 가누지 못하고 물 바닥에 나뒹굴었다. 금방 배 밖으로 쓸려나갈 판이었다. 오신우와 김중달이 재빨리 기어가서 가까스로 이종섭을 붙잡아 일으키고 어렵게 선실로 끌고 돌아왔다. 김중달은 그런 위험한 상황에서도 웃고 있었다. 그 웃는 모습을 본 다른 선원들은 그제야 가까스로 안도의 숨을 내쉬었다. 그러나 안도하지 못하는 숨결이 있었다. 거친 숨이 이종섭에게 다가가는가 하더니 딱! 하는 나무판 때리는 소리와 함께 이종섭이 얼굴을 감싸 쥐고 뒤로 퉁 나자빠졌다. 그 위에서 어로장이 발이 내리칠 기세였다.

"이 자식, 너 죽을려고 환장했어. 왜 밖에 뛰쳐나간 거야."

"저… 이 책을 주우러 갔습니다."

그가 미적미적 보인 책은 검은 표지의 성경책이었다. 물에 젖어 후줄근했다. 그제야 어로장은 치켜세운 발을 그냥 내려놓기는 했으나 화가 풀리지 않는 모양이었다.

"야, 그놈의 책이 뭔데! 이게 정신이 없구먼. 너 하나 죽는 것은 문제없지만, 다른 사람들도 죽을뻔했잖아!"

어로장은 그 성경을 홱 빼앗아 창문 밖으로 던져버렸다.

"너 앞으로 한 번만 더 그런 짓 했다간 정말 국물도 없다. 알겠나!"

"그렇다고 왜 성경책을 버립니까?"

이종섭이 의외로 날을 세우며 대들 기세를 보이자 마도로스 박이 얼른 제지하고 나섰다.

"참아요. 이종섭 씨."

그리고 어로장에게도 한 말 했다.

"야, 그만해라. 남의 신을 건드리면 동티난다. 벌 받게 돼, 알겠나?"

그러자 어로장은 금방 기세를 꺾었다. 어로장이 주춤하는 사이 오신우는 이종섭을 끌고 선실 뒤쪽으로 갔다. 뒤를 돌아보니 어로장이 험한 얼굴로 두 사람을 바라보고 있었다.

"이종섭 씨, 참아요. 어로장, 그 사람 성질 사나운 것, 잘 알지 않소. 참아요."

"그렇지만 성경책을 버리는 것은 너무한 것 아닙니까? 성경의 시편 107장을 보면요, 바다에서 광풍을 만난 선원들을 하나님께서 구해서 안전한 항구로 인도하셨습니다. 저는요, 내내 그 시편을 읽으며 하나님께서 우리를 구해주시기를 기도했습니다."

"그건 좋은데, 그렇다고 성경책이 종섭 씨 생명보다 더 중한 것은 아니잖나."

"아닙니다. 성경은 저의 생명입니다. 어로장은 내 생명을 짓밟은 것입니다. 용서할 수 없습니다."

이종섭은 분을 삭이지 못했다. 그렇다고 별다른 행동으로 나오지 않아 다행이었다.

오신우가 저녁 식사를 마친 때였다. 김중달이 이종섭, 장복수와 함께 찾아왔다.

"오 선생님, 어로장의 행패를 보고만 계실 겁니까? 선장한테 가서 한번 따져보아야 하는 게 아닌가요?"

"나도 그 생각을 하던 참이요. 함께 선장실로 갑시다."

그들 네 사람을 만난 선장은 마뜩찮은 기분이었다.

"무슨 일인가?"

"선장님, 어로장이 걸핏하면 폭력을 쓰는데 그것 막아주십시오. 우리, 겁이 나서 일 못 하겠습니다."

"지금 선원들의 사기가 말이 아닙니다."

이종섭이 한 발 앞으로 나와 대들듯 말했다. 전에 없는 결기를 보였다.

"선장님, 저 어로장한테 여러 번 맞았습니다. 이런 모욕을 당하고 어떻게 일합니까! 저 그만두겠습니다. 성경을 주우러 간 것이 뭣이 잘못입니까?"

"어로장은 자네가 위험해질까 봐 그렇게 한 것이니 이해하게."

"그렇다면 말로 할 것이지 왜 구타합니까?"

"자네 심정을 잘 알겠네. 내 어로장을 타일러 보겠네."

"선장님, 저 맞고만 있지 않을 겁니다. 꼭 복수하겠습니다. 저는 혼자가 아닙니다."

혼자가 아니라는 말이 다른 사람들에게는 꺼림칙했다. 누군가 그를 돕고 있다는 말인데 그럼 누구란 말인가?

"김중달 씨."하고 선장이 불렀다.

"자네들은 이종섭을 데리고 나가 있게. 저 사람, 너무 흥분해 있어. 오신우 씨는 남아있고."

오신우만 남고 세 사람은 나갔다. 선장은 누그러진 어조로 물었다.

"오신우 씨는 어떻게 생각하나?"

"선장님, 저도 다른 선원들과 같은 생각입니다. 어로장, 걸핏하면 폭력을 가하는 데 문제입니다. 다른 선원들도 위축되어 일할 의욕을 잃고 있습니다. 이러다간 조업이 제대로 될 것 같지 않습니다."

"오늘 일은 그럴 만하지 않았나? 반나절 걸려 잡은 고기가 그 꼴이 되었으니 화 날만도 하지."

"오늘 고기가 적게 잡힌 것이 꼭 째진 그물 때문입니까? 저는 다른 이유도 있다고 생각합니다."

선장은 시큰둥하게 오신우를 빤히 보았다. 다른 이유가 뭣이냐고 묻고 있었다.

"다른 이유야 여럿 있습니다. 고기들이 몰려오는 길목에 제대로 투망을 했는지, 또는 그물 인양의 타이밍이 맞았는지, 큰 참치 떼가 그물을 찢은 것은 아닌지, 그런 것들도 따져보아야 하지 않습니까?"

"나도 알아."

"그러시다면 어로장이 모든 잘못을 그물 수선을 한 선원들에게만 떠넘기고 폭력을 가한 것은 지나친 행동 아닙니까?"

"그런 불평이 있는 것도 알아. 그러나 어로장이 물리력을 쓰는 데는 다른 이유가 있어."

"무슨 이유가 있다는 말입니까?"

"이봐, 이종섭 씨는 견제해야 할 사람이야."

"견제할 사람이요? 왜 그렇습니까?"

"그 사람, 언제고 선상 반란을 일으킬 수 있는 위험한 인물이야."

"그 사람의 뭣이 문제가 되고 있습니까?"

"이종섭의 하나님이 문제야. 그는 자신의 하나님 말씀을 절대 진리로 믿고 섬기지. 반대로 사람의 말은 하대하고 잘 들으려 하지 않네. 그러나 배는 사람이 사는 곳이야. 사람이 사는 곳에서는 사람, 그중에서도 조직의 윗사람의 말이 법이고 정의이지. 그러니까 우두머리의 말을 존중해야 집단생활이 제대로 운영되네. 어로장은 자기의 지위에 의해서 윗사람 노릇을 제대로 하고자 하네. 그러나 이종섭은 그런 어로장의 권위를 인정하지 않으려고 하지. 두 사람이 충돌하는 진짜 이유는 거기에 있네."

"제가 보기에는 이종섭 씨는 윗사람이나 동료들의 말을 잘 따랐습니다."

"아니야, 보기에는 그럴지 몰라도 속으로는 우리의 말을 대수롭지 않게 생각하네. 해서 언제고 우리에게 반항할 수 있는 사람이야. 나와 어로장은 그 가능성이 두려운 거야."

"그건 지나친 기우가 아닌가요?"

"아니야. 그 가능성이 충분히 있어. 다만 그 가능성의 실현을 유보하고 있는데 그건 그걸 이행하면 현실적으로 물리적 제재를 당하기 때문이야. 어로장은 그런 물리적 수단을 써서라도 이종섭의 탈선을 예방하고 그럼으로써 배의 질서와 자신의 권위를 지켜보고자 하는 것이지."

그러나 오신우가 여전히 고개를 갸우뚱하는 것을 본 선장은 설명을 더 이어갔다.

"일전에 태풍이 몰아쳤을 때 자네도 보았지 않은가. 이종섭은 어로장의 명령을 어기고 성경책을 주우러 배 밖으로 뛰어나갔네. 그러다 그가 죽기라도 하면 어떻게 되는가? 그는 행복할지 모르나 나머지 우리는 그의 죽음에 연대책임을 지고 불이익을 감수해야 해. 잘못하면 내 목이 달아날 수도 있어."

"…"

"어로장의 입장은 더욱 심각해. 그는 실적을 많이 쌓아야 앞으로 내 뒤를 이어 선장으로 승진할 수 있네. 그가 우리 선원 중 누구보다도 더 열심히 일하는 것은 그 때문이야. 그런데 이종섭이 그런 출세의 길을 가로막고 있다고 생각하는 거야. 화도 날만 하지."

"심리학자 프로이드가 말하기를 인간의 피 속에는 살인의 욕망이 있다고 했습니다. 이종섭을 구타하면 그 살기가 더욱 발호할 것 아닙니까? 더구나 신을 빙자하는 경우는 자신의 행동에 더욱 자신이 생겨 더 무서운 결과를 가져올지도 모르지요."

"그 점이 우려되지. 그러나 이종섭의 신에 의탁한 행위를 용인함으로써 우리가 얻는 이익보다는 그걸 방지함으로써 얻는 이익이 더 크네. 그런 공리적인 계산을 어로장은 하고 있는 거야."

"그리고 오신우 씨, 어로장은 신을 믿지 않네. 믿는다면 신은 전지전능하기 때문에, 악도 만든 것으로 인정해야 하네. 그렇게 되면 악을 인간이 제거할 수 없게 되지. 신이 만든 악을 인간이 어떻게 마음대로 제거할 수 있겠는가? 악에 그런 신의 권위를 인정하면 배는 잘못하다간 지옥으로 떨어지지. 그래서 악은 인간의 소행임을 인정하고, 동시에 그것을 제거할 책임도 인간에 있음을 받아드려야 배에 질서와 규율이 설 수 있네. 따라서 어로장은 이종섭이 자기의 일탈 행위를 신의 뜻으로 돌리지 않도록 경계하는 것이지."

"그러나 악이나 선상의 알력과 같은 인간의 문제를 전 적으로 인간이 만든 법에 맡긴다고 해서 근본적으로 해결됩니까? 그건 마치 죄수가 자기의 범죄를 자신이 만든 법으로 다스린다는 말과 다름이 없습니다. 인간사나 인간관계로부터는 당위나 가치를 도출할 수 없습니다. 그런 당위나 가치는 인간의 사실관계를 초월한 어떤 절대자에 의존할 수밖에 없다고 생각합니다만."

"자네가 말하는 절대자는 신을 말하는 모양인데 그 신은 어떤 존재인가? 그 신도 인간이 만든 거야. 인간이 만든 법에 절대적인 권위와 규제력을 부여하기 위한 수단으로 신을 만든 거야. 결국, 인간은 인간이 만든 규범으로 다스려야 한다는 말이네."

"아까도 말씀드렸지만 과연 인간이 자신을 구제할 능력이 있다고 보십니까?"

"실은 나도 그게 고민거리이지. 그러나 방법이 있을 거야."

"그런데 선장님, 어로장은 어로장의 책임의식에서 행동하기보다는 일종의 열등콤플렉스를 앓고 있는 병자 같지 않습니까?"

"열등콤플렉스?"

"예, 자기 수하 사람들을 괴롭히는 데서 자신의 존재감, 우월감을 느끼는 사디스트적인 신경증 환자가 아닌지 의심이 들 때도 있습니다."

"어로장의 경우는 열등콤플렉스보다는 목적콤플렉스라고 할까, 그런 집념에 차 있는 사람이지. 남보다 더 잘 된 자아실현을 목표로 물불 가리지 않고 나아가는 사람이라고 할까? 그런데 인간에게는 누구나 다 그런 목적콤플렉스가 있는 게 아닌가? 어로장의 경우는 그게 좀 지나친 면이 있지만…"

"그럼 어떻게 하시렵니까? 어로장의 폭력을 묵과하실 작정입니까?"

"음… 물론 그 사람, 자제하도록 해야겠지. 이종섭도 마찬가지고. 내 두 사람을 타일러 보겠네."

태풍은 석양 무렵부터는 누그러졌다. 그렇지만 그날 일로, 그리고 선장과의 결말이 없는 대화로 잔뜩 마른 목은 가시지 않았다. 그는 휴게실에 갔다. 펩시콜라 한잔을 따라 마시는데 장복수가 들어왔다. 그도 목이 말라 물 한잔 얻어먹으려고 왔다고 했다. 오신우는 그에게 이종섭이 어떻게 해서 그토록 신실한 기독교 신자가 되었는지 물어보았다.

"이종섭의 부모들은 일제 말기 일본인들의 박해를 피해 만주 연길로 이주해 간 분들입니다. 이종섭이 7살 때였지요. 이종섭은 중국 국적을 얻고 그곳에서 대학까지 졸업했으나 변변한 직업을 얻을 수 없어 부산에 내려왔지요. 한국에서도 직업 얻기가 어려웠습니다. 막노동도 하고, 한때는 영화판도 기웃거렸답니다. 그러던 중 어느 목사의 권유로 교회에 나갔다가 그곳 장로의 주선으로 원양어선의 선원이 되었습니다. 그런 교회와의 인연으로 그는 기독교 신자가 되었습니다. 외톨이인 그에게 종교는 큰 힘이 되고 위로가 되었습니다. 그러나 때로는 종교와 자신의 현실 사이에서 갈등하기도 했습니다. 그런데 이번에 보니까 신실한 신자가 되어 있네요. 저는 어렸을 때부터 연길 한 마을에서 이종섭과 함께 자라면서 친하게 지내온 사이입니다. 그 친구의 주선으로 저도 부산에 내려와 선원이 되었습니다. 친구에게 신세를 많이 진 셈이지요."

다음 날 아침, 침대에서 일어난 오신우는 어제 일로 여전히 우울했다. 뱃전에 나가 아침 햇빛과 시원한 바람을 쐬고 싶었다. 바다는 잔잔했다. 바람도 싱그러웠다. 언제 태풍이 있었냐는 듯 평화로웠다. 바다는 어제와 같이 무섭게 날뛸 때도 있지만 곧 평상을 회복하는 것을 보면 바다의 밑바닥 본심은 변하지 않는 평정심이기 때문이라고 생각했다. 자신에게도 그런 변하지 않는 본심이 있을까? 자신의 본심은 뭣일까? 그런 생각을 하고 있을 때 배의 고물 뱃전에 선장이 나와 있는 것을 발견했다. 먼 바다에서 뭔가를 찾고 있는 것 같이 보였다. 궁금한 오신우는 조용히 선장 곁으로 다가가 물었다.

"선장님, 뭘 그렇게 골똘히 보고 계십니까?"

"어제 일을 생각하고 있었네?"

대답이 의외여서 좀 어리둥절했다.

"걱정되십니까?"

"사람들이 싸우지 않고 사는 세상은 없을까?"

"글쎄요. 그런 곳이 있겠습니까?"

"있을 거야. 찾아보면 있을 것이네."

말을 끝낸 선장은 고개를 돌려 다시 바다를 바라보았다. 정말 그런 곳을 찾고 있는 것일까? 그의 진지한 모습을 보면 그런 것 같기도 했다. 인사하는 것이 오히려 그의 묵상을 방해할 것 같아 오신우는 아무 말 없이 자기 침실로 돌아왔다.

참치잡이 낚시를 이틀하고 배는 몰디브의 수도 말레 항구에 입항했다. 아침 7시경이었다. 백사장에 잘게 부서진 하얀 산호초 조각들, 코발트색 바다, 하늘 높이 솟은 야자수 나무, 하얀 돔 식의 건물들, 아름다운 항구였다. 그곳에서 대기하고 있던 현지 수산회사가 금강호에 와서 대금을 내고 고기를 받아갔다. 그 돈의 일부를 어로장은 선원들에게 나눠 주고 그 이튿날 아침까지 만 하루의 시간을 항구에서 보내면서 쉬었다 오라고 했다. 선장의 특별한 배려라고 했다. 배의 어색한 기분을 일신하고 에너지를 재충전하라는 뜻에서 주는 휴가라고 선원들은 생각했다. 어로장은 선원들을 모아놓고 주의 사항을 알렸다.

"내가 선장님을 대신해서 여러분들에게 한 말 하겠소. 오늘 하루, 낮과 밤을 여러분이 가고 싶은 곳에 가서 푹 쉬다 와도 좋소. 대신 어떤 일이 있어도 내일 아침 8시까지는 꼭 돌아와야 하오. 늦어지면 배의 일정상 우리의 어로작업에 큰 차질을 빚게 되오. 그리고 여러분들도 잘 아시다시피 몰디브는 회교국가요. 길거리에서 술을 먹거나 여자를 희롱해서는 안 되오. 잘못하다간 경찰에 잡혀가니 조심하시오. 자 그럼 잘들 다녀오시오."

어로장의 말이 끝나자 이어서 마도로스 박이 나섰다. 입에서 마도로스를 뽑아 손에 들고 헛기침을 몇 번 했다.

"'아, 이제 모든 것을 아낌없이 쓰자꾸나.

우리 모두 언젠가는 한 줌 흙이 되어질 몸.

흙에서 나와 흙으로 돌아가 쉬니

거긴 술도 노래도 없고 끝없이 넓은 곳.'

여러분 방금 내가 읊은 시 멋지지요! 페르시아의 위대한 시인 카이얌의 시요. 그분처럼 우리도 오늘 하룻밤 인생을 마음껏 즐겨봅시다. 내일 흙으로 돌아갈지 모를 우리를 위해 건배!"

마도로스 박은 하늘 높이 파이프를 들고 건배를 시늉했다. 선원들은 '하필 이럴 때 흙으로 돌아가는 이야기는 왜 하는고' 하면서도 손뼉을 치며 웃음으로 화답했다.

배에 2등항해사와 외국 선원 한 명을 당번으로 남겨두고 모두 밖으로 나온 선원들은 짝을 지어 가고 싶은 곳으로 갔다.

원래 오신우는 자진해서 당번을 서겠다고 했으나 영어통역이 필요한 선장이 만류하고 육지로 데리고 나갔다. 어로장, 마도로스 박과 동행이 되어 함께 말레 시내를 구경했다. 말레는 몰디브의 수도인지라 행정과 상업이 몰려 있고 항구와 공항을 끼고 있어 교통의 중심지였다. 거기에다 회교식 생활양식을 갖춘 아름다운 건축 문화가 집약되어 있고 자연 풍경도 아름다워 신혼여행지로도 유명한 곳이었다. 그런 곳인데도 마도로스 박에게는 탐탁지 않은 모양이었다. 오신우가 왜 그러냐고 묻자 회교국가에서는 여성에게 말 거는 것도 금기시하고 있으니 여기 남자들은 무슨 재미로 사는지 알 수 없다고 투덜댔다. 오신우 일행은 공항 근처에 있는 호텔에 들러 저녁 식사만 하고 일찍 배에 돌아와 잤다.

그 이튿날 아침 7시경, 선원들은 떠날 준비를 마치고 식당에 모여 아침 식사를 했다. 그런데 다른 선원들은 다 나와 있는데 이종섭만 보이지 않았다. 곧 오겠거니 기다렸으나 8시가 지나고 배가 떠나는 9시가 다 되어도 나타나지 않았다. 배도 이종섭을 찾았다. 빵 빵 길게 서너 번 고동을 울렸다. 금강호만이 내는 독특한 소리를 듣고 이종섭이 빨리 귀선하라고 불러댔다. 그리고 기다려도 이종섭은 나타나지 않았다. 초조해진 어로장이 드디어 수색에 나섰다.

"어제 이종섭과 함께 나간 사람은 누구야, 손들어봐!"

손든 사람은 장복수와 필리핀 선원 2명이었다.

"어젯밤 함께 돌아왔나?"

"아닙니다. 그 사람, 나중에 온다고 남았습니다."

"어디에 갔었나?"

"가스피놀루 섬에 갔습니다."

"왜 거기에 갔나?"

"그곳에는 유명한 리조트가 있어 갔습니다."

"거기서 뭘 했나."

"스파하고 식사하고 게임도 했습니다."

"밤에는 뭣 했나?"

"바에서 술을 먹었습니다."

"자네들끼리만 먹었나?"

"호스티스들과 함께 먹었습니다."

"그리고는?"

"우리는 밤 10시 배로 돌아왔습니다."

"이종섭은?"

"더 남아서 놀겠다고 했습니다."

"여자하고 잤나?"

"그건 모르겠습니다."

모르겠다는 말이 불길했다. 불길한 생각은 여러 가지 불상사로 가지를 쳤다. 우선 그의 신상에 문제가 생기지 않았는지 걱정이 되었다. 몸에 이상이 생겨 운신에 지장이 생겼을 수도 있었다. 그보다는 아직 여자의 치마폭에 싸여 낮과 밤을 혼동할 지경으로 정신이 혼미해 있는지도, 현지인과 시비가 붙어 싸우다 잡혀 있을 수도, 심지어는 실종될 수도 있었다. 어느 경우든 그의 귀선이 늦어지면 배의 항해 일정과 조업에 차질이 생겨 회사에 큰 손실을 끼칠 것이 뻔했다. 그걸 알고 있는 어로장이 가만히 있을 리 없었다.

10시가 가까워지자 드디어 그는 오신우등 네 명의 선원을 몰고 가스 피뇰루를 왕복하는 페리보트 선착장으로 갔다. 모두 들어오는 보트의 승객 중에서 이종섭을 찾느라 혈안이 되었다. 눈뿐만 아니었다. 코, 귀, 입, 몸 등 오감이 총동원되어 이종섭을 찾는 데 열중했다. 그들의 '생각'도 이종섭을 찾는 일 말고는 다른 것을 생각할 겨를이 없었다. 그토록 그들이 갖고 있는 심신의 온 기능이 이종섭이란 존재의 노예가 된 적이 한 번도 없었다. 그때까지 이종섭은 그들의 의식의 주변부 인물이었다. 기껏해야 어로장의 화풀이 감 정도로 인식되고 있는 것이 고작이었다. 그런 하찮은 그의 존재감이 그때는 집채만 한 커다란 파도의 무게로 덮쳐와 그들의 숨통을 조이고 있었다.

이종섭은 귀류법이란 술책을 쓰고 있는 것일까? 그는 자신의 부재를 이용해 남들의 애를 태움으로써 자신의 존재를 부정하던 그들의 판단이 오류였음을 증명해 보이고자 한 것일까? 그런 논법을 사용한 것이라면 확실히 성공을 거둔 셈이었다. 그는 그 묘수를 두어 '나 이종섭도 여기 있소' 하는 생각을 그들의 뇌리 판에 확실히 각인시킨 것이었다. 그러나 그의 묘수에 대응하는 남들의 대항마는 그 이상 기다릴 수 없다는 불만이었다. 이종섭이 실종되었다고 경찰에 신고하자, 또는 현지 협력사에 사건의 해결을 일임하고 떠나자는 등 결국 그를 버리고 떠나자는 의견이 대세를 이루었다.

그들이 막 발걸음을 떼려고 할 때였다. 이종섭이 보트에서 내리는 것이 보였다. 예상과는 달리 잘못한 사람이 흔히 짓는 주눅 든 모습이 아니라 당당했다. 몸도 꼿꼿하고 눈빛도 아무 일이 없었다는 듯 태연했다. 그 뻔뻔한 모습에 뭇 시선들은 어처구니없었지만, 무사히 돌아온 것만으로도 다행이다 싶어, 아무 말 없이 그를 맞이했다.

그때였다. 쥐죽은 듯한 정적을 깨는 투박한 발소리와 함께 어로장이 움직이기 시작했다. 그는 다짜고짜로 내리는 이종섭의 목을 쥐고 한쪽으로 끌고 갔다. 야단났구나 하는 탄성이 뭇 시선들의 입에서 미처 터져 나오기 전에 살벌한 어로장의 손과 발이 이종섭의 몸에서 광란했다. 이종섭은 팔로 머리를 싸매고 땅바닥에 꼬꾸라졌다. 얼굴이 째져 피가 나고 코피가 터졌다. 오신우와 김중달이 뛰어가 어로장의 몸을 감싸고 말렸다. 그 사이에 장복수와 동남아 선원들은 파 죽음이 된 이종섭을 어깨에 메고 잔교를 건너 배 안으로 사라졌다.

배는 예정 시간보다 3시간 늦게 말레 항구를 떠나 다시 항해를 시작했다. 이종섭 사건이 그 정도로 수습된 것을 다행으로 생각한 선원들은 가슴을 쓸어내렸다. 그러나 그건 어림없는 때 이른 자위였다. 가슴을 다 쓸어내리기도 전에 또 한 차례 엄청난 충격을 얻어맞고 전보다도 더 놀란 가슴을 졸이어야 했다. '이종섭이 바다로 뛰어들었다!' 하는 다급한 절규가 그들의 심신을 강타했기 때문이었다. 선원들은 허겁지겁 난간으로 몰려갔다. 저 아래 바다에서 이종섭이 해안가를 향해 죽어라 헤엄치고 있었다. 요동치는 흰 물결이 곧 그를 삼켜버릴 것 같아 모골이 송연했다. 그렇다고 뭘 어찌해 볼 수 있는 묘수가 없어 발만 동동거리고 있었다. 그러나 어로장만은 달랐다. 번쩍 눈에 불을 켜더니 조타실로 돌진하면서 '기관장! 배를 후진시켜, 후진시켜 저놈을 따라잡아!' 하고 외쳤다. 모두 초조하게 배의 후진을 지켜보는데 또 외치는 소리가 다급했다. "어! 이종섭이 스크루에 빨려 들어간다. 배를 멈춰야 한다." 그 외침과 동시에 어로장은 잽싸게 어업용 갈고리를 찾아 손에 들고 배의 고물로 뛰어가더니 이종섭을 겨냥해 던졌다. 처음 갈고리는 빗나갔다. 두 번째 던진 갈고리는 스크루에 빨려 들어가기 직전의 이종섭 등덜미를 정확히 꿰었다. 어로장은 줄을 당겼다. 그의 눈과 팔에 시퍼런 핏줄이 솟았다. 그의 검붉은 얼굴은 비장했다. 지옥의 사자와 필사적인 격투를 벌이고 있었다. 이종섭은 아래서 바둥거렸지만 어쩔 수 없이 끌려왔다. 뒷덜미 옷을 정확히 꿴 갈고리 줄 밑에 대롱대롱 매달린 그는 빠져나갈 재간이 없었다. 어로장의 참치 잡는 능숙한 갈고리 솜씨를 도저히 이겨낼 수 없었다. 배로 건져 올려진 이종섭은 전신에서 물과 피를 흘리고 있었다. 어로장이 다시 다급하게 소리쳤다.

"어이, 이등항해사! 이 친구 빨리 데려가서 치료해 줘!"

그러고는 이종섭을 빤히 한참 내려다보더니 낮게 말했다.

"야, 임마, 너 죽으려고 물에 뛰어들었냐? 네 하나님이 그렇게 시키든. 그러나 명심해라! 배에선 내가 하나님이다. 내 허락 없이는 죽을 수 없다. 알겠냐!"

그 외에 다른 말도, 그 흔한 발길도 없었다. 의외였다. 이등항해사가 와서 핏물을 줄줄 흘리는 이종섭을 끌고 의무실로 갔다. 마음 졸이던 위기를 일단 넘긴 선원들은 모두 긴 숨을 내쉬며 또 한 번 가슴을 쓸어내렸다. 오신우의 쓸어내린 가슴에는 물이 흘러들었다. 찬물이 아니라 따스한 물이었다. 그 온수는 의외로 어로장에서 흘러오는 물이었다. 이종섭을 걷어 올리던 어로장의 비장한 얼굴이 눈에 선했다. 그 비장함에는 한 생명에 대한 연민의 정이 검붉게 타고 있었다.

이종섭의 탈출 소동 때문에 한동안 멈추었던 배는 다시 항해를 시작했다. 한 바다로 나와 아프리카의 남단 케이프타운 연해로 향했다. 떠나는 몰디브의 하늘은 맑고 밝았다. 바다도, 해양 가에 높이 솟은 야자수 나무도, 하얀 돔 건물들도 모두 밝고 빛났다. 천지가 다 그렇게 밝은데도 선원들의 마음은 어두웠다. 이종섭이 또 그 어두운 '가스피놀루'섬으로 숨어 들어가 좀체 나오지 않기 때문이었다. 그는 자기 침대에 칩거한 채 그 이튿날도 종일 식탁에도 갑판에도 나타나지 않았다. 그가 부재의 침묵을 떨치고 웃는 얼굴로 제 자리로 돌아오지 않는 한 어로장에 대한 마음속 분노는 미제로 남는 것이었다. 그러니 그 미제된 분노가 언제, 무슨 사건으로 또 폭발할지 몰라 선원들은 불안했다.

오신우와 김중달은 저녁 식사를 마치고 이종섭의 침실로 가보았다. 그는 침대에 죽은 듯이 누워있었다. 그러지 말고 일어나 동료들과 함께 식사도 하고 어울려 지내자고 얼러도 그는 대꾸하지 않았다. 그의 침묵은 완강했다. 할 수 없었다. 시간에 맡기자고 했다. 시간이 지나면 그가 허기져서라도 별수 없이 털고 일어날 것이라고 체념했다.

말레 항구를 떠난 지 3일째 되는 날 아침 일찍, 이종섭과 장복수가 조용히 오신우를 찾아왔다. 이종섭은 평상시 그대로의 모습이었으나 얼굴이 백지장이 된 장복수는 다 죽어가는 몰골을 하고 있었다. 불길한 예감이 든 오신우는 잔뜩 긴장했다.

"이종섭 씨, 일어나셨군요. 이제 괜찮습니까?"

"오 선생님께 드릴 말씀이 있습니다."

안부 인사도 생략한 채 똑 부러지게 뱉는 '드릴 말씀'이란 게 등골을 오싹하게 했다.

"무슨?…"

"제가 어로장을 죽였습니다."

오신우는 알아들을 수 없었다.

"?…"

"제가 어로장을 죽였습니다."

죽였다는 말이 뭘 의미하는지 그 개념이 도대체 모호했다.

"죽여요?"

"예."

그래도 여전히 어리둥절하니 잘 못 알아듣는 오신우를 본 장복수가 나섰다.

"우리가 그를 죽였습니다."

장복수의 말을 듣고서야 가까스로 죽였다는 말이 일상의 의미로 돌아왔다. 오신우는 아찔했다. 갑자기 쇠망치 한 대를 뒤통수에 얻어맞은 것 같았다. 의식이 얼얼하고 귀가 멍멍해 졌다. 전신에 통증이 번져 전율했다.

"그럼, 죽은 사람은 어디에 있습니까?"

"어창에 두었습니다."

"그게 정말이요? 그럼 어창에 가봅시다."

시신을 보아야 믿을 수 있을 것 같았다. 오신우는 해치를 열고 갑판 밑으로 내려갔다. 두 다리가 후들거렸다. 장복수를 따라간 곳은 수조와 냉장고를 놓아두고 있는 어창의 한구석이었다. 그곳에 더러운 포대로 덮어 놓은 뭉텅이가 있었다. 열어보니 잿빛 얼굴이 드러났다. 납작 굳어진 얼굴에 검붉은 피가 굳어 있어 언뜻 알아보기 어려웠지만, 어로장이 틀림 없었다. 오신우는 한동안 숨을 고른 후 나직이 말했다.

"저, 우선 선장님한테 가서 보고하고 사태를 수습해봅시다."

찾아간 선장은 마침 마도로스 박과 이야기하던 중이었다. 오신우로부 터 사건의 대강을 들은 선장은 한동안 멍하니 말을 못 했다. 선장도 직 접 시신을 확인해 보아야겠다고 했다. 오신우는 두 번 다시 보고 싶지 않 았다. 대신 장복수가 선장을 안내하고 어창에 갔다 왔다. 잿빛 얼굴이 된 선장은 이종섭에게 물었다. 목소리가 어느새 쉬어있었다.

"자네가 구타를 당해서 억울해하는 마음은 이해하지만 그렇다고 사람 을 죽이다니, 그게 될 말인가?"

그러나 이종섭은 의연했다. 굳어진 얼굴에 알 수 없는 결기마저 떠 올랐다.

"제가 그분을 죽인 것은 그분의 폭력을 복수하기 위한 것이 아닙니다."

"응? 그럼 무슨 이유로 그런 짓을 했는가?"

"저의 소명을 다하기 위한 것입니다."

"소명? 무슨 소명?"

"하나님이 저에게 주신 소명입니다. 어로장은 사탄입니다. 그 사탄을 없애라고 하나님이 저에게 명령하셨습니다."

이종섭이 하나님을 들고나오면 거기에 아무리 대꾸해보았자 양자의 말이 평행이론에 빠져 사실 규명이 어려운 것을 알고 있는 선장은 이종 섭에게 그만 자기 처소로 가라고 했다. 이종섭이 떠나자 장복수를 붙잡 아놓고 따져 물었다.

"어떻게 된 일이야! 자네는 자세한 사실을 알 것 아닌가? 말 해보게."

장복수의 이야기는 이러했다.

말레 항구에서 폭행 사건이 있었던 밤이었다. 침대에만 박혀있던 이종섭이 남들의 눈에 띄지 않게 살며시 장복수에게 다가왔다. 어로장을 죽여야겠으니 도와달라고 부탁했다. 장복수도 어로장한테서 몇 번 얻어맞았고, 인종차별적인 멸시를 받은 적이 한두 번이 아니었기 때문에 그런 악인은 없어져야 한다고 생각해 왔다. 그러나 살인까지는 과하다고 생각하고 후환도 걱정되어 이종섭을 만류했다. 그러나 이종섭은 완강했다. 이종섭은 죽이기는 자기가 할 테니 장복수는 옆에서 도와만 주면 된다고 했다. 그때까지도 장복수는 망설였다. 그러자 이종섭은 격앙된 목소리로 악마를 보고 그냥 지나치는 것은 하나님께 죄를 짓는 일이라고 강변했다.

　"그 사람, 배에서는 자기가 하나님이라고 하나님 행세를 했어. 자기 허가 없이는 나는 죽을 수도 없다고 말했단 말이네. 나의 생사가판을 내릴 분은 오직 우리 하나님뿐인데 그런 하나님의 권능을 어로장은 자기의 것으로 참칭한 거야. 그는 하나님과 대등한 권리를 주장한 마니교의 악마야. 그런 악마를 그대로 놔두면 언젠가 우리 하나님을 죽이고 세상의 지배자가 될지 몰라. 그러기 전에 먼저 우리가 그 악마를 없애야 해!"

　장복수도 마니교를 이단으로 배웠고 적대시하고 있었기에 이종섭의 의견에 동조했다. 그게 기독교 신자의 의무라고 생각했다. 더구나 자기의 취업을 도와준 고향 친구에 대한 의리를 저버릴 수 없었다.

　두 사람은 죽일 기회를 엿보았다. 다음 날 밤 장복수가 음료수를 가지러 냉장고가 있는 휴게실에 갔다. 그곳에 어로장이 먼저와 홀로 술을 마시고 있었다. 그는 벌써 많이 취해있었다. 어로장은 술을 별로 들지 않지만 한 번 마셨다 하면 대취하는 습성이 있었다. 그걸 알고 있는 두 사람은 그날 밤을 거사 일로 정했다.

　새벽 두 시경, 두 사람은 어로장의 침대로 스며 들어가, 만취 상태로 인사불성이 된 그를 끌어내어 어창으로 운반한 다음 이종섭이 미리 준비한 쇠망치로 어로장의 뒷머리를 쳐 즉사시켰다. 장복수가 시체를 바다에 버리자고 했다. 어로장이 술에 취해 배의 난간에서 바다로 추락하여 죽었다고 둘러대면 된다고 했다. 그러나 이종섭은 거부했다. 악마를 죽였으니 내 뜻을 이루었다, 나는 떳떳하다, 사실대로 이야기하자, 나에게 벌을 준다면 달게 받겠다. 두 사람은 이해심이 많은 오신우에게 먼저 가서 사실을 고하고 오신우의 의견을 듣기로 했다.

"이종섭이 살인을 한 데는 신앙적인 동기가 컸지만, 개인적인 이유도 있었습니다."

장복수의 설명은 이러했다.

이종섭은 만주 연변에서 남한으로 이주해온 후 호구지책으로 안 해 본 일이 없었다. 먹고 사는 것이 그렇게 절박하고 어려운 것임을 처음 알았다. 한때는 사극영화 촬영장에도 나갔다. 현장 밖에서 온종일 기다리다 재수 좋은 날은 단역을 얻어 출연했다. 그렇게 하찮은 역을 하고 밤늦게 지친 몸으로 돌아와서는 장복수에게 푸념했다.

"오늘도 나는 고관대작의 가마를 메고 다니는 종놈 역을 했지. 종놈은 관객들의 눈에 들어오지도 않아. 나는 그들의 눈에는 없는 놈이야."

하루는 허리를 못 펴고 엉거주춤 돌아와서 하소연했다.

"오늘은 매품팔이 역을 했어. 죄지은 놈이 맞을 매를 내가 돈 받고 대신 맞아주는 거야. 그런데 때리는 놈이 감독에게 잘 보이려고 실제로 쎄게 장을 쳤어. 그래서 지금까지 허리가 욱신거려… 나는 이 세상의 무대에서 매품팔이 종놈에 불과한 엑스트라지. 이게 사는 것이냐?"

이종섭이 이런 말을 하기도 했다.

"사람에게는 지위가 있어야 해. 좋은 자리를 차고 있어야 좋은 배역도 얻을 수 있고 수입도 생기지. 그런데 나는 사람들이 있는 곳에 가면 내 자리가 없어. 없는 것이 아니라 사람들이 내주지 않아. 자리가 없이는 끼어들 수 없으니 항시 개밥에 도토리 신세지. 나는 영토 없는 나라의 꼴이야. 영토 없는 나라는 주권도 없는 거야. 나도 마찬가지이네. 자리가 있어야 존재할 권리가 생기네. 그러니까 자리를 내주지 않는다는 것은 존재의 권리를 인정하지 않겠다는 것을 의미해. 그런 수모를 당할 만큼 내가 하찮은 존재일까? 그렇게 못났을까? 이런 생각이 들 때마다 '욥'처럼 왜 하나님이 나를 그렇게 못난 사람으로 태어나게 하여 이처럼 치욕을 당하게 하는지 그날을 저주하고 싶었어."

이종섭은 선원이 되고 급한 의식주 문제가 해결되자 어느 정도 마음의 평정을 회복하고 하나님도 다시 섬겼다. 그러나 금강호를 승선한 후부터 어로장과의 관계가 나빠지면서 다시 자신의 존재와 신에 대한 불안감이 도져 고민했다. 그는 이런 말을 했다.

"어로장을 볼 때마다 왜 하나님께서 그런 악의 존재를 놔두고 보고만 계시는지 도저히 이해할 수 없어. 그래서 나는 전처럼 다시 하나님을 원망하기 시작했어. 왜 나를 남들이 무시하는 왜소하고 못난 사람으로 만드셨는지, 그래서 어로장이 걸핏하면 나를 얕보고 구타하도록 내버려 두시는지 원망했어. 그런 회의와 원망은 나에 대한 어로장의 폭력이 심해질수록 더욱 날카로운 비수가 되어 내 안에 계신 하나님을 죽이기 시작했네. 하나님은 피를 흘리며 죽어가고 있었지. 두려웠네. 내 안의 하나님이 죽으면 나는 어떻게 되는지 불안했어. 그러다 어느 날 문득 하나님이 나에게로 하시는 말씀을 들었네. '어째서 너는 네 소명을 잊고 있는 것이냐! 어로장은 사탄이다. 그 사탄을 없애고 만천하에 내 영광을 밝히도록 해라!' 그 꾸짖음을 듣고 난 후부터 하나님에 대한 회의와 원망이 걷히고 나의 소명이 뭣인지 깨닫게 되었네. 하나님께서 나를 아무렇게나 만드신 것이 아니었어. 악을 제거하고 하나님의 위대한 영광을 드높이기 위한 도구로 쓰이도록 생명을 주신 것이야. 나는 나의 소명을 받들어 그 사탄이 하나님을 죽이라고 준 칼을 빼앗아 그 악마를 없애겠네. 나는 나의 소명을 다함으로써 내 본래의 나를 찾을 것이고 하나님의 아들로 다시 탄생할 것이네."

듣는 사람들은 내심 놀랐다. 겉으로는 어수룩하게 보이던 이종섭이 마음속에서는 다른 사람들이 상상하기 어려운 변신론의 칼을 벼리어 온 것이었다.

아무 말 없이 듣고만 있던 선장은 가만히 고개를 돌려 창밖을 바라보았다. 그의 짙은 눈썹에 한동안 짙은 적막이 깔렸다.

그 적막을 깨고 마도로스 박이 나섰다.

"선장님, 저도 어로장에 대하여 할 말이 있습니다. 그 사람도 자기 나름의 고민이 있었습니다."

어젯밤 마도로스 박은 잠도 안 오고 해서 술을 마시고 싶었다. 양주병을 들고 10시경 휴게실로 갔다. 어로장을 불러내고 싶었는데 마침 그가 벌써 와 혼자 술을 들고 있었다. 이미 위스키 한 병을 거의 다 마신 그는 많이 취해있었다.

"어이 마도로스, 잘 왔다. 함께 들자."

"무슨 술을 그렇게 많이 마셨나? 너답지 않게."

"응, 오늘은 술을 들고 싶다."

"무슨 일 있나?"

"음, 어제 아침 일도 있고 해서⋯ 야, 마도로스! 나 살고 싶지 않다. 죽고 싶다. 그런데 내가 나를 죽일 수 없으니 남이 나를 콱 죽여주었으면 좋겠는데…"

"야, 너 정말 무슨 일 있나?"

"마도로스 이 친구야. 나, 사는 거 지겹다. 더 이상 버티기 어렵다."

"사는 거? 너 지금 어로장으로서 잘나가고 있는 거 아니야?"

"마도로스! 부산을 떠날 때 박 사장이 뭐라고 한 줄 아냐? 이번에 1만 5천 톤 고기를 잡아 오지 못하면 해고한다고 했어. 어로장이라는 직함은 나에게는 참으로 중요하다. 그 자리에 있으니까 사람들이 나한테 굽신 거리고 나를 알아준다. 선장이 되면 더욱 그러겠지? 나는 선장이 되어야 해. 선장이 될려면 너도 알다시피 실적을 많이 쌓아야 해. 그래서 선원들을 열심히 일하도록 잡도리한 것이야. 내 말을 듣지 않고 무시하는 놈들, 나의 출세를 방해하는 놈들을 굴복시키려고 무자비하게 대할 때도 있었지. 이종섭을 구타한 것도 그래서야… 그러나 이제 그 짓 하는 것도 지겹다, 어떻게 하면 좋냐! 친구야."

"너무 자책하지 마라. 내가 이종섭에게는 잘 말해 줄게. 힘을 내라. 사는 게 쉬운 일이 아닌 것은 네가 나보다 더 잘 알지 않나. 알고도 돌파하지 않으려는 자는 약자다. 너는 강자다. 누구보다도 의지가 강한 강자다. 힘내라!"

"네 말대로 나는 지금껏 앞만 보고 달려왔어. 뒤를 돌아보는 것은 약자들이나 하는 짓으로 알았지. 아니 돌아볼 여유가 없었어. 그러나 이제는 지쳤어."

이 말과 함께 어로장은 식탁에 고개를 박았다. 인사불성이 된 그를 마도로스 박은 둘러메고 그의 침대로 가 눕혔다.

마도로스 박은 말을 이어갔다.

"어로장은 실은 고독한 사람이었습니다. 소학교밖에 나오지 못하고 가문도 미천한, 소위 흙수저 출신의 불우한 항아리였지요. 그래서 남들만큼 출세의 사다리를 오르기 위해서 피눈물 나는 노력을 했습니다. 어로장 자리는 그렇게 해서 얻은 자리였습니다. 그러다 보니 때로는 무리수를 썼지요. 사람들과 갈등하고 소외당했습니다. 소외된 고독감에 대한 반동심리로 주위 사람을 괴롭혔습니다. 그런 가학적인 행위를 통해서 권력과 권위의 힘이 얼마나 자신의 출세와 자신의 존재에 중요한 의미를 갖는지 알게 되었습니다. 그러나 그의 뒤에서 잔인한 운명이 쇠망치를 들고 다가와 사다리 밑동을 깨부수는 것을 보지 못했습니다. 불쌍한 친구지요. 이제 그는 불귀의 객이 되었습니다. '저기서 뜨는 달… 둥글었다 이울었다 억만 번 거듭하며 아무리 우리를 찾는 다 해도 이 한 사람, 그 누군가 있어 만들다 망가뜨린 불우한 항아리의 모습만은 영원히 보지 못하리.'"

선장도 한숨을 지었다.

"불우한 항아리들이 금병(金甁)으로 변신하기 위한 진통을 겪고 있는 거야. 딱한 인간들…"

선장은 여전히 창밖을 바라보고 있었다. 그 표정이 처연했다. 방 안에 무거운 침묵이 고였다. 선장은 침묵에 묶였는지 오랫동안 입도 몸도 움직이지 않았다.

답답한 마도로스 박이 물었다.

"선장님, 사태는 수습해야 하지 않습니까? 어떻게 하실 작정입니까?"

선장은 그제야 몸을 돌려 직원들을 바라보았다. 그리고 중책을 맡아보고 있는 직원들을 다 자기 방으로 소집했다.

"선장님, 시체 처리가 시급합니다. 여기는 열대 지역이라 시체가 곧 부패합니다."

1등항해사의 말이었다. 마도로스 박이 하나의 아이디어를 냈다.

"바다에 수장하면 어떨까요? 왜 우리 전쟁영화에서 많이 보지 않습니까? 죽은 병사를 태극기로 싸서 간이침대에 올려놓고 바다에 진수하는 식 말입니다. 주위에 있는 사람들은 조의를 표하고요."

"글쎄, 그 사람이 국가를 위해 죽은 것도 아니고…"

"아닙니다. 그 사람은 국가를 위해 순직한 사람입니다. 얼마나 많은 외화를 벌어다 국가에 바쳤습니까? 당연히 국장으로 보내야 합니다. 그게 도리입니다."

마도로스의 말에 일면 긍정적인 면이 있었지만, 기관장은 현실적이었다.

"시신처리문제는 유가족의 의견을 우선 들어보아야 합니다. 그렇게 하자면 본사에 건의해서 유가족과 협의를 해야 합니다."

한참 설왕설래한 끝에 선장이 정리해서 결론을 냈다. 그럴 때의 그에게는 단호한 면도 있었다.

"여러분들의 의견을 종합하여 다음과 같이 본사에 건의합시다."

첫째, 시신을 바다에 수장시키면 제일 간단하다. 그러나 이 문제는 본사에서 유가족과 협의해 결정해주기 바란다.

둘째, 시신을 본국에 보내야 할 경우, 현재 배에서 가장 가까운 케냐의 몸바사 항구에 기항해서 그곳에서 항공편을 구해 송환하는 것이 좋겠다. 그편에 가해자 두 명도 보내겠다.

셋째, 그러자면 케냐 당국의 입항 허가를 받아야 하는데 이를 본사에서 처리주기 바란다."

통신사는 선장의 결론을 가지고 기관실로 가 본사에 타전했다.

반나절이 지난 후 본사로부터 회답이 왔다. 시신은 유족들이 본국으로 송환되기를 원하니 속히 본국으로 보내도록 할 것, 두 범인의 처리와 몸바사 입항 문제는 본사에서 외무부 당국과 협의해서 결정하겠다, 수시로 본사 및 케냐 협력사와 연락을 해라.

배는 케냐 몸바사 항구를 향해 가고 있었다. 배는 전과 같은 고기 잡는 배가 아니었다. 시체를 나르는 상여였다. 돛대에 달린 금강수산 사기(社旗)는 앙장(仰帳)이었다. 배 주위를 날아다니는 갈매기는 선소리꾼이었다. 그들이 끼룩끼룩 울어대는 소리는 망자의 영혼을 위로하는 메기는 소리였다. 뱃전을 어루만지며 부서지는 흰 물결 소리는 망자와의 이별을 애석해하는 상두꾼들의 받는소리였다. 소리꾼들만 있고 상주가 없는 상가는 허전했다. 상주도 없이 더구나 묻힐 북망산천이 어딘지도 모르고 떠나는 망자는 얼마나 외로울까? 그래서인지 상여는 무거웠다. 상여의 밑채를 떠받고 있는 선원들의 마음이 부르트고 아팠다.

목이 탄 오신우는 물을 마시러 휴게실에 갔다. 그곳에 벌써 외국 선원을 포함한 10여 명 선원이 나와 수군거리고 있었다. 평소 어로장과 사이가 좋지 않은 사람들이었다. 그들은 오신우가 다가가도 알지 못하는지 알고도 일부러 그러는지 볼멘소리로 투덜거렸다.

"케냐 몸바사까지 가려면 열흘은 걸리는데 그동안 어떻게 시체와 함께 지내지요? 구역질이 나서 밥을 제대로 먹을 수 없습니다."

"나는 잘 때도 상엿소리를 들어요. 꼭 나를 부르는 귀신의 곡성 같아 무서워요."

"지금이라도 바다에 버리면 제일 좋은데!"

"그랬다간 시체 유기죄에 걸리는 것 아닙니까?"

"에이 빌어먹을! 이러지도 저러지도 못하겠으니 죽을 지경이구먼."

"두 조선족을 대하는 것도 무섭습니다. 그들은 충동적으로 범행을 한 것이 아니라 미리 계획을 짜고 저지른 확신범 아닙니까? 확신범에게는 자기가 옳다는 믿음만 있을 뿐 죄의식은 없습니다. 그러니 언제고 그 확신이 다시 발동되어 또 범행을 저지를지 누가 압니까?"

"사실 그 두 사람, 이판사판 아닙니까? 화약고 같아요. 사소한 말 한마디에도 다시 폭발해서 우릴 날릴 것 같습니다. 그러니 말 건네기도, 접근하기도 무섭습니다."

"그럼, 그 사람들, 몸바사 도착할 때까지 묶어두면 어떻습니까?"

"묶어두든가 격리하던가 해야 합니다. 우리 선장한테 가서 그렇게 하도록 건의합시다."

선원들은 우르르 선장실로 몰려갔다. 선장은 제자리에 없었다. 바깥으로 나가 보았다. 선장이 뱃전에 서서 먼바다를 조용히 바라보고 있었다. 미동도 하지 않는 말뚝 같은 모습이었다. 선원들은 불평했다.

"사람이 죽었는데도 선장은 뱃전에서 한가하게 바다만 바라보고 있으니 대체 어쩌자는 거야. 바다에서 해결책이 나오는가?"

그러나 그들은 감히 선장에게 가서 말을 걸 용기를 내지 못했다. 선장의 흐트러짐이 없는 부동의 자세에는 범접하기 어려운 경건함이 있었다. 그들은 도저히 그 수수께끼 같은 경건함에 맞 설 자신이 없었다. 그들은 선장과 비교적 가깝게 지내는 오신우에게 부탁했다. 대표로 가서 그들의 의견을 전달해달라고 요구했다. 오신우는 조심스럽게 선장에게 다가갔다.

"선장님, 뭘 보고 계십니까?"

선장은 한동안 침묵을 지키더니 드디어 힘겹게 말문을 열었다.

"저 바다 어딘가에는 사람들이 싸우지 않고 평화스럽게 살 수 있는 나라가 있지 않을까?"

전에도 한 번 들은 말이었다. 선장은 그때나 지금이나 꿈을 꾸고 있는 것 같았다. 그러나 그 꿈꾸는 자세가 너무나 진지해서 방해하기가 어려웠다. 오신우는 아무 말 없이 물러났다. 선원들은 우우 몰려와서 물었다.

"선장님 뭐라고 하십니까?"

오신우는 그들을 보지도 않고 자기 숙소로 향했다. 선원들은 오신우의 등을 멍하니 바라보다가 일이 틀린 것을 알고는 엉뚱하게 기관사에게 가 화풀이했다. 배를 최대한 빨리 몰아 몸바사로 가자고 다그쳤다. 배는 그야말로 죽을힘을 다하여 달렸다. 그래도 느리다고 불평들 했다.

그런데 이상한 것은 두 조선족이었다. 둘은 너무나 대조적이었다. 장복수는 고개를 들지 못할 정도로 풀이 죽어있었으나 이종섭은 여전히 평상시와 다름없는 편안한 얼굴을 하고 있었다. 확신범이 목적을 이루고 나서는 그다음은 어떻게 되어도 좋다는 그런 느긋한 기분일까? 그는 이따금 미소를 지으며 다른 선원들에게 다가가 말을 걸고 싶어 했다. 그러나 그 웃음이 선원들에게는 웃음이 아니었다. 어두운 동굴에서 뿜어나오는 음기였다. 잘못하다간 그 음기에 말려들어 햇빛을 보지 못하는 명부로 떨어지지 않을까 불안했다. 그렇다고 대놓고 모른척할 수도 없는 노릇이어서 일부러 채낚시를 하면서 이종섭과의 상면을 피했다.

그러나 예외가 있었다. 김중달이었다. 그는 그 두 조선족과 잘 어울렸다. 식당 구석에서 따로 밥을 먹는 그들에게 일부러 찾아가 함께 식사했다. 그가 앉은 식탁에는 그의 손짓, 발 짓, 웃음이 무성했다. 밥이나 반찬도 부족할 때가 없었다. 그가 연신 주방을 들락거리며 얻어오기 때문이었다.

오신우는 그런 김중달을 물끄러미 바라보며 속으로 감탄했다. 자기도 그 두 사람과 어울려볼 생각을 했으나 마음뿐 선뜻 행동이 따르지 않는데 김중달은 아무런 스스럼없이 그들과 잘도 어울렸다. 그가 살인자를 앞에 두고 웃는 것을 보면 인간에게 희망이 있다는 엉뚱한 생각이 들기도 했다. 어쨌든 김중달 덕분에 배의 분위기가 한결 부드러워졌다. 선원들은 그가 두 사람과 잘 어울려 지내는 한, 사고가 재발할 위험은 없을 것이라고 안심했다. 그는 정말로 배에 없어서는 안 될 존재가 되었다. 그의 자리는 확고했다. 한번은 오신우가 김중달에게 일부러 물어보았다.

"김 형, 저 두 사람 무섭지 않소?"

"무섭기는 뭣이 무서워요?"

"그런 끔찍한 사건을 저질렀는데도?"

"에이, 사람은 충동적인 실수를 할 때도 있지 않습니까? 그 사람들도 같은 실수를 한 것입니다. 오 선생님, 사람의 마음이 기쁘면 그런 실수쯤은 눈에 들어오지 않습니다."

"김 형은 뭣이 그렇게 기쁜데?"

"저… 서울 여인한테서 편지를 받았는데요. 저를 사랑한답니다. 어쩌면 이번 항해를 끝내고 본국에 돌아가면 그분과 결혼할지도 몰라요. 그러니 제 마음이 기쁘지 않을 수 있어요!"

"아니 편지를 어떻게 받아요?"

"제가 일본 나가사키에서 편지 보내면서 몰디브 우리 협력사 주소를 알려주고 그 주소로 답장을 보내라고 했거든요. 몰디브에 우리가 내렸을 때 협력사에 가서 편지를 찾아왔지요."

"아 그런 일이 있었군요. 좋겠습니다."

"그럼요. 저는 요, 편지를 받고 자신이 생겼습니다. 제가 그런 사랑을 받을 만큼 대견한 사람이라니, 자신이 사랑스럽습니다."

그는 부끄러운 듯 싱긋 웃었다. 그 모습이 티 없이 맑았다. 김중달은 자신에 대한 사랑을 회복했다. 한 여인을 사랑함으로써 돌려받은 자애

(自愛)였다. 부러웠다.

　배는 일주일 정도 지나서 몸바사 영해에 이르렀다. 영해 안으로 들어
가자면 케냐 당국의 허가가 필요했다. 선장은 몸바사 협력사에 허가를
받아달라고 무선으로 부탁했다. 그런데 하루가 지나서 온 협력사의 회신
은 절망적이었다. 케냐 당국에서 입항을 거부하고 그냥 돌아가라고 한다
는 것이었다. 자세한 이유는 대지 않고 그저 외교적인 문제가 있어 곤란
하니 오지 말라고 한다는 것이었다. 부산 본사에 연락했더니 본사도 이
미 그 사실을 알고 있고 그 문제를 해결하기 위해 서울 외무부를 접촉 중
이라고 했다. 배는 영해 밖에서 오도 가도 못 하고 묶이고 말았다.

6

　서울 종합청사에 있는 외무부의 방 국장은 한국 원양어업을 외교적 차
원에서 다루는 실무총책임자였다. 그는 한 번도 보지 못한 손님 한 분을
기다리고 있었다. 금강해양수산의 박 사장이었다. 박 사장이 어제 전화를
하면서 다급한 면담을 요청했다. 자기들의 원양어선이 사고를 일으켜 외
교적 문제까지 연루되고 있으니 도와달라고 부탁했다. 아침 10시, 약속된
시간에 박 사장이 비서의 안내를 받으며 사무실로 들어왔다. 햇빛에 그을
린 얼굴과 건장한 체격에 어울리지 않게 많이 초췌해 있었다. 박 사장은
금강호의 선상 살인사건을 설명하고 그에 따른 문제점을 진술했다.

"몸바사 입항이 거부되면 우리 배는 시체와 범인만 싣고 빈 배로 돌아와야 합니다. 그렇게 되면 우리 배는 외국용선 이라 우리 회사는 망하는 거나 다름없는 큰 손해를 봅니다. 나라의 외화벌이에도 손실이 되지요. 이런 점을 고려하시어 케냐 당국으로부터 몸바사 입항 허가를 가급적 빨리 얻어주시기를 간청합니다."

"기항 허가를 받으면 다음은 어떻게 하실 계획입니까?"

"몸바사 항구에서 시체를 항공편에 옮겨 국내로 운반해 올 작정입니다."

"몸바사에는 우리 외교 공관이 없는데, 현지에 그런 일을 도와줄 만한 에이전트가 있습니까?"

"에이전트는 아니고 협력사가 있습니다. 그들의 도움을 받으면 현지 일은 별문제 없이 처리될 것입니다."

"조선족 범죄자도 한국으로 데리고 와 처벌해야겠지요?"

"그렇게 하는 것이 좋겠습니다만 그게 지금 외교적 문제가 되고 있으니 국장님께서 알아서 조치해주십시오."

"무엇이 외교적인 문제가 되고 있는지 아십니까?"

"저희는 모릅니다. 케냐 측에서 무조건 외교적 문제가 있으니 입항하지 말고 그냥 돌아가라고 한답니다. 국장님께서 현지 사정을 알아보시고 선처해주시기 바랍니다."

"알겠습니다. 최선을 다하지요."

박 사장의 다부진 인상으로 보아 그의 원양어업도 다부지게 밀어붙이다가 사고가 발생한 것이 아닐까 하는 의심이 들었다. 당시 그런 저돌적인 조업을 하다 해상 사고는 물론, 남의 나라 영해를 침입하는 사태까지 초래하여 국제적인 물의를 일으키고 있었다. 그 점을 박 사장에게 한 번

짚어주는 게 좋겠다 싶었다.

"박 사장님, 한국 원양어선이 국제협약을 위반하고 남의 나라 영해에서 불법조업을 한다는 비난이 있는 것 아시지요? 그뿐만 아니라 외국 선원의 인권을 유린한다는 국제적 비난도 있습니다. 이런 불미스러운 조업을 시정 하지 않으면 우리 원양어업이 성장할 수 없습니다. 이번 선상 살인사건도 인권 문제와 관련되어 있어 국제적 물의를 일으킬 수 있습니다. 그 점을 생각해 보셨나요?"

"조심하겠습니다. 이번 일은 정말로 송구합니다."

박 사장은 비서가 갖다 준 커피도 제대로 들지 못한 채 돌아갔다.

당시 원양어업은 국가적 차원에서 지원하는 외화벌이 전략 산업이었다. 따라서 박 사장의 해상 사고를 회사의 문제로 국한해서 처리할 수 없었다. 방 국장은 즉시 케냐 나이로비 주재 한국대사관에 지시했다. 케냐 측에서 무슨 이유로 입항을 불허하고 있는지 알아보고 대책을 건의하라고 촉구했다. 3일이나 걸려서 온 회신에 의하면 케냐 측에 그렇게 할만한 이유가 있었다. 케냐 외무부에서는 살인자가 중국 국적인 것을 알고 그곳 중국대사관과도 협의한 모양이었다. 중국 측에서는 범죄자가 자국민임으로 자국에서 처벌할 수 있도록 인도해 주기를 강력히 요구한다고 했다.

한편 한국 측에서도 한국 선박에서 자국민을 살해한 범인을 한국에 데려와 처벌해야 한다고 주장할 것이 뻔했다. 케냐는 양국과 돈독한 외교 관계를 유지하고 있고 또 양쪽으로부터 경제 원조를 받는 처지에서 어느 한쪽 편을 들어 처리하기가 곤란했다. 또 하나의 문제가 있었다. 범죄자가 일단 케냐 영토에 들어오면 국내법에 따라 재판을 해야 하는데 그럴 경우, 양국의 불만을 살 게 자명했다. 이런 난처한 딜레마를 모면하기 위해서 문제의 한국어선이 몸바사에 기항하지 말고 그냥 떠나주기를 바란다는 것이었다.

　방 국장은 숙고했다. 범죄자를 국내로 압송해 와 국내법으로 처벌하는 것이 국제법적으로도 정도였다. 그러나 그렇게 하면 그 무렵 한국외교의 대 전환을 이룬 치적으로 평가되고 있는, 중국과 맺은 외교 관계가 다시 틀어지거나 후퇴할 우려가 있었다. 결국, 문제는 국가의 주권적 권리를 수호할 것이냐 아니면 외교적 실익을 챙길 것이냐 하는 딜레마를 어떻게 해결할 것인가 하는 문제였다. 방 국장은 후자의 안을 가지고 법무부 측을 설득하여 그대로 확정지었다.

　사법부에는 외교 사안에 관해서는 외무부의 의견을 존중해주는 사법 자제의 원칙이 있다. 그 원칙에 따라 사법부가 외무부의 의견을 지지해준 것이었다. 방 국장은 다시 케냐 한국대사관에 지시했다. 중국 선원을 케냐 측에 인도해도 좋다, 그 후 문제는 그쪽에서 알아서 처리해도 무방하다, 다만 금강호가 빨리 입항하여 시신을 속히 한국으로 송환되도록 케냐 측의 협조를 얻어내라고 했다. 중국 선원을 알아서 처리하라는 데는 그들을 중국 측으로 넘겨주어도 묵인하겠다는 외교적 함의가 있었다. 다음 날 대사관으로부터 회신이 왔다. 케냐 측이 한국 측 제의를 수락했다는 것이다. 그리고 케냐 측에서는 예상대로 중국 선원을 배에서 곧바로 중국 측 외교관에 인도하기로 했다는 것이다.

　방 국장은 자기 생각대로 중국과의 외교적 마찰을 피하게 되어 한 시름을 넘겼다. 그러나 마음이 편치만은 않았다. 그는 책상에서 일어나 창가에 다가가 밖을 내다보았다. 저 아래 넓은 터에서는 새로운 고층건물들이 들어서고 있었다. 원래 그 자리에는 한옥들이 많이 있었는데 그것들을 모두 철거하고 현대식 건물로 대체하는 건설이 한창이었다. 세상이 많이 변하고 있었다. 나라 밖과의 관계도 변했다. 그렇게 적대적 관계에 있던 중국과 국교가 수립되어 그 나라와의 친선문제에 신경을 써야 할 처지가 되었다. 세상은 그처럼 변하고 있는데 과연 올바른 방향으로 변하고 있는가? 올바른 방향으로 변하려면 세계 어느 나라도 부정할 수 없는 보편적인 국제법과 정의가 세워져야 한다. 그러나 타국의 범죄를 국익과 상쇄하는 편의주의로 국제 규범을 다루면 법과 정의가 상대적인 가치로 타락되고 그렇게 되면 세계에 공정하고 평화로운 국제관계가 들어서기 어렵게 된다. 그걸 알면서도 아는 대로 행동하지 못 하는 자신이 못마땅했다.

금강호는 부산 본사로부터 다시 지시를 받았다. 외무부를 통해서 케냐 입항문제가 잘 해결되었으니 빨리 몸바사 항구에 들어가 사건을 수습하라는 내용이었다. 몸바사의 협력사도 같은 정보를 보내왔다. 선장은 배의 간부들을 모아놓고 본사의 지시 사항을 알려주면서 서둘러 입항하자고 독려했다. 마도로스 박이 불평하고 나섰다.

"두 조선족은 어떻게 한답니까?"

"케냐 측에 인도하라고 하네."

"그럼 두 사람 처벌은 어떻게 되는 겁니까?"

"케냐 측에서 알아서 처리하겠지."

"그렇게 되면 케냐 측이 중국에 인도할 것이 뻔한데 중국에서 처벌하겠습니까?"

"글쎄… 우리 정부가 결정한 것을 어떻게 하나."

"정부가 몰라라 하면 어로장의 한풀이는 누가 해줍니까?"

"…"

마도로스 박은 말 없는 선장을 한참 바라보더니 의자에 풀썩 주저앉아 푸념했다.

"'경건한 자, 유식한 자, 우리 앞에 나타나서 이러쿵저러쿵 정의를 밝혔지만 믿지 못할세라, 그건 모두 잠꼬대. 예언을 마친 그들 잠자리로 다시 드네.' 이 시를 읊은 페르시아의 시성 오마르 카이얌은 그래서 술로 인생을 지냈다고 합니다. 저도 술이나 마시러 가야겠습니다."

금강호는 몸바사에 입항한 후, 두 조선족을 케냐 측에 무사히 인도했다. 시신은 그 이튿날 아침 9시에 출발하는 케냐항공편에 실려 아랍 에미리트의 아부다비로 갔다가 거기서 대한항공으로 환적되어 서울로 간다고 했다. 마도로스 박은 자진해서 시신의 호송책임자가 되어 같은 비행기로 떠났다. 공항 출국장에서 송별 차 나온 동료들을 본 마도로스 박은 아무 말 없이 입에서 파이프를 빼내어 머리 위에서 흔들었다. 웃는 얼굴은 아니었다. 누군가 한마디 했다.

"저 사람 자기가 즐겨 부르는 '마도로스 박'의 한 구절처럼 '의리에 죽고 사는 바다의 사나이'이구먼."

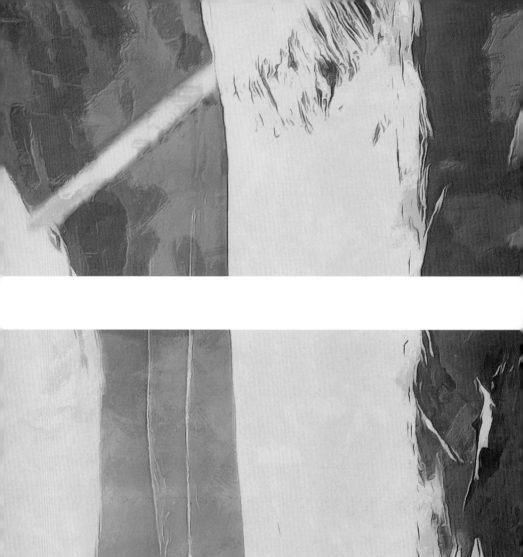
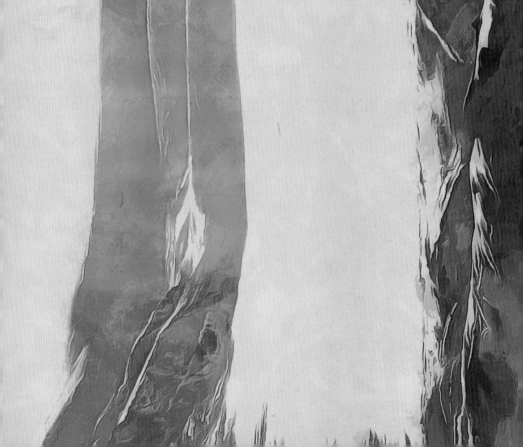

제3부　　　　　　　　타라와

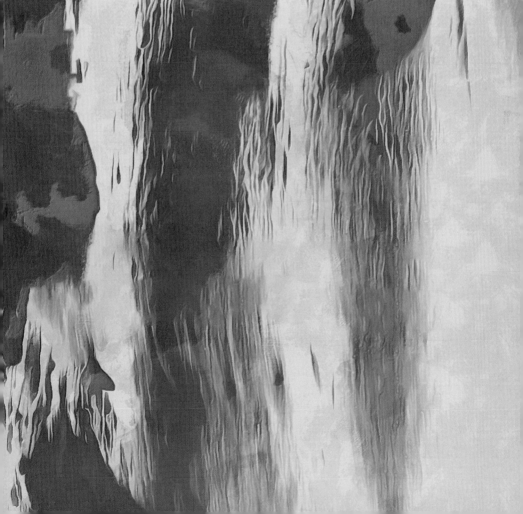

7

마도로스 박이 떠난 다음 선장은 선원들에게 휴식시간을 주었다. 시내를 구경하고, 오찬을 즐기고, 오후 6시까지 배로 돌아오라고 했다. 배는 오후 6시 30분경, 바다가 썰물일 때 떠난다고 했다.

몸바사는 남아프리카에서도 유명한 휴양지였다. 영국인들이 케냐를 식민지로 지배하면서 마음먹고 개발한 휴양지였다. 아름다운 서구식 건물과 편의점, 외양이 좋은 음식점들, 잘 꾸며진 공원들이 많이 들어서 있었다. 원주민보다도 서양 사람들이 더 많이 거리에 나다니고 있어 서구의 도시와 별 차이가 없어 보였다. 그런 풍광이 좋고 구경거리가 많은 곳에서 그간 배에서 쌓인 울적한 기분을 털어버리고 돌아오라고 선장이 선심을 쓴 것이었다. 그런데 선장이 정작 오신우를 데리고 간 곳은 휴식을 즐길만한 번화가나 공원이 아니고 시장바닥이었다. 시장 중에서도 철물점에 들러 톱, 대패, 끌, 망치, 대못 등 집 짓는데 필요한 장비를 샀다. 그런 것들을 어디에 쓰려고 사느냐고 물어도 그저 쓸데가 있다고만 했다. 사상누각이란 말은 들어봤어도 수상누각이란 말은 들어본 적이 없는데 어디다 쓰려고 그런 장비를 사는지 알 수 없었다. 그런데 이따금 바다를 줄기차게 바라보면서 뭔가를 골똘히 생각하던 선장을 생각하면 바다의 산호초나 또는 어느 섬에 누각을 세울지도 모른다는 생각이 들었다. 쇼핑을 끝낸 다음 오신우는 선장이 산 점심을 먹고 배로 돌아왔다.

오후 6시쯤 되자 선원이 다 돌아왔는데 한국 선원 두 명이 보이지 않았다. 귀선이 늦은 이종섭 때문에 호되게 데인 선원들은 또 같은 사건이 반복되지 않을까 안절부절못했다. 오신우가 협력사 사람과 함께 수소문해 본 결과 그들은 성희롱 죄로 경찰에 잡혀간 것이었다. 몸바사는 더운 지역이라 사람들, 특히 여자들은 대부분 비키니 차림으로 돌아다녔다. 두 선원은 멋진 수영복을 입은 두 서양 여인의 매끈한 몸매에 홀려 정신없이 뒤따르다 바닷가까지 간 모양이었다. 그곳에서 껌과 비스킷 등 안주와 맥주를 내놓고 함께 놀자고 치근거리자 발끈한 여자들이 두 사람을 치한으로 경찰에 신고하였다는 것이다. 오신우는 경찰서에 벌금을 물어주고 두 사람을 데려왔다. 배에 돌아온 그들은 입이 부르튼 동료들에게 변명하느라 진땀을 뺐다.

"이쁜 여자들을 좀 따라갔다고 죄가 됩니까? 제기랄! 그놈들, 인종 차별한 것입니다. 얼굴색이 다르다고 푸대접하는 것입니다. 이거 더러워서 원!"

"인종차별로 당신들 행동을 변명하지 마라. 경찰서에서 우리 모두를 싸잡아 욕했다면서! 한국 사람들은 예의도 모르는 사람이라고 했다며!"

"어이 자네들! 자기 푼수를 알아야지. 콧대 높은 서양 여자를 함부로 추근거리면 그 사람들 가만히 있겠나…"

"뭐야! 당신도 나를 무시하는 거야! 내 그건 말이야! 절대 서양 놈들한테 지지 않는단 말이여. 여자들이 그걸 한 번만 보면 인종차별이란 말은 쏙 들어갔을 것인데, 무조건 경찰에 신고부터 하니, 그건 한국 사람들을 무시하는 거여!"

　선원들은 와 일제히 웃었다. 그러나 그 호기로운 웃음은 길게 가지 않았다. 배가 떠나자 곧 쓴웃음으로 바뀌었다. 배에 있던 익숙한 네 자리가 비어 있는 탓이었다. 빈자리에서 찬 바람이 불어왔다. 그 자리에 있어야 할 어로장과 마도로스 박 그리고 조선족의 인적이 비어 있기 때문이었다. 자리가 비면 사람도 비는 것을 실감했다. 모두 자기 자리를 한 번 더 챙겨보았다. 허름한 대로 아직은 제 자리가 있는 것에 마음이 놓였다. 그러나 우울한 마음이 채 아물기도 전에 다시 우울한 소식이 왔다. 통신사가 와서 외치는 소리 때문이었다. 그는 한 장의 종이쪽지를 흔들며 큰일이 난 듯 외쳤다. 사실 큰일이었다. 본사로부터 라스팔마스로 가는 항해를 취소하고 가급적 빨리 부산으로 돌아오라는 지시라고 했다. 선장은 그 지시를 사실상 자신에 대한 해고통지로 받아들이고 기분이 언짢은 상태라고 했다. 풀이 죽은 것은 선원들도 마찬가지였다. 사고를 치고 빈 배로 돌아가면 자기들 자리가 없어지지 않을지 불안했다. 그들은 무슨 해결책이 없을까 오신우를 찾아가 상의했다. 오신우인들 별 뾰족한 수가 없었다. 선장을 찾아가서 상의했다.

　"선장님, 어떻게 하실 작정입니까?"

　"글쎄 어떻게 하면 좋겠나?"

　"선장님, 빈 배로 가면 박 사장님을 볼 낯이 없지 않습니까? 우리 타라와 해역에 가서 한탕 크게 하지요. 그곳에 참치가 많다면서요. 박 사장님이 주문한 일 만 오천 톤의 참치를 잡아갑시다. 현물로 바쳐도 좋고 아니면 나가사키에 들러 팔고 대금을 갖다주어도 좋고, 어쨌든 그렇게 해주면 궁지에 빠진 회사에도 박 사장님께도 어느 정도 도움이 될 것입니다."

　"음…"

선장도 별로 싫어하는 눈치가 아니었다. 그에 힘을 얻은 오신우는 선원 신상 문제도 덧붙여 강조하면서 타라와 행의 필요성을 강조했다.

"선원들은 빈 배로 가서 회사가 어렵게 되면 직장을 잃지 않을까 걱정이 태산 같습니다. 그 사람들을 위해서도 우리가 회사를 도와야 합니다."

오신우가 타라와행을 강권한 저의에는 개인적인 타산도 있었다. 그냥 돌아가면 애초에 가기로 한 타라와에는 갈 수 없는 것이었다. 속으로는 초조했다. 그런데 천만다행으로 선장은 오신우의 제안을 받아들였다.

"좋아, 타라와로 갑시다. 실은 나도 그 생각을 안 해 본 것은 아니오."

선장은 어로장을 대신하는 1등항해사를 불러 기관장에게 항로를 타라와 쪽으로 변경하고 이 사실을 선원들께도 알리라고 했다. 선원들은 일제히 반겼다.

선장은 오신우와 단둘이 남자 앞으로 바짝 다가왔다. 오신우는 의아했다. 무슨 말을 하려고 안 하던 행동을 하는지, 때가 때인지라 겁나기도 했다. 그러나 선장의 말은 의외였다.

"오신우 씨, 이 세상을 어떻게 보나? 내가 보기엔 전쟁터인데…."

선장의 뜬금없는 화두에 어리둥절해진 오신우는 한동안 말없이 그를 바라만 보고 있었다.

"전쟁의 주역은 우연과 필연 그리고 인간의 생명이야. 이 삼자가 각기 세를 규합해서 우위를 차지하려고 서로 얽히고 물리면서 싸우는 곳이 이 세상이야. 그런데 우연과 필연은 신적인 속성을 가지고 있기 때문에 막강한 힘을 가지고 있네. 따라서 이 양자와 싸우는 인간의 생명이 불리한 입장에 있지."

"…"

"우연은 어둠의 존재이기 때문에 항상 우리 몰래 우리의 뒤통수를 치는 유령 같은 존재야. 그것은 볼 수도, 예측도 할 수 없어 그것에 걸리면 인간은 청맹과니가 되네. 제 앞길을 찾아가기가 힘들지. 필연은 여러 불가역적인 이치로 나타나네. 이치는 자연의 등불이네. 인간의 이성은 그 작은 등불을 들고 우연의 어둠을 헤치고 나가지만 그 어둠의 영역이 너무나 넓고 깊기 때문에 제 갈 길을 찾기가 쉽지 않네. 그런데 문제는 이치도 인간에게 꼭 친화적인 것이 아니라는 거야. 이치는 생명을 한정하는 궁극적인 원인이지. 그러니까 인간의 죽음은 필연적인 이치네."

"…"

"한편 인간의 생명은 어떤가? 생명의 본질은 어떻게 해서든지 자체를 보존하고 영생하기를 바라네. 그러기 위해서는 의식주가 필요불가결하네. 그런데 우리가 한정된 의식주를 확보하려면 남보다 우위의 지위와 우위의 권력을 가져야 하네. 그런 현실적인 삶의 힘을 추구하는 생존의지를 아들러는 '우위 지위를 지향하는 의지'라고 했네. 그에 못지않게 인간은 자신에 대한 자존심을 갖고 있네. 자존심은 우리로 하여금 자신의 열등성을 극복하고 좀 더 나은 생명으로, 좀 더 우월한 존재로, 궁극적으로는 이종섭의 경우처럼 신과 같이 되려고 하는 의지이네. 바로 어로장은 '우위의 지위와 권력'을 추구하는 인물이고 이종섭은 '자신에 존재에 대한 자존심'을 지키려는 사람이야."

"…"

"이종섭의 경우는 더욱 딱하네. 남들이 다 자기를 미천한 사람이라고 하대해도 그게 바로 자신이기 때문에 포기할 수 없다는 자신에 대한 애착과 자존심, 그리고 언젠가는 자기 자신을 남 못지않은 의미 있는 인간으로 승화시키겠다는 '우월기개(優越氣槪)'가 강했네. 그런데 그 기개가 어로장에 의해 좌절되자 하나님까지 끌어들여 살인까지 한 것이네. 이 방향이 다른 두 생명의 의지가 화해를 못 하고 충돌한 것이 저번 배의 불상사였네."

"…"

"따지고 보면 지위에 대한 욕구나 자신에 대한 자존심은 모두 생명이 추구하는 생존보존 목적을 실현키 위한 하수인이야. 신도 마찬가지야. 인간이 끌어들인 그런 하수인의 하나야. 그러니까 생명에 집착하는 한 인간들은 싸울 수밖에 없어."

"…"

"그런데 말이야 결국, 죽을 인간들이 싸워서 뭣 하겠나. 인간이 단합해서 우연과 필연의 술수에 대항해서 싸워도 행복을 얻을까 말까 한데 인간끼리 싸워서야 되겠나?"

"그럼 어떻게 하면 인간들은 싸우지 않고 의식주를 해결하고 자존심을 지키면서 화목하게 살 수 있습니까?"

"필연과 우연, 인간의 생명 등 그런 상극적인 존재들이 하나로 융합되어 그 상극의 필요성이 해소되는 곳에 가서 살면 되지."

"그런 곳이 있습니까?"

"나는 있다고 믿네. 그러나 그곳에 가기 위해서는 과도기적으로 거쳐야 하는 곳이 있네, 우선 그 전초기지로 가서 여러 가지 수양을 싸야 하네."

"그게 어딘데요?"

"앞으로 알게 될 것이네. 자네 그곳에 나와 함께 가지 않겠나?"

"…"

배는 전속력을 냈다. 타라와 해역에 도착할 때까지 어로작업은 하지 않기로 했다. 빨리 가기 위해서였다. 다행히 바다의 기류가 도와주었다. 케냐에서 타라와까지 걸치는 해역은 적도 지역이었다. 그곳에는 저기압의 띠가 형성되어 바람이 약한 지역이므로 배가 저항을 덜 받아 잘 달릴 수 있었다. 다만 날씨가 덥고 낮과 밤의 온도 차가 적어 고역이지만 선원들은 강한 목적의식을 가지고 있었기 때문에 잘 참아냈다. 배는 동티모르, 파푸아뉴기니, 솔로몬 군도를 지나 보통 한 달 걸릴 거리를 20여 일만에 돌파, 키리바시의 '배타적 경제수역'에 들어섰다.

선장은 곧바로 참치 떼를 찾아 나섰다. 지루한 하루가 지나서야 바다 멀리에 한 무리 해조를 발견했다. 어군탐지기에도 붉은 반점이 어지럽게 나타나면서 2㎞ 전방에 참치 떼가 있는 것을 가리켰다. 배는 속력을 내어 그곳으로 갔다. 멀지 않은 곳에 참치 떼가 흰 물보라를 일으키고 있었다. 등지느러미로 물을 가르면서 또는 등을 활처럼 휘고 먹이를 쫓고 있었다. 그 위로 갈매기 떼들이 어지럽게 날았다. 가까이 다가갔다. 그런데 그놈들이 배가 오는 것을 눈치챘는지 속력을 냈다. 큰 참치 놈은 3m의 신장에 400㎏이 넘는 몸무게를 갖고 있어 힘이 좋았다. 그 큰 덩치로 힘을 내면 시속 100㎞의 순간 속도를 냈다. 그래서 '바다의 포르쉐'라고 불렸다. 잘못하다가는 놓치기 쉬웠다.

정신을 바짝 차리고 참치 떼의 뒤꽁무니를 따라갔다. 다른 해찰을 할 여유가 전혀 없었다. 그렇게 한참 동안 정신없이 맹렬히 뒤를 쫓았다. 갑자기 비가 오기 시작했다. 적도 지역에 하루에도 몇 차례 내리는 소나기였다. 참치 떼들이 빗속에서 먹이를 잡느라 속력을 줄이고 있을 때, 배는 앞으로 치고 나가 어망을 내렸다. 한 시간 정도 어망에 참치 떼가 들어오기를 초조하게 기다렸다. 비는 계속 내렸다. 2등항해사가 가만히 선장

곁으로 와서 속삭였다.

"선장님, 우리 지금 키리바시 영해 안에 들어온 것 같은데요."

"그래? 정말이야? 그렇다면 여길 빨리 빠져나가야지. 선원들에게 가서 서둘러 어망을 거두고 북서 방향으로 빨리 빠져나가자고 독려해주시오."

그때였다. 희뿌연 한 빗줄기 속 멀리에서 배 한 척이 보였다. 모양새가 어선은 아니고 경비선 같았다. 겁이 난 선원들은 서둘러 그물을 걷어 올린 다음 조업 현장을 빨리 벗어났다. 경비선은 한참 따라오다 보이지 않았다. 심한 비와 풍랑 때문에 속력을 못 내서 그런지, 아니면 배의 성능이 좋지 않아서 못 쫓아오는 것 같았다. 어쨌든 따돌린 것 같았다. 선장은 계속 손수 배를 운전했다.

한숨 돌린 기관장이 보기에는 배가 생각하는 방향으로 가고 있지 않았다. 의심이 들어 물었다.

"선장님, 먼저 일본 나가사키에 간다고 하지 않았습니까? 지금 그곳으로 가고 있는 것이 맞습니까?"

"…"

"우리, 잡은 고기를 나가사키에서 판 다음 부산으로 가는 거 아닙니까?"

"기관장, 1등항해사를 시켜 선원들 모두 휴게실에 모이도록 해주시오. 내 할 말이 있소. 기관장도 함께 갑시다. 키는 보조 기관사에 맡기시고."

선원들은 모두 휴게실에 모였다. 선장이 무슨 말을 할지 다들 궁금했다. 귀국 길에 하는 이야기임으로 선원들 신상에 관한 것이 아닌지 긴장했다. 선장은 굳은 표정으로 휴게실에 들어왔다. 한동안 찬찬히 선원들을 바라보다 말머리를 열었다.

"여러분들! 미리 말씀 못 들여 미안합니다만 우리는 지금 부산으로 가는 것이 아니라 신천지(新天地)로 가고 있습니다. 사람들이 근심 걱정 없이 편안히 살 수 있는 복된 땅으로 가고 있습니다."

선원들은 웅성거리기 시작했다. 서로를 쳐다보며 '이게 무슨 소리야, 신천지라니?' 하고 어리둥절했다.

운을 뗀 선장은 '거세 불안'이란 화두로 신천지와 지금까지 살아온 구세계를 비교하면서 신천지가 얼마나 살기 좋은 곳인지 설명했다.

구세계에서는 사람들이 제 명대로 살지 못하고 이 세상에서 거세당할지도 모른다는 잠재적인 불안에 시달린다. 왜 그러냐 하면 구세계에서는 생명을 유지하는데 불가결한 기본 재화인 의식주가 근본적으로 한정되어 있고, 있는 것도 남에 의존해서 얻어야 하므로 산다는 것이 기본적으로 불안정하기 때문이다. 그러나 신천지에는 의식주가 풍부하고 자율적인 해결이 얼마든지 가능하므로 그런 생존에 대한 불안을 가질 필요가 없다.

신천지에서는 꽃나무가 자라 꽃을 피우고 씨를 뿌려 다음 세대를 이어가듯이 사람들도 그런 자연의 이법에 자신의 생명을 맡기고 편하게 산다. 자연의 이법대로 살면 사람들의 본성은 악의 경향성에서 벗어나 천성으로 주어진 선한 면, 즉 이웃에 대한 동정심과 사랑을 스스로 발현하여 인정의 사회를 이룬다. 인정의 사회에서는 남이 나를 해칠까 걱정하지 않아도 되니 제명을 즐기며 산다.

또, 구세계의 사람들은 삶의 자리에서 거세당하지 않을까 늘 노심초사한다. 이종섭과 어로장처럼 사회에서 좀 더 나은 자리, 좀 더 높은 자리를 얻기 위해 폭력과 살인까지 하다 자신을 망치는 일이 많다. 자리싸움은 결국 좀 더 많은 의식주를 소유하기 위한 싸움이며 그게 만인대적과 불평등의 근본 원인이다. 그러나 신천지에는 생활의 재화가 풍부해 그런 자리싸움을 할 필요가 없다. 그래도 혹시 소유욕을 자극할까 봐 화폐를 사용하지 않는다. 그렇게 물욕의 굴레에서 벗어난 그곳 사람들에게는 소유의 경쟁에서 오는 탐욕, 분노, 적대심이 거의 생기지 않는다. 불교에서 말하는 그런 삼대 악의 고통으로부터 해방된 자유를 누릴 수 있다.

또, 구세계에서는 사람들이 국가권력이나 제도적 권력에 의해 사회에서 거세당하지 않을까 늘 불안하다. 그런 권력은 국가, 사회에 유용한 사람을 우대하고 쓸모없는 사람은 거세한다. 그런 차별적인 거세를 당하지 않으려고 사람들은 권력과 명예를 얻기 위해 싸우다 죄를 짓는다. 그러나 신천지에는 그런 사람을 차별하는 권력이 없다. 신천지는 주민 자치로 운영되는 곳이기 때문에 주민 모두가 공동체의 주인이며 권력이다. 모두가 주인임으로 비교우위가 아니라 '있음' 자체가 가치로 인정받는, 모두가 다 평등하고 없어서는 안 될 귀중한 존재다. 그곳에서는 너와 나가 하나이고 나와 공동체가 하나다. 하나인 세계에서는 모든 생활의 항목이 제각기 하나의 가치체계로 통일되어 있다. 거기에 둘로 분리된 이견이 없다. 다시 말해 상대적 가치는 없다. 하나로 절대화된 가치가 지배하는 사회에서는 생각의 다름과 그것에서 오는 다툼이 없다. 오직 정의와 평화만이 있다.

"…"

선장의 설명이 끝나자 한동안 무거운 침묵이 흘렀다. 그러나 선원들은 아무래도 의심쩍은 모양이었다. 한 사람이 침묵을 깨고 물었다.

"선장님, 그 신천지라는 곳이 하늘에 있습니까, 땅에 있습니까?"

"물론 땅에 있습니다. 섬입니다."

"섬이요? 그 섬 이름은 무엇입니까? 그리고 어디에 있습니까?"

"바나바(Banaba)라고 불리는 섬인데 우리나라 제주도 크기만 합니다. 이 섬은 키리바시공화국에 귀속되고 있는데 그 나라 수도가 있는 타라와섬에서 서쪽으로 1,000킬로 떨어진 외진 곳에 있습니다. 원체 멀리 떨어져 있고 주민이 300여 명에 불과해서 중앙정부의 간섭이 거의 없습니다. 주민 자치로 운영되는 섬입니다. 나는 이 남태평양에서 참치잡이 5년을 하면서 이 지역에 있는 여러 나라, 여러 섬을 다녀봐서 아는데 그중 바나바가 제일 살기 좋은 곳입니다."

"그 섬에서는 의식주가 문제없이 해결된다고 말씀하셨는데 그게 어떻게 가능합니까?"

"남태평양 섬들은 대개 산호초로 조성되어 있으나 바나바에는 산도 있고 넓은 땅도 많습니다. 그래서 식수도 풍부하고 경작할 옥토가 많습니다. 그러나 그런 땅을 경작할 인력이 태부족이기 때문에 우리가 가서 조금만 농사일을 하면 식량문제는 금방 해결됩니다. 그곳은 아열대 지역임으로 입성과 주택 문제는 걱정거리가 안 됩니다."

"그곳에서 생활은 어떻게 합니까?"

"그곳 주민들이 현재 사는 방식을 그대로 따라 하면 됩니다. 그들은 공동생활을 하고 있습니다. 공동으로 생산하고 생산물을 평등하게 분배합니다. 그러니까 그곳 생활에는 빈부의 격차가 없고 부정부패가 없습니다. 그곳에는 사유재산을 별로 쳐주지 않습니다. 개인 재산이 많다고 해서 더 잘 살고, 더 행복하고, 더 알아주는 사회가 아닙니다. 그보다는 사람들의 병을 낫게 해주는 의사나 공동생활을 윤택하게 해주고 즐겁게 해주는 문화적 기예와 지혜를 가진 사람, 예로 노래 잘하고 춤 잘 추는 사람들이 대접받고 사는 곳입니다."

"그래도 약이나 생필품 중 자체 생산이 안 되는 것이 있을 텐데 그런 것들은 어떻게 확보합니까?"

"바나바 주변 바다에 고기가 풍부합니다. 그걸 잡아 다른 나라에 팔면 돈이 생깁니다. 그리고 그곳에는 인광석 폐광이 있습니다. 원래 서양 사람들이 운영했는데 인력이 부족해 문을 닫았습니다. 우리가 복구해서 인광석을 다시 채굴하여 팔면 그것도 돈이 됩니다. 그런 돈으로 외부에서 필요한 물품을 구해오면 됩니다."

"선장님, 그곳에는 예쁜 여자를 차지하기 위한 경쟁도 없습니까?"

선장도 선원들도 빙그레 웃었다. 딱딱한 분위기가 갑자기 누그러졌다.

"그건 인간의 본성이니 당연히 있습니다. 그러나 경쟁에서 오는 폐해를 없애기 위해서 사랑하는 남녀는 우리 시골의 이장과 비슷한 자치장에 가서 사랑한다고 등록을 해야 합니다. 그러면 자치장은 그 사실을 공포하고 다른 사람이 그 등록된 여자를 탐내는 것을 금합니다. 탐내면 뭇매를 맞는 등 엄한 벌을 받습니다."

"선장님, 그곳에 가면 인종차별은 없습니까?"

"인종차별? 그런 거 없습니다. 거기 사람들이 순박하고 또 사람이 부족해서 사람을 그리워함으로 우리가 가면 오히려 좋아할 것입니다. 인종차별은 절대 없습니다. 더구나 우리가 가서 식량도 많이 생산하고 돈도 많이 벌어 원주민과 나눠 가지면 차별이 아니라 우대를 받을 것입니다."

"야! 그곳은 지상낙원 같은데요! 그런 곳이 참말로 있습니까?"

"선장님, 선장님 말씀은 그 섬으로 집단 이민 가자는 이야기 아닙니까? 그게 가능한가요?"

"여러분들이 불안해하시는 것, 충분히 이해합니다. 그러면 이렇게 합시다. 지금 바나바 섬에 다 왔습니다. 그러니 그곳에 한 번 가봐서 직접 알아보시고 마음이 들면 그곳에 정착하고 마음이 들지 않은 분들은 부산으로 돌아가면 됩니다. 어떻습니까?"

"…"

"여러분, 끝으로 한 말씀 더 하겠습니다."

그가 한 말은 이러했다. 지금까지 우리가 살아왔던 구세계는 근본적으로 두 상극적인 원리가 투쟁하는 구조다. 필연과 우연, 나와 너, 생과 사, 육신과 정신, 선과 악, 사랑과 증오 등이 동등한 자격과 권리를 주장하면서 걸핏하면 서로 반목하고 싸운다. 구세계의 종교들이 내세우는 신들도 마찬가지다. 오히려 그런 싸움을 조장한다. 두 원리 중 한 편을 편애하거나 돕기 때문이다. 이런 이원구조의 세상에서는 가치가 상대적이고 따라서 주장도 상대적이다. 그래서 충돌하고 싸우는 것은 필연이다. 그런데 이러한 구세계의 폐해를 해소하여 영원한 평화와 행복을 이루는 곳이 있다. 태일이 통치하는 나라다. 태일(太一)은 큰 하나다. 큰 하나란 말에는 심오한 의미가 있다. 이분법으로 갈라진 다(多)를 하나로 포용하고 화합하여 영구적인 평화를 이루는 일(一) 자의 존재를 의미한다. 따라서 태일은 상극적인 다의 세계는 물론 기존의 인격신들도 포용하여 화해하는 궁극적이 포월자(包越者)이다. 바나바는 태일의 나라로 가기 위한 과도기적 장소이다. 우리가 바나바에서 공동생활을 모범적으로 잘하면, 우리의 후손들의 영혼은 언젠가는 반드시 태일의 나라에 태어나 잘살게 될 것이다.

마지막 말을 할 때의 선장은 마치 신들린 무당 같았다. 천상과 지상을 이어주는, 하느님과 사람 사이의 소통을 매개해주는, 그리하여 듣는 사람으로 하여금 두 세계를 아울러 살 수 있도록 연을 맺어주는 영매 같았다. 그의 신들린 무술에 혼을 빼앗기 선원들은 잠시나마 신화에나 나올 법한 신천지에 몰입되어 그곳에서 자기 나름의 안락한 삶을 설계해 보고 행복해했다. 그러자 그 환상의 세계가 현실일지도 모른다는 생각이 들었다. 한번 가서 확인해 보고 싶은 마음이 들었다. 그리고 배가 바나바 섬에 다 왔다고 하니 이왕 이렇게 된 바에야 한 번 들러 사정을 알아보는 것도 나쁘지 않겠다는 생각을 했다.

오신우는 그제야 그간 선장을 둘러싼 신비가 풀리는 것 같았다. 이따금 바다를 바라보며 명상에 잠기던 일, 몸바사에서 건축 도구를 사던 일, 사람들이 싸움을 하지 않고 사는 곳이 있다고 한 사실, 이런 것들이 모두 신천지를 생각에 두고 한 말이고 행동이었다. 그런데 오신우는 선장의 신천지가 혹시 타라와가 아닌가 하는 생각이 들었다. 진정으로 그러기를 바랬다. 선정한테 가서 물어보았다.”

"선장님 그 바나바라는 섬이 혹시 타라와 아닙니까?”

"아니야, 달라. 아까도 말했지만, 바나바에서 타라와까지는 약 1,000 킬로 떨어져 있어. 그러나 거기에도 바나바의 혼이 살아있을 거야.”

"선장님 정말로 바나바에서 사실 작정이십니까?”

"나는 구세계에서 권력과 지위를 쫓다가 파탄 난 사람이네. 헛된 삶을 산 거지. 이제 그런 미망의 삶을 완전히 청산하고 자연과 함께 사는 단순하고 소박한 생활을 하고 싶어. 그래서 그 섬으로 가고자 하는 거지.”

"...”

"그리고 이건 자네한테만 이야기하는 것인데, 바나바에는 내 뿌리가 있네.”

"뿌리라니요?”

"음, 내 하나 있는 아들 녀석도 원래 선원이었는데 타라와섬에 자주 드나들다가 그곳 여인과 결혼했지. 그래서 낳은 손자가 그 후 어머니와 함께 바나바에 이주해 가서 사네. 아들은 고기 잡다가 바다에 빠져 죽고 지금은 며느리가 그 손자를 기르며 고생하고 있네. 내가 가서 돌봐주어야 하네. 그뿐만 아니라 바다에서 사는 아들의 영혼도 돌봐야 하네. 손자는 내 아들을 이은 내 뿌리야. 그 뿌리가 잘 자라 내 존재를 이어가야 하네. 내가 지금은 영락한 신세지만 내 뿌리가 언젠가는 나에게 생명을 준 그 원의지(元意志)를 빛내줄 것으로 믿네."

"아, 그런 사정이 있었군요. 저도 솔직히 말씀드리자면 타라와에 비슷한 사정이 있습니다. 그래서 묻는 건데요, 바나바에서 타라와에 가는 교통편이 있습니까?"

"응, 있어. 가끔 화물선도 있고 어선도 있지. 그런데 타라와에 같은 사정이란 게 어떤 것인가?"

오신우는 빙긋 웃고 그 이상의 말을 삼갔다. 그는 자기 침대에 돌아와 누웠다. 마음이 들떴다. 선장이 꿈꾸고 있는 이상사회는 지렁이가 가고자 하는 곳이 아닐까? 그런 생각을 했다. 선장과 자기는 마음도 한배를 탄 것 같았다. 선장이 정답게 느껴졌다.

배는 황혼 무렵 바나바 항구에 도착했다. 서양 사람들이 인광석을 실어 나르기 위해 만든 선착장에 기착했다. 선장은 그날 밤은 육지에 나가지 말고 선내에서 자라고 했다. 밖에는 숙박 시설이 없고 공회당이 있지만 그걸 이용하자면 미리 그곳 자치장의 양해를 얻어야 하는데 오늘은 늦어 그럴 시간이 없다고 했다. 내일은 바나바 자치장을 찾아가 인사를 하고 정착문제를 협의할 것이라고 했다. 그런 다음 섬도 둘러보면서 살 방도를 궁리해 보자고 했다. 모두 선장의 말을 따랐다. 저녁을 끝내고 자기 침대에 돌아온 오신우는 아무래도 선장의 거취가 궁금했다. 그의 비서격인 실습생을 찾아가 선장이 방에 있느냐고 물었다. 아니나 다를까 선장은 없었다. 돌아온다고 하면서 홀로 뭍으로 나갔다고 했다. 그의 손자를 만나러 간 것이 틀림없었다.

그 이튿날 아침 먼동이 틀 무렵이었다. 멀리서 빵빵, 뱃고동 소리가 몇 번 울렸다. 금강호에서 나는 소리는 아니었다. 밖을 내다보니 배 한 척이 이쪽으로 쏜살같이 달려오고 있었다. 여느 배가 아니었다. 돛대에 달린 기가 달랐다. 바다 수평선에 해 뜨는 문양을 한 키리바시 국기를 펄럭이고 있었다. 타라와 경비선이었다. 어제 빗속에서 따라오다가 사라진 그 경비선이 틀림없었다. 자세히 보니 경비선에는 여러 명의 경비원이 총구를 겨누고 금강호 쪽으로 공포를 쏘았다. 어제처럼 도망가기에는 너무 늦었다. 모두 겁난 눈으로 다가오는 경비선을 바라만 보고 있었다. 금강호에 곁을 댄 경비선으로부터 무장 군인 여섯 명이 나와 총을 겨누고 금강호로 바꿔 탔다. 선장을 앞장세워 선원들을 휴게실에 집합시켰다. 군인들은 어제부터 금강호를 추적해 왔다고 했다. 금강호가 무단으로 키리바시 영해를 침입하여 불법 어로를 했음으로 수도가 있는 타라와로 가 법의 심판을 받아야 한다고 했다. 총구 앞에서는 달리 손을 쓸 도리가 없었다. 순순히 끌려갈 수밖에 없었다. 선원들은 선장의 그럴듯한 말에 홀려 화려한 무릉도원에서 꿈을 꾸다 깬 것 같은 허망한 기분에 사로잡혔다. 딱딱한 배 바닥이 어느 때보다 차갑고 거칠었다.

금강호는 경비선의 호위를 받으며 그 이튿날 정오경 타라와섬의 남단에 있는 베티오 항구에 도착했다. 선원들은 거기에 대기하고 있는 경찰 트럭에 실려 내지에 있는 구치소로 이송되었다.

8

피지에 주재하는 한국대사관의 문 대사는 서울 외무부의 방 국장으로부터 한 통의 다급한 전화를 받았다. 문 대사는 긴장했다. 통신망도 아니고 전화로, 그것도 다급한 말머리로 봐 큰 문제가 발생한 것을 직감했다. 과연 방 국장의 전화 내용은 심각했다. 키리바시 정부가 한국 원양어선 금강호와 선원을 억류하고 있으니 빨리 현장으로 가서 사정을 알아보고 조속히 모두 석방해오라는 지시였다.

문 대사는 외교상 키리바시도 겸임하고 있어 그곳의 일도 책임지고 있었다. 문 대사는 즉시 키리바시의 외무성 차관에 전화를 걸어 방 국장의 전화 내용을 확인하고 이어 차관과 대통령 예방 일자를 정했다. 대통령은 외무부 장관을 겸임하고 있었다. 문 대사가 쉽게 그쪽의 최고위 인사와 면담을 약속할 수 있었던 것은, 평소 양국 간의 협력, 주로 어업협력을 추진하는 과정에서 그들과 두터운 친분을 쌓았기 때문이었다. 피지는 키리바시 사람들이 대륙을 가고 올 때마다 반드시 거쳐야 하는 관문이었다. 키리바시의 대통령을 비롯한 고관들이 피지를 경유할 때마다 문 대사는 공항에 나가 영접하거나 호텔에 찾아가 접대해 주었고 그런 외교적 접촉 노력으로 그쪽의 장관급 인사는 거의 다 잘 알고 지내는 사이였다.

문 대사는 피지의 나디국제공항에서 피지 항공기를 타고 타라와 여행길에 올랐다. 비행기는 뜨자마자 바로 남태평양 상공에 올라섰다. 흰 구름 사이로 내려다보이는 드넓은 푸른 바다는 아름다운 바다이기 앞서 한국 원양어업의 앞마당이었다. 한국의 식탁에 오르는 참치는 거의 다

이곳에서 잡아 왔다. 한국은 1980년 12월, 키리바시와 어업협정을 맺은 이래 매해 연 200여 척의 어선을 투입하여 조업하고 있었다. 해마다 다르지만 그때는 1척당 1만 8천 불의 입어료를 냈다. 한국이 내는 입어료는 키리바시 정부에게는 큰 재정수입이 되었다. 그런 이유로 키리바시 측에서 이번 사건도 원만히 해결해 주지 않을까 하는 기대를 해보았다. 어쨌든 이번 여행은 자신의 외교적 역량이 시험대에 올려진 것 같아 긴장되었다.

3시간 정도 비행했을 때, 저 아래로 검푸른 섬이 보였다. 타라와섬에 다 온 것이었다. 섬이 마치 옥색 가락지를 끼고 있는 듯, 연 푸른 우유색 바닷물이 섬을 둘러치고 있었다. 얕은 바다에 퇴적된 산호초의 석회질 유해(탄산칼슘)가 햇빛을 빨아들였다 발산하면서 바닷물을 그런 아름다운 색으로 물들이고 있었다.

항공기는 섬 북쪽에 있는 본리키 국제공항에 도착했다. 국제란 말을 붙이기가 쑥스러울 정도로 초라한 공항이었다. 모래로 덮여 바닥이 잘 보이지 않은 활주로에 용케 비행기가 착륙했다. 가슴을 쓸어낼 정도로 다행이다 싶었다. 그런 위험을 무릅쓰고 온 서양 사람 오십여 명이 비행기에서 내렸다. 그들은 타라와에서 수출용 진주 양식장을 운영하든가 또는 도로 등 인프라를 구축하기 위한 국제원조기관의 사람들이라고 했다.

승객들은 비행기 꽁무니에 내려놓은 자기 짐을 직접 찾아 끌고 청사로 가야 했다. 공항청사란 게 한국 시골의 허름한 농협창고 수준이었다. 입국 심사 대가 하나뿐이어서 서류 수속이 한없이 느렸다. 청사 내에는 면세점이 없고 밖에 대여섯 개의 허름한 가판대가 있는데 주로 수입한 싸구려 옷가지와 장신구 그리고 바나나 등 농산물을 팔고 있었다. 공항 전체가 서구식 공항을 흉내 내려고 애쓰고 있지만 너무나 힘에 부친 모습이었다.

문 대사는 마중 나온 호텔 차를 탔다. 차는 섬 남쪽으로 달렸다. 타라와는 작은 섬이다. 북쪽 끝에서 남쪽 끝까지 자동차로 시속 60㎞ 속도를 놓고 달려 한 시간 거리다. 섬 중앙을 관통하는 2차선 도로가 있는데 일본이 2차 대전 초기 2년간 점령하고 피해를 준 보상으로 만들어준 도로라고 했다. 도로가 여기저기 파여 있고 거기에 빗물이 고여있어 차가 달리는데 고역이었다. 물이 고이는 것은 육지와 바다가 거의 같은 평면에 이어져 있어 빗물이 바다로 빠져나가지 못해서 생긴 현상이라고 했다.

길가에서 조금 안으로 들어간 곳에, 원주민들이 사는 원두막 집들이 다닥다닥 붙어있다. 억새풀로 지붕을 이은 원두막 중턱에 통나무로 얼기설기 엮어 만든 귀틀 마루를 놓고 그 위에 아랫도리에만 헌 옷을 걸친 검붉은 사람들이 맨발로 나른히 누워있다. 마루 아래에서는 돼지, 닭들이 들락거리면서 사람들이 버리는 음식 찌꺼기를 받아먹는다. 사람과 동물들이 함께 사는 것이다. 생명이 돼지 옷을 입으면 돼지요, 사람 옷을 입으면 사람이다. 생명의 격이 초라 하지만 그런대로 투박한 생명의 공동체를 이루고 평화스럽게 살고 있다.

그곳 주민들을 제일 즐겁게 해주는 것은 하늘 높이 솟은 야자수와 그 끝에 길게 뻗어 내린 무성한 잎사귀다. 원주민들은 야자수 그늘에 앉아 코코넛 과육과 말린 것(코프라), 바다에서 잡은 고기를 먹으며 생활한다. 그런 자연과 함께하는 공동체 생활에서는 너와 나의 구별이 없이 모두 한 가족의 일원으로 살았다고 한다. 그런 자연 공동체 생활이 서구의 상업 문화가 들어오면서부터 개인 이기주의로 와해되고 자기 것을 먼저 챙기게 되었다고 한다. 그런 이질적인 변화 현상은 그들이 사는 집과 입성에서도 나타나고 있다. 길가에는 이따금 서구식 건물을 어설프게 흉내 낸, 시멘트벽에 슬레이트 지붕을 인 단층집들이 있다. 그런 집에 사는 사람은 수입한 옷을 입고 구두를 신고 있다. 자동차를 소유한 자도 있다. 그들은 귀틀집에 사는 사람과는 완전히 다른 족속이다. 이렇게 도입된 서양 상업문화는 개인 간의 빈부격차를 유발하고 그에 따른 사회적 갈등을 조성하고 있다고 한다.

특히 서양의 소비문화는 원주민의 소비 욕구를 높여 놓고 있으나 그렇게 부풀린 욕구를 현실적으로 충족하기 어려워 생활에 대한 불만이 쌓여가고, 그리하여 본래 자연 속에서 길러진 원주민들의 정신적인 풍요가 물질적 빈곤의식으로 타락되어 가고 있다고 한다. 그리고 이런 물질적 빈곤의식은 타라와 사람들을 점차 서구 사회에 예속하도록 만들고 있다고 한다.

한 30분 달리자 우측으로 잘 정리된 정원에 높이 솟은 탑이 보였다. 2차대전 초기, 미군이 일본군으로부터 타라와 섬을 탈환하기 위해 벌인 전투에서 희생된 1,100명의 미군 병사들을 추모하기 위해 세운 위령비였다.

타라와는 대륙에서 수만 리 떨어진 태평양의 작은 고도다. 경제, 안보 면에서 대륙 세력인 미국, 일본에 전혀 위협이 되는 나라가 아니다. 또 미·일의 다툼에 관여할 이권도 힘도 없는 나라다. 그런데도 미·일은 타라와를 점령하기 위해 이곳에서 대판 전쟁을 일으키고 자기 국민뿐만 아니라 한국과 같은 다른 약소국가의 사람을 강제로 끌고 와 전쟁에 몰아넣어 죽였다. 제국주의의 민낯이 그대로 드러난 곳이었다. 그런 제국주의 행태는 타라와의 소박한 원시공동체의 순수한 삶의 양식을 파괴하고 그 자리에 '힘만이 정의다'라는 영악한 삶의 방식을 대입시킨 것이다. 정의의 관념을 이욕의 도구로 전도하여 추구하는 인류에게 과연 희망이란 게 있을까? 문 대사는 타라와에 올 때마다 스산한 전흔을 보고 그런 의구심이 들었다.

차는 행정과 상업의 중심구역인 바이리키에 도착했다. 그곳에는 둥근 광장을 중심으로 남쪽에는 대통령 집무실 겸 외무부 청사와 대통령 관저가 있고 북쪽에는 은행, 상점, 음식점이 있다. 동쪽에는 다른 부처 건물과 도서관, 문화 시설이 있다. 문 대사는 북쪽 상업지역에 있는 '타라와 부티크호텔'에 숙소를 정했다.

문 대사는 우선 한국 선원들을 만나보기 위해서 감옥으로 갔다. 감옥은 대통령 집무실로부터 우측으로 100여 m 떨어진 곳에 있었다. 그곳에는 관목이 많고 민가도 댓 채 있었다. 민가 속에 감옥이 들어앉아 있는 것을 보면 타라와 사람들은 아직도 감옥을 민가의 일종으로 보는 천진성을 지닌 듯했다. 감옥은 길게 뻗은 장방형 단층건물인데 회색 슬레이트 지붕을 하고 있고, 파란색이 벗겨진 흙벽 군데군데에 쇠창살 문이 나 있었다. 높은 벽으로 둘러친 감옥이 아니라 흔히 있는 집을 약간 개조한 건물이었다. 감옥 안은 큰 방 하나로 되어있는데 민 마루만 길게 깔려있었다.

한국 선원들은 마루의 한쪽 구석에 말아놓은 이부자리를 베고 있거나 앉아 있다가 어색한 표정으로 손님을 맞이했다. 그 손님이 문 대사인 것을 알고는 모두 고개를 떨구었다. 그들은 죄수복이 아니고 입던 양복을 그대로 입고 있었고 행색이 초라 하지만 건강에는 별 이상이 없어 보였다.

선원들은 문 대사와 눈 마주치는 것을 피했다. 특히 선장은 고개를 쳐들지 못했다. 그저 죄송하다고만 했다. 몇 마디 물어도 대답을 못 했다.

1등항해사가 나서서 설명했다. 그들은 영해를 침범하는지 몰랐다고 했다. 설사 침범을 했다 해도 그건 고의가 아니고 고기를 쫓는데 몰두하다가 그렇게 된 것이라고 했다. 그런 사정을 대통령에게 잘 말씀드려 선처를 구해달라고 부탁했다.

문 대사는 약속된 시간에 외무성 건물의 2층에 있는 대통령 집무실에 갔다. 대통령과 외무차관이 기다리고 있었다. 문 대사는 우선 금강호 사건으로 폐를 끼쳐 죄송하다고 사죄부터 했다. 대통령은 "문 대사님, 그런 불행한 일로 만나게 되어 유감입니다."라고 말하면서도 문 대사와 다정한 악수를 했다. 큰 체구에 잘생긴 얼굴을 한 그는 호감이 가는 인물이었다. 키리바시 사람은 평균적으로 한국 사람보다 체격이 큰 미크로네시아족이다. 피부색이 적갈색이지만 옷만 잘 입히면 허우대가 다른 민족에게 떨어지지 않는다.

문 대사는 실수로 영해를 침범했다는 선원들의 입장을 설명하고 선처를 부탁했다. 그러자 대통령의 태도가 변했다. 대통령은 실수가 아니라 고의성이 있다는 여러 증거를 가지고 있다고 하면서 법대로 처리를 할 수밖에 없다고 했다. 특히 어업으로 생계를 유지하는 나라에서는 그런 불법 어업은 엄벌할 수밖에 없다고도 했다.

"사법 조치는 언제쯤 이루어집니까?"

"문 대사님, 우리나라에는 판사가 없습니다. 그래서 호주 판사를 2개월에 한 번씩 데리고 와 재판을 합니다. 곧 그 절차에 들어갈 것입니다."

"그러면 재판이 끝날 때까지 오랜 시간이 걸릴 것인데 선원들만이라도 석방해 주실 수 없습니까? 선처해주시기 바랍니다."

한동안 찻잔을 만지작거리며 생각하던 대통령이 말했다.

"그 문제는 우리 내부에서 좀 더 검토해 보고 내일쯤 그 결과를 알려 드리겠습니다. 문 대사님과의 친분을 고려하고 또 한국과의 좋은 관계를 참작하여 가능한 한 좋은 방향으로 처리하겠습니다."

"감사합니다."

"그런데 그들이 왜 바나바에는 갔다고 합니까?"

"그곳이 살기 좋은 곳이라 정착할 수 있는지 알아보려고 들렸다고 했습니다."

"그런 일이라면 우리 정부와 사전에 협의해야 하는데…"

이튿날 문 대사는 외무차관을 그의 사무실에서 다시 만났다.

"대통령께서 문 대사님을 배려해서 특단의 조치를 하셨습니다. 배와 선장만 재판이 끝날 때까지 억류하고 나머지 선원들은 즉각 석방하겠습니다."

"선장 석방은 안 됩니까?"

"어렵습니다. 그분은 총책임자이니 응분의 대가를 치러야 합니다."

"그런데 앞으로 판결이 어떤 내용으로 귀결될 것 같습니까?"

"전례에 비추어 배는 몰수되고, 선장은 징역을 살고, 일정한 벌금을 물어야 할 것입니다."

"벌이 과한 것 같습니다. 선장도 벌금을 물고 풀려날 수 없겠습니까?"

"문제 해결을 위해 내가 하나의 아이디어를 제공하겠습니다. 한국 정부 측에서 만족할만한 보상책을 제시하여 빅딜을 하는 것이 좋을 것 같습니다만."

"빅딜이라고 하면?"

"그건 앞으로 협의할 문제입니다만 우선 생각할 수 있는 것은 한국 정부에서 무상원조를 대폭 증가해 주는 것입니다. 아시다시피 우리나라의 제일 큰 문제는 수면이 올라와 육지가 바다로 가라앉는 지각변동입니다. 이를 방지하는데 필요한 기술과 자금을 지원해주는 방법을 우선 적으로 고려해 주시기 바랍니다."

"알겠습니다."

선장을 제외한 23명의 선원은 그날 오후 석방되었다. 풀려난 선원들은 바이리키의 윗마을에 있는 '피마로지호텔'에 투숙했다.

다음 날, 문 대사는 외무차관의 협력을 얻어 피지 항공사에 대사관 명의로 보증을 서주고 항공표를 산 다음 선원들을 비행기에 태워 피지로데리고 왔다. 피지에서 하룻밤을 묵게 하고 다음 날 대한항공편으로 서울로 보냈다. 당시 대한항공이 주 1회 피지를 왕복했다.

문 대사는 피지로 돌아온 후 본국에 차관이 말한 빅딜을 적극적으로 고려해 줄 것을 건의했다. 그때까지 한국 정부는 '한국국제협력재단'을 통해 22만 불 상당의 차량, 농기구를 원조했고, 1명의 어로기술연수생을 부산으로 데려와 수학시켜준 적이 있었다. 이런 무상원조를 대폭 늘려 타라와섬의 침수 현상을 방지하는 데 지원해주고 여유가 있으면 타라와에 선원학교를 건립해주는 방안을 긍정적으로 검토해 줄 것을 건의했다. 이 두 프로젝트는 타라와 정부에게는 대단히 긴요한 사안임으로 잘 되면 금강호 문제의 해결뿐만 아니라 앞으로 양국의 어업협력 증진에도 큰 도움이 될 수 있음을 지적해 주었다.

9

타라와 감옥에서 풀려난 선원들은 부산에 돌아와 금강해양수산 사무실에 모였다. 배가 없으니 선원으로서는 설 자리를 잃은 셈이었다. 박 사장은 자신의 손실을 보전해주기 위하여 선원들이 타라와 해역까지 가서 조업하다 잡혀 고생한 사실을 감사하게 생각한다고 했다. 감사의 표시로 박 사장은 한 달 분 월급을 선원들에게 주면서 당분간 쉬라고 했다. 조업을 재개하면 불러주겠으니 각자의 주소를 사무실에 남겨놓고 가라고 했다. 곤경에 처해 있는데도 고용원들을 배려하는 박 사장을 본 선원들은 별 불만이 없었다. 언젠가는 다시 함께 일할 기회가 올 것이라고 기대했다. 오신우도 같은 생각을 했다. 박 사장의 기백으로 보아 그는 반드시 재기할 것으로 생각했다. 박 사장은 오신우 보고는 따로 보자고 했다.

"오신우 씨, 이번 사건으로 우리 회사는 큰 위기에 처했네. 어쩌면 좋겠나?"

"…"

"금강호가 문제야. 그 배는 영국회사로부터 용선한 배인데 타라와 정부가 몰수하면 큰일이네. 큰 배인데 다 최신 장비를 갖춘 배라 뱃값이 비싼데 나에게는 물어줄 여력이 없어. 무슨 좋은 수가 없을까?"

"피지에 계신 문 대사님, 그분은 우리 일에 열심히 협조해 주시고 또 그쪽 대통령을 비롯한 고위인사와 친분이 두터운 것을 보았습니다. 그분을 통해서 외교적으로 해결하는 방법을 찾아보는 것이 좋지 않을까요?"

"그것도 한 방법이지만 시간이 오래 걸리고 또 경비도 많이 드는데… 내가 적당한 대책을 더 연구해 보겠네. 그런데 오신우 씨, 이제 어떻게 하겠나?"

"글쎄요…"

"나 이대로 죽지 않아. 반드시 재기할 거야. 오신우 씨, 어디를 가던 나에게 연락처를 알려주게. 우리 또 함께 일할 꺼야. 연락할게."

오신우는 갈 데가 없었다. 전에 투숙했던 여관을 찾아가 몸을 풀었다. 가만히 놀고 있을 수 없었다. 타라와에서 조업하는 어선 회사가 있는지 알아보기로 했다. 부산진에 있는 '한국원양산업협회 부산지부'를 찾아갔다. 그곳에 등록된 원양어업회사, 특히 타라와에 입어료를 내고 어선을 투입하는 회사의 명단을 얻었다. '남북수산' 등 댓 개 있었다. 전부 방문하여 선원으로 받아줄 수 있는지 알아보았으나 모두 기다려보라는 신통치 않은 대답뿐이었다. 선원이 된다는 게 간단치 않은 것임을 그때 처음 알고 박 사장에게 새삼 감사했다.

며칠을 허비하고 있는데 서울에 있는 김중달로부터 숙소로 전화가 왔다. 일주일 후 결혼하니 참석해주면 고맙겠다고 했다. 만사 제치고 일자에 맞추어 서울로 올라갔다. 결혼식은 가톨릭 신자인 신부의 집이 서울에 있기 때문에 서울 정동교회에서 조촐하게 치러졌다. 신부 측은 부모가 없어 오빠가 혼주로 나왔다. 그는 국회 전문위원이라고 했다. 그쪽은 뼈대가 있는 집안이라 그런지 하객이 꽤 나왔으나 신랑 측은 적었다. 집이 군산인데 다 재혼이기 때문인 것 같았다.

오신우는 교회 신부의 엄숙한 축사를 마음속으로 되뇌며 친구의 장도를 빌어주었다. 그런데 결혼식장에 들어오면서부터 느낀 것이었지만 말쑥한 신사 정장 차림을 한 김중달은 벌써 선원이 아니고 도시 사람이었다. 결혼식은 그의 개심을 축하하기 위한 의식이었다. 그는 바다에는 불귀의 객이 되었다. 그와 반대로 오신우 자신은 다시 육지의 사람은 될 수 없다고 생각했다. 결혼식에 온다고 양복 차림을 했지만 그게 영 자신에 는 어울리지 않아 어색했다. 그뿐만 아니라 하객들과 식장의 도시 분위 기가 영 낯설고 불편했다. 자신은 바닷사람이 다 되었다는 느낌이 들었 다. 속히 바다로 돌아가야겠다고 생각했다.

오신우는 서울에 온 김에 양재동에 있는 한국원양산업협회에 들렀다. 협회에 등록된 남태평양 원양어업 회사 명단을 얻고 이곳저곳 찾아다니 며 취직원서를 제출했으나 기다리라는 유보 통지를 받고 쓸쓸히 부산으 로 돌아왔다.

10

문 대사가 타라와에 다녀온 지 한 달쯤 되었을 때였다. 서울에 있는 'ABS TV' 방송사로부터 전화가 왔다. 금강호 사건을 계기로 타라와 근해 에서 이루어지고 있는 한국 원양어업의 현황, 양국 간 어업협력 관계, 금 번 사건에 대한 현지인들의 반응 등을 알아보기 위해 그곳에 취재반을 파견코자 하니 타라와 관계기관의 협조를 얻어달라고 요청했다. 문 대사 는 타라와 외무성 차관에게 전화로 부탁했다.

일주일이 지나서 차관으로부터 연락이 왔다. ABS 취재팀이 왔다 갔는 데 어딘가 수상하다고 했다. 그들이 와서 어업과 관련한 취재는 시늉만 하고 배가 억류된 베티오 항구에 주로 머물면서 항구의 지형, 바다의 물길, 기상, 주변 환경 등을 열심히 점검하고 갔다는 것이다. 왜 그러고 갔는지 알 수 없다고 하면서 불평했다. 그러나 ABS팀이 문 대사를 만나지 않고 자기들끼리 왔다 갔기 때문에 그들의 의도와 행적에 대해서 알 수 없는 문 대사는 차관의 협조에 감사한다는 말 이외는 할 말이 없었다. 그때 차관은 재판이 의외로 빨리 열리어 한국 선장에게는 2년 중형을, 영해침범 벌과금으로 50만 불을 부과하고, 금강호는 몰수하는 것으로 판결이 났다고 했다. 이 사실을 문 대사는 본국에 보고하면서 전에 건의한 빅딜을 전향 적으로 검토해달라고 다시 요청했다.

김중달의 결혼식에 참석하고 부산으로 돌아온 오신우는 다시 이곳저곳 원양어업회사를 방문하면서 선원 일자리를 알아보았다. 그러던 중 하루는 금강해양수산으로부터 묵고 있는 여관으로 연락이 왔다. 박 사장이 급히 만나기를 원하니 빨리 회사로 와달라는 것이었다.

다시 만난 박 사장은 초췌했다. 얼굴이 전보다 까칠하고 몸도 말라 있었다. 그렇지만 의기만은 여전히 살아있었다.

"오신우 씨, 타라와 정부에서 우리 배를 몰수하기로 했다는군. 이건 정말 큰 일이야. 이것만은 어떻게든 막아야 해. 내가 전에도 말했지. 배가 몰수되면 우리 회사는 바로 망하는 거야."

"야단났는데요. 어떻게 하면 좋지요?"

"그래서 1주일 후 특별 교섭단을 타라와에 파견하여 배와 선장을 빼내올 교섭을 하기로 했네. 자네도 함께 가주어야겠네. 그들에게 영어통역이 필요해. 함께 가서 잘 도와주게."

"네, 가겠습니다. 교섭단으로 어떤 분들이 갑니까?"

"음, 차차 알게 될 거야… 에, 우리 처음 만났을 때 우리 바다를 업고 삶을 제패하자고 한 말 기억나나? 제패하자면 수단 방법을 가리지 않고 밀어붙여야 해. 지금이 바로 그런 때야. 교섭단을 잘 도와주게."

"알겠습니다."

'수단 방법을 가리지 않고'란 말이 초법적인 것을 의미하는 것 같아 좀 마음에 걸렸으나 선장의 제의를 그는 속으로는 반겼다. 타라와에 다시 갈 기회가 생긴 것이었다. 교섭의 상대는 타라와 정부의 해양수산자원부 차관이라고 했다. 회담은 피지의 문 대사가 주선했고, 그곳 숙소도 여행사를 통해 정해놓았다고 했다.

11

교섭단 일행은 오신우를 포함해 총 5명이었다. 그들 중에는 그도 안면이 있는 금강호의 기관사 보조도 끼어있었다. 배가 풀려날 경우, 운전을 맡을 인력이었다. 그는 박 사장의 인척이었다. 나머지 3명은 전혀 모르는 사람들이었다. 선원 출신도, 사무직원 같지도 않았다. 단장이라고 하는 사람이 악수를 청하고 앞으로 잘해보자고 하는데 그의 악력이 대단했다. 그는 미국 로스앤젤레스에서 사업을 한 적이 있는 교포 출신이라고 했다. 체격이 크고 야무지게 보였다. 나중에 기관사에게 알아보니 단장은 군산 출신이었다. 비행장에도 얼마간 다녔고 사업도 했는데 파산되자 미국으로 이민갔다고 했다. 그는 당시 흔히 있었던, 미국으로 도피해 간 경제사범일 가능성이 컸다.

교섭단은 인천을 출발, 피지의 난디공항을 거쳐 3일간의 여행 끝에 타라와 본리키공항에 도착했다. 공항에 마중 나온 몰리 관광사(Molly's Tour) 차를 타고 타라와의 남단, 베티오 외항 근처에 있는 '죠지호텔(The George Hotel)'에 숙소를 정했다. 호텔은 기역 자로 꺾인 단층 슬레이트 건물인데 방이 15개에 불과했다. 앞뜰에 야자수 잎으로 지붕을 입힌 식당이 있는데 그것만이 호텔다운 면모를 갖추고 있었다. 베티오 항구가 가까이 있어 한국 선원을 포함한 외국 선원들이 자주 이용하는 호텔이라고 했다. 주방장이 필리핀 사람이라 동양인의 식성에 맞는 음식을 제공하는 것도 장점이 되고 있었다.

호텔에 도착한 때가 오후 5시 경이었다. 오신우와 기관사는 한 방을 쓰고 나머지 세 사람은 큰 방 하나에 들었다. 이른 저녁 식사를 마친 다음 단장을 비롯한 세 사람은 곧바로 움직이기 시작했다. 가져온 짐에서 이것저것 꺼내더니 다시 가방에 꾸려 넣고 호텔을 나섰다. 베티오 항구에 가보자고 했다.

항구는 호텔에서 북쪽으로 100여 m 떨어진 곳에 있었다. 요(凹)의 모양을 이루고 있는 두 개의 부두가 그 사이에 50여 m 폭의 수로를 끼고 바다로 200여 m 뻗어 나갔다. 동쪽 부두의 끝, 한 바다를 면한 곳에 10여 척의 작은 배들이 정박해 있었다. 그중에 덩치 큰 금강호가 금방 눈에 띄었다. 금강호는 두 명의 해양경비대원이 총을 메고 지키고 있었다.

단장과 두 사람은 서툰 영어로 경비원에 말을 걸고 너스레를 떨었다. 자기들은 배의 석방 교섭을 위해 왔는데 배가 잘 있는지 보러왔다고 했다. 가방에서 여름용 남방과 운동화를 꺼내어 그들에게 선물로 주었다. 그곳에는 귀하고 비싼 물건이라 가난한 경비원들은 거절하지 않고 덥석 받았다. 그리고 곧바로 단장 일행과 어울렸다.

얼마 후, 호텔로 돌아온 오신우와 기관사는 일찍 자기 방으로 들어갔다. 오신우가 목욕하던 중 밖을 내다보니 단장과 두 사람이 식당에 모여 술을 들면서 뭔가를 열심히 이야기하고 있었다. 이런 일은 처음이 아니었다. 부산에 있을 때도, 여행 중에도 세 사람은 자기들끼리만 모여 숙덕거리는 일이 종종 있었다.

그 이튿날 아침, 일행은 호텔로 온 몰리관광 차를 타고 바이리키 구역에 있는 해양수산자원개발부에 갔다. 사무실 건물은 외교부, 대통령 집무실에 가까이 있었다. 그쪽 차관이 외무성 과장과 직원 한 명을 대동하고 나와 기다리고 있었다. 아침 10시에 회의가 시작되었다. 모두의 인사가 끝나자 한국 측 단장은 겉옷 주머니에서 종이 쪽지를 꺼내 영어로 읽었다. 금강호 사건은 유감이다. 사과한다. 그렇지만 양국 간에 이익이 되는 어업협력은 계속 유지 발전시켜야 한다. 그러기 위해서 이번 사건은 원만히 해결되어야 한다.

다음은 종이 쪽지 없이 대화를 했다. 단장이 한국말로 말하면 오신우가 통역했다. 차관은 오늘 회담은 그런 협력을 논하는 자리가 아니니까 본론인 금강호 사건을 협의하자고 약간 짜증 난 반응을 보였다. 단장은 그런 차관을 달래기라도 하려는 듯 차관의 비위를 맞추는 말을 많이 했다. 한국 측에서 항공료, 체재비를 부담하여 차관의 방한을 초청하겠다, 한국에 와 보면 그 발전상을 보고 여러분들의 생각이 달라질 것이다, 등 방한을 거듭 권했다.

오신우가 보기에도 단장은 방한 문제를 구실삼아 시간 끌기를 하는 것 같았다. 차관은 그 문제는 차후 이야기하기로 하고 우선 본론으로 들어가자고 재촉했다. 단장은 드디어 금강호 문제를 꺼냈다. 배의 소유, 국적, 임차 문제가 영국, 인도, 한국에 복잡하게 얽혀있어 배가 몰수하게 되면 사건이 국제화되어 해결이 어려워진다, 키리바시 측에서 배를 몰수할 수 없게 될 수도 있다, 그러니 이 문제는 금강해양수산업과 타라와 정부 간에 직접 딜(거래)로 풀어보자고 제의했다. 차관은 딜이란게 무엇이냐고 물었다. 단장은 그게 비공식적인 뒷거래 같은 것임을 암시하면서 그 문제는 오후 회의에서 논의하자고 했다. 거기에서 오전 회의는 끝났다. 12시경, 일찍 끝났다. 단장 일행이 일어서는데 차관이 이쪽 일행 중의 한 명을 가리키며 아는 체를 했다.

"아까부터 보아 왔는데 당신 지난번 ABS TV팀의 한 사람으로 여기에 왔다 간 분 아니오?"

지적된 사람은 '아니오' 하고 부인하면서 자리를 떴지만 당황하는 기색을 보였다. 아무래도 그 팀의 일원인 것 같았다. ABS 팀은 전에 타라와에 왔을 때 그 활동이 수상쩍다고 키리바시 측에서 문 대사에게 불평한 적이 있는 그룹이었다.

12시 조금 넘어 호텔로 돌아온 일행은 단장의 독촉에 따라 서둘러 점심 식사를 끝냈다. 단장은 오신우 보고 보자고 했다.

"오신우 씨, 이따 금강호에 갈 텐데 배에서 무슨 일이 일어나도 놀라지 마시고 우리에게 협조해야 합니다."

"무슨 일인데요?"

"우리 회사를 위한 것이라고만 아시고, 우리를 도와주면 됩니다."

무슨 일이 뭣일까? 지금까지 그들이 오신우를 빼놓고 자기들끼리만 쑥덕거린 것이 그 뭣과 관련이 있는 것으로 짐작이 되었지만, 딱히 뭣인지는 집어낼 수 없었다. 다만 뭣이든 외국에 와서 별일이야 하지 않겠지 생각했다.

일행은 금강호가 정박해 있는 부두에 갔다. 오후 1시경이었다. 다른 세 사람은 배의 주위를 유심히 살폈다. 경비정이 있는지, 바다 물길은 어떤지 살펴보았다. 금강호의 주변에는 작은 어선들과 상선 20여 척이 밀집해 있었다. 관찰을 마친 그들은 금강호를 지키는 경비원에게 다가가 공손히 인사를 하고 배에 이상이 없는지, 훼손된 곳은 없는지 한번 점검할 수 있도록 허락해 달라고 부탁했다. 어제 선물을 받고 기분이 좋은 경비원들은 거절하지 않고 일행을 배 안으로 안내했다.

단장과 그의 추종자 3명은 배의 아래층에 있는 배의 엔진 상태를 점검해보자고 했다. 두 경비원이 그들을 안내하고 배의 아래층에 있는 기관실로 내려갔다. 오신우도 따라갔다. 일행 중의 기관사가 엔진을 시동해보았다. 아래층에서 나는 엔진소리는 크게 울리기 때문에 요란했다. 모두 주의가 산만해졌다. 그 틈을 타고 갑자기 퍽 퍽 둔탁한 소리와 함께 두 경비원이 앞으로 꼬꾸라졌다. 무술사로 돌변한 세 사람은 두 경비원을 벼락같이 때려눕히고, 총을 빼앗고, 팔을 등 뒤로 묶은 다음 한구석에 밀어놓았다. 그 사이에 기관사는 재빨리 배를 출발시켰다. 눈 깜짝할 사이에 일어난 일이었다. 단장은 속력을 내라고 기관사를 몰아세웠다. 오후 시애스터 시간(더운 지역에서 주민들이 1시에서 2시까지 일을 중지하고 낮잠 자는 시간대)을 이용해 키리바시 영해를 빠져나가야 한다고 서둘렀다. 그 시간대에는 해양순시선이나 경비원도 맡은 임무를 하지 않고 쉴 것으로 계산한 것이었다. 총을 탈취한 두 사람은 어창에서 두 경비원을 감시하고 단장은 위아래를 들락거리며 사태를 지휘했다.

오신우에게는 갑판에 나가 경비정이나 다른 쫓아오는 것이 있는지 망보라고 했다. 시키는 대로 했지만, 오신우는 뭐가 뭔지 도무지 알 수 없었다. 확실한 것은 사태가 잘 못 되어 가고 있다는 것은 감지할 수 있었다. 그리고 그런 잘못된 공모에 자기가 속수무책으로 말려들고 있다는 사실이 곤혹스러웠다. 오신우는 이래서는 안 되는데, 어떻게 해야 하나, 어떻게 해야 하나를 초조하게 되뇌고 있을 때 단장이 갑판으로 올라왔다.

"오신우 씨! 쫓아오는 것이 있습니까?"

"아직은 없습니다. 그런데 지금 뭘 하자는 것입니까?"

"보시다시피 배를 환수해 가는 것입니다."

"그럼 협상을 통해서 순리적으로 환수해야지 이러시면 됩니까?"

"그런 것, 내가 알 바 아닙니다. 나는 박 사장이 시키는 대로 하고 있으니까요."

"그리고 이 경비원들은 왜 납치해 갑니까?"

"앞으로 이 경비원들을 인질로 삼아 타라와 측과 교섭하는데 이용할 작정입니다."

"경비원을 잡아가면 양국 간에 큰 외교적인 문제가 될 것인데요. 그리고 협상에서 우리에게 더 불리해질 수도 있습니다."

"그런 것 나는 모릅니다. 박 사장이 다 알아서 할 것입니다. 오 선생은 우리가 하는 데로 도와주면 됩니다. 지금 그런 것 따질 때가 아닙니다. 알겠습니까!"

단장의 마지막 말은 명령이었다. 그러면서 선장은 못마땅한 듯 부르튼 얼굴로 그를 바라본 다음 아래층으로 내려갔다.

부산을 떠나올 때 박 사장이 한 말이 생각났다. '삶을 제패하기 위해서는 수단 방법을 가리지 말아야 한다'고 했다. 그런 처세술이 무엇을 의미하는지 비로소 알 것 같았다. 그러나 그게 옳은 방향이 아님은 분명했다. 그러면 자기는 어떻게 해야 하나, 오신우는 초조했다.

그렇게 20분쯤 지났을 무렵, 갑자기 배의 엔진이 쿨룩쿨룩 이상한 소리를 내며 속력이 좀 줄어들었다. 그리고 얼마 후였다. 갑판에서 퉁탕거리는 소리가 나더니 곧이어 배의 고물 쪽 바다에서 첨벙 하는 소리가 들렸다. 황급히 아래를 굽어보니 경비원 한 명이 바다로 뛰어들어 헤엄치고 있었다. 감시하던 일행 중의 한 명이 황망히 아래층에서 쫓아 올라왔으나 그는 어찌해 볼 수가 없는지 보고만 있었다. 배도 뒤쫓지 않고 가든 길을 그대로 가고 있었다. 저 아래에서 경비원은 물살을 가르며 죽어라 헤엄치고 있었다. 저러다 죽겠구나 하는 생각이 번쩍 들었다. 동시에 '사람을 살려야 한다,'는 소리가 그의 마음을 강타했다. 주저 없이 난간 구석에 걸쳐있는 구명튜브 하나를 집어 들고 바다에 뛰어들었다. 그는 온 힘을 다해 경비원을 쫓아갔다. 경비원은 잡히지 않으려고 필사적으로 도망쳤다.

오신우는 왼손으로는 튜브를 붙잡고 오른손을 위아래로 흔들면서 "나는 당신을 도우러 가고 있소. 함께 갑시다"라고 외치고 또 외쳤다. 경비원은 멈칫했다. 배가 오신우를 놔둔 채 그냥 한 바다로 줄행랑을 치는 것을 본 그는 오신우가 자기를 잡으러 오는 것이 아닐 수도 있다는 생각을 했다. 경계심을 늦추고 오신우를 기다렸다. 오신우는 다가가 구명튜브 한끝을 내밀며 잡으라고 했다. 그제야 경비원은 안심했다. 튜브를 함께 잡고 앞으로 헤엄쳤다. 금강호는 두 사람을 버린 채 계속 한 바다로 줄행랑을 치고 있었다. 두 사람을 잡으려고 꾸물대다 해양 경비정에 붙잡히느니 그냥 버리고 가기로 한 모양이었다.

오신우는 다른 한 명의 경비원이 궁금했다.

"다른 한 분 경비병은 어떻게 되었소?"

"내 뒤를 따라오다 단장 일행에 잡혔습니다."

"그것 안 되었군."

멀어져 가는 배를 보고 한숨 돌린 오신우는 이제는 바다를 빠져나갈 궁리를 해야 했다. 주위를 둘러보았다. 보이는 것은 끝도 갓도 없는 파도, 바다, 하늘뿐이었다. 지나가는 배 하나 없었다. 너무나 막막한 허공에 숨이 턱 막혔다. 자신은 그 광막한 허공에 띄워진 한낱 티끌에 불과했다. 의댈 것도, 의댈 곳도 없는 이 광망한 허공을 작은 티끌 하나가 과연 무엇을 할 수 있을까? 온몸에서 힘이 빠졌다. 그러나 이내 다시 마음을 다잡고 빠져나갈 수 있는데 까지는 빠져나가야 한다고 생각했다. 더구나 경비원을 구한다고 물에 뛰어든 것이 아닌가. 경비원도 자신도 살아야 한다.

"이봐요, 이 근방에 섬이 있소?"

"타라와 섬 말고는 없습니다."

"거기까지 가자면 얼마나 걸릴 것 같소?"

"7시간, 내지 8시간 걸릴 것입니다."

"지금 우리가 육지 방향으로 가고 있소?"

"네. 물살을 보면 알 수 있습니다."

"지금 밀물이요 썰물이요?"

"밀물입니다."

"밀물이 언제까지 계속됩니까?"

"밤 8시까지는 계속될 것입니다."

"그때까지 해안에 도착해야 합니다. 자 힘냅시다. 우리 옷, 신발을 벗고 몸을 가볍게 합시다."

"다른 것들은 벗어도 괜찮으나 내의는 그대로 입고 계십시오. 고기떼의 공격에서 몸을 보호해야 합니다."

"아, 그렇군."

두 사람은 다른 것은 다 벗어버리고 러닝셔츠와 팬츠만 입고 헤엄쳤다. 헤엄치는 데는 두 사람 다 익숙했다. 오신우는 젊었을 때 고향 바다에서 물살을 경험한 적이 있고, 경비원은 바닷가 사람인데 다 해양경비원이어서 물을 잘 다루었다. 둘은 튜브를 앞세우고 그 뒤에 연 꽁지처럼 붙어 밀고 갔다. 마침 밀물 때라 파도가 뒤에서 일었다가 앞으로 가라앉으면서 그들을 육지 쪽으로 밀어주었다. 두 사람은 급한 마음에 한동안은 파고를 기다리지 않고 물을 가로질러 앞으로 나갔다. 그렇게 한참 가자 힘이 들었다.

"이봐요, 힘을 아낍시다. 지금부터는 튜브에 몸을 맡기고 파도에 떠밀려 가는 식으로 갑시다."

"알겠습니다."

"가족 있지요?"

"네, 처와 아들, 딸이 있습니다. 부모도 있고요."

"가족을 생각해서라도 우리 꼭 살아서 돌아가야 합니다."

오신우는 힘주어 '살아서'란 말을 해놓고 보니 갑자기 두려운 마음이 들었다. 살아서란 말은 죽을 수도 있다는 것을 전제로 하고 하는 말이었다. 그 말을 들은 경비원은 어떻게 해서든지 살아서 사랑하는 아내와 아들딸을 만나야 한다는 결의를 더욱 다졌다. 한편 오신우는 허망한 생각이 들었다. 그는 아무것도 해놓은 것이 없이 그저 바다에서 무의미하게 표류하다 없어지는 티끌과 같다는 생각을 하자 자신이 너무나 허망했다. 그렇게 허망하게 없어질 수는 없었다. 좀 더 살아서 무언가를 해놓아야 했다. 그는 다시 마음을 가다듬고 자신뿐만 아니라 그도 독려했다.

"저 우리 튜브의 좌, 우 한쪽을 겨드랑이에 끼고 파도의 리듬을 타고 갑시다. 그래야 오래 버틸 수 있습니다.”

그런 자세로 물결이 위로 오를 때 함께 올라갔다가 함께 내려오면서 앞으로 나갔다. 그런데 그게 생각보다 힘들었다. 이따금 리듬을 잃고 물속에서 허둥댔다. 그럴 때마다 짠 바닷물이 입, 코로 들어와 고통스러웠다. 그런 고역을 두어 시간 반복하자 몸이 지쳐 움직이는 데 힘이 들었다. 무거운 몸이 자꾸 아래로 쳐졌다. 목도 말라왔다. 비가 오면 얼마나 좋을까. 하늘을 쳐다봤다. 남쪽 하늘에 버섯구름이 끼어있으나 그게 언제 가까이 올지 아득했다.

“우리 좀 쉬었다 갑시다.”

“어떻게요?”

“튜브에 손만 걸치고 몸에서는 힘을 빼고 가만히 있어 봅시다.”

오신우는 오랫동안 몸에서 힘을 빼고 튜브에 모든 것을 맡겼다. 튜브는 물살에 밀려 제자리에서 빙빙 돌기도, 앞으로 갔다 뒤로 가기도, 옆으로 빠지기도 하면서 앞으로 나아가는 것이 느렸다. 이러다간 바다를 건너기 전에 어두운 밤 속에서 헤매다 죽을지도 모른다는 생각이 들었다. 죽음이 다시 떠올랐다. 죽으면 어떻게 되는가? 저승에 가지고 갈만한 것이 있는가? 그런 것 하나 없이 빈손으로 저세상으로 가면 정말로 허무할 것 같았다. 과거 일을 돌이켜 보았다. 여러 사건이 주마등처럼 흐릿하게 흘러가나 기억에 잡히는 것이 없었다. 그러다 문득 한 추억이 일엽편주처럼 떠올랐다. 바다에서 자기를 구해준 정자였다. 정자에 대한 추억 하나만 지니고 떠나도 가는 길이 서운할 것 같지 않았다.

어렸을 때 만경강 갯가에서 고기잡이에 몰두하고 있는 동안 밀물이 슬며시 몰려와 등 뒤의 갯고랑을 채우고 자기를 포위하고 있었다. 그것도 모르고 있던 그는 하마터면 물에 갇혀 죽을뻔했다. 정자가 재빨리 돌아와 그를 밖으로 끌고 나와 살려주었다. '정자야! 이 바다에서도 나를 꺼내줘! 한 번만 더 살려줘!' 정자가 희미하게 잠깐 보이다가 멀어져 갔다. 따라가 잡으려고 용을 써도 몸이 말을 듣지 않았다. 따라가려고 허우적대다가 쨍, 하는 소리에 눈을 떴다.

"선생님! 졸면 안 됩니다. 죽습니다. 눈을 바짝 뜨고 정신 차리십시오!"

경비원의 다그치는 소리에 오신우는 다시 정신을 가다듬고 튜브에 매달렸다.

"선생님, 이러다간 밤새워도 육지에는 못 가겠습니다. 힘을 내어 다시 파도를 타고 전진하시지요."

바다에 바람이 일고 파도가 세어졌다. 파도에 매달리는 것이 더욱 힘들어졌다. 그는 몸에 힘을 주고 물을 헤치며 앞으로 나아갔다. 그렇지만 힘을 준 만큼 앞으로 나가지 못했다. 몸이 천근만근 무거웠다. 움직이는 것을 힘겨워했다. 지렁이 생각이 났다. 그놈의 불굴의 의지가 부러웠다. 그도 죽음을 무릅쓰고 바다를 건너 피안으로 가야 했다. "지렁이야, 내게 힘을 다오." 얼마간은 지렁이를 본받아 힘차게 물살을 가르며 앞으로 나아갔다. 그러나 곧 지쳐버렸다. 몸이 자꾸 아래로 가라앉았다.

"선생님, 한 팔로는 나를 잡고 다른 팔로는 튜브를 잡으십시오."

경비원이 시키는 대로 했다. 얼마간은 경비원에 의지해서 파도를 타고 앞으로 갈 수 있었다. 그러나 이내 몸이 또 말을 듣지 않았다. 물 위로 목을 곧추세우기도 힘들었다. 발을 구부렸다 펴기도 힘들었다. 물을 제대로 뒤로 밀어낼 수 없으니 앞으로 갈 힘이 생기지 않았다. 튜브를 잡고 가는 것도 고역이었다. 자꾸 팔이 빠졌다. 몸을 걸치기에도 힘겨웠다. 그래도 참고 앞으로 가야 했다. 잡초가 생각났다. 몸은 다 말라 죽어가면서도 생명의 한 줄기 가닥에 의지해 구원의 햇빛을 목마르게 기다리는 잡초의 인고가 생각났다. 참고 이겨내는 끈기를 따라 해야 했다.

한참 동안 참고 앞으로 나갔다. 그러나 결국 몸은 또다시 뒤처지고 말았다. 잡초의 인고가 한계에 온 것 같았다. 목이 탔다. 견디기 어려웠다. 물에 오래 있다 보니 몸에서 온기가 증발한 때문에 전신이 싸늘하게 굳어갔다. 발에 쥐가 났다. 팔도 저리기 시작했다. 몸이 자꾸 물 아래로 떨어져 내려가려고 했다. 다시 잡초를 본받아 참고 힘을 내자고 타 일러도 말을 듣지 않았다. 죽을 것 같았다. 죽으면 어떻게 될 것인가? 감옥의 스님 말대로 새로운 저세상에 태어날 수 있을까? 그런데 새로 태어나기 위해서는 몸을 버려야 한다고 했다. 그러나 그럴 수는 없다고 생각했다.

지금까지 몸과 그는 일심동체가 되어 동고동락해 왔다. 몸이 없는 영혼만으로 오신우란 '나'란 과연 있을 수 있을까? 그럴 것 같지 않았다. 저세상에 간다고 해도 평생 동반자인 몸과 함께 가야 한다고 생각했다. 그런데 몸이 그런 그의 마음을 헤아리지 못하고 자꾸 그에게서 떨어져 나가 제 길을 가겠다고 고집하는 것이었다.

'그렇게 몸이 고집을 부리는 것도 이해할 만하다. 그간 몸은 무거운 죄의 형틀을 짊어진 나를 지탱해주고 감싸주느라 고생을 많이 했다. 그러나 나는 몸을 위해 해준 것이 별로 없다. 그러니 몸이 나로부터 독립하겠다고 하는 것도 무리가 아니다. 이제 몸이 제가 가고 싶은 곳으로 가도록 놓아주어야 할 것 같다. 그게 마지막으로 몸을 위하는 길이다.'

이런 생각을 중얼거리며 그는 경비원에게 고별인사를 했다.

"이봐요, 나는 더 이상 버티기가 힘드네. 그러니까 나를 놔두고 혼자 가게."

"그게 무슨 소립니까? 정신을 차리고 힘을 내십시오."

"아니야, 나 때문에 자네까지 죽게 할 수는 없네."

"안 됩니다. 함께 살아야 합니다. 제 몸을 꽉 잡고 내가 끄는 대로 따라오면 됩니다."

"아니야, 내 몸을 이제 놓아주어야 해. 더 이상 잡아둘 수 없어."

"안 됩니다. 마음을 약하게 먹으면 안 됩니다. 저를 의지하고 힘을 내십시오."

오신우는 경비원과 튜브를 잡던 손을 놓았다. 그리고 몸에 일렀다.

"자, 이제 놓아주마, 잘 가거라."

몸이 한번 긴 숨을 몰아쉬고는 바다 밑으로 내려갔다. 얼마를 내려갔을까? 뿌연 안개가 끼고 숨이 막혔다. 동시에 몸에 경련이 일어났다. 생각도 거의 끊겼다. 그런데 이상했다. 갑자기 가라앉던 몸이 멈췄다. 밑에서 몸을 위로 받쳐주는 따뜻한 힘이 있었다. 따뜻한 물의 힘이었다. 그 온수 덕분에 온몸도 따뜻해지면서 가벼워졌다. 가벼워진 몸이 위로 올라가는데 그를 구하려고 물 밑으로 내려오던 경비원과 마주쳤다. 경비원이 그의 손을 잡고 끌며 수월하게 수면 위로 올랐다.

"아! 선생님! 이제 살았습니다. 저를 꼭 잡으세요."

그는 다시 튜브를 잡았다. 가벼워진 몸으로 물결 타기가 한결 쉬워졌다. 아래에서는 계속 따뜻한 힘이 받쳐주고 있어 아래로 빨려 들어가지 않았다. 정말 살 것 같았다. 그때였다. 얼굴에 찬물이 떨어졌다. 눈이 번쩍 뜨였다. 빗방울이었다. 하늘의 버섯구름에서 빗줄기가 내리고 있다. 정신이 확 들었다. 두 사람은 헤엄치는 동작을 멈추고 입을 짝 벌리어 빗물을 받아마셨다. 그 자신은 어릴 적 고향의 메마른 논바닥에서 용수가 들어오면 입을 짝짝 벌리고 받아먹던 붕어와 같았다. 비는 10여 분 내렸지만, 그걸로도 살 것 같았다. 빗물을 먹은 몸과 정신은 한결 힘을 냈다. 둘은 다시 튜브를 밀며 파도를 타고 앞으로 나갔다. 갑자기 물색이

옅은 옥빛을 띠었다. 경비원이 환성을 질렀다.

"저기 산호초가 보입니다. 산호초가요. 해안에 가까이 온 것입니다. 이제 살았습니다."

멀지 않은 곳에 둥글게 떠 있는 검붉은 산호초가 보였다. 경비원이 힘을 내고 오신우를 끌면서 그곳으로 갔다. 지름 50m쯤 되는 환초에 올라탔다. 두 사람은 발로 물 밑 산호초 줄기를 찾아 딛고 섰다. 얼마만인가? 발로 뭔가를 딛고 선다는 것이 생명의 큰 축복이란 것을 그때 처음으로 느꼈다. 얽혀있는 산호초 위에 튜브를 걸치고 기대어 쉬었다.

"이제 됐습니다. 곧 육지가 보일 것입니다. 여기서 좀 쉬었다 가시지요."

경비원이 가리키는 아스라이 먼 곳에 노을이 깔린 저녁 하늘이 보였다. 그 위로 희미하게 솟구쳐 있는 거무스레한 나뭇가지도 보였다. 해안이었다. 바다에도 황혼이 깔리기 시작했다. 물결도 검푸른 빛을 띠기 시작했다.

"이봐요, 밀물이 끝날 때가 되지 않았소?"

"삼십 분 정도 남았을 것입니다. 조금 쉬었다 가시지요."

잠깐 쉬고 힘을 회복한 둘은 다시 튜브에 의지해서 산호초를 돌아 해안 쪽으로 나아갔다. 여기저기 산호초 군이 물결을 막고 있어 바다는 잔잔했다. 튜브를 밀고 가는 것이 한결 쉬어졌다. 소나기 물로 회복한 힘을 다 짜내어 튜브를 밀며 앞으로 갔다. 해안이 금방 잡힐 것 같으면서도 애를 먹였다. 이쪽에서 가는 만큼 뒤로 물러났다. 두 사람과 육지가 당기고 밀어내는 힘겨운 겨루기를 하는 동안 바다에 짙은 땅거미가 깔리고 해안가에 불빛이 보이기 시작했다.

"선생님, 바닥이 밟힙니다. 이제 걸어서 갈 수 있습니다. 조금만 힘을 더 내세요!"

떠 있는 몸을 세워 보았다. 정말로 발이 모래밭에 닿았다. 경비원이 튜브를 들고 앞서가고 그는 그의 옷자락에 매달려 끌려갔다. 이제 살았다는 안도감이 들자 긴장이 확 풀리면서 오히려 몸을 끌기가 더 힘들었다. 드디어 해변의 모래사장에 닿았다. 그는 그대로 바닥에 쓰러져 의식을 잃었다.

"선생님, 일어나세요. 구급차가 왔습니다."

웅성거리는 소리가 났다. 구급차와 서너 명의 경비원이 보이는 것 같았다. 오신우는 다시 혼수상태에 빠졌다.

12

눈이 뜨여졌다. 주위가 희끄무레했다. 눈에 힘을 주고 둘러보았다. 누런 천정이 보였다. 벽도 누우랬다. 여기가 어딘가? 감옥인가? 그런데 옆에는 링거병이 달린 장대가 서 있고, 자기는 하얀 옷을 입고 하얀 시트 위에 누워있었다. 환자였다. 감옥은 아닌데 왜 자신은 환자가 되어 여기에 누워있나? 여기가 어딜까? 고개를 돌리자 창문이 나타났다. 그 너머 낮은 하늘에서 무성한 넓은 나뭇잎을 아래로 늘어트리고 있는 나뭇가지가 보였다. 자세히 보니 야자수 나무였다. 야자수 나무라, 그럼 이곳은 한국이 아니었다. 남녘 땅 어디일 것이다. 남녘 땅? 버뜩 타라와가 생각났다.

오신우는 가까스로 자기가 타라와 병원에 누워있는 것을 알아차렸다. 마음이 놓였다. 긴장이 풀리면서 타라와란 말꼬리를 물고 어제 일어났던 일들이 하나둘 어렴풋이 생각났다. 어젯밤 링거 주사를 맞았던 일, 바다에서 죽어라 헤엄치던 일, 타고 있는 파도에서 자꾸 미끄러져 내려 허우적대던 일, 저 멀리 해안가 나뭇가지 사이로 가물가물 보이던 흐린 전등불이 떠올랐다. 정말 그런 일이 있었던가? 정말 내가 겪은 일인가? 겪은 것 같기도 그렇지 않은 것 같기도 했다. 주위가 다시 흐려지고 짙은 물안개가 끼어 왔다. 모든 것이 잘게 부서지면서 짙은 안개 속을 빙빙 유영하고 있었다. 자기의 몸도 그중의 하나 작은 티끌에 불과했다. 하얀 물거품 속에 빠져들어 빙빙 돌며 수면 아래로 점점 가라앉았다. 그는 구해달라고 소리쳤다. 소리가 나오지 않았다. 손을 허우적거리며 계속 울리지 않는 소리를 질렀다. 그때였다. 가라앉는 몸을 밑에서 받쳐주는 게 있었다.

"선생님, 선생님, 기운을 차리세요. 일어나 보세요!"

오신우는 눈을 떴다. 하얀 가운을 입은 간호사가 그의 등 밑으로 손을 넣고 일으켜 세우고 있었다. 입가에 웃음을 띠며 내려다보고 있는 모습이 신기했다. 그 뒤로 꽃무늬 남방셔츠를 입은 건장한 청년이 서 있었다. 그가 다가왔다.

"선생님 악몽을 꾸셨습니까?"

"…"

"저는 선생님께서 어제 바다에서 구해준 경비원입니다."

"아, 그래요?"

"선생님 괜찮으세요?"

"글쎄, 별일은 없는데, 많이 피곤해요. 참 이름이?"

"투디오 비르보라고 합니다."

"내 이름은 오신우요."

의사가 들어왔다. 그를 정성껏 검진했다. 예사 환자가 아님을 아는 것 같았다. 이상이 없다고 했다. 그러나 탈진이 심한 상태라 하루 이틀 더 병원에 묵으면서 휴양하는 게 좋겠다고 했다. 그들이 나간 후 그는 비르보에게 물었다.

"어제 바다에서 가라앉는 몸을 위로 받쳐주던 따뜻한 손길이 있었소. 그게 뭣인지 아오?"

"해류의 손입니다. 바다에는 해류의 순환이 있습니다. 지구의 극(極) 지역 바다에서 생긴 한류는 무거운 중량 때문에 해저로 가라앉아 남태평양까지 내려왔다가 적도 지역에서 난류를 만나 온수로 변합니다. 온수로 변한 해류는 가벼워지기 때문에 수면으로 상승하여 다시 극 쪽으로 이동하지요. 그 수면으로 올라오는 따뜻한 해류가 바로 어제 우리를 물 위로 밀어 올려주었습니다. 그 덕에 우리가 산 것이지요."

"아, 그래요! 그것, 참 신기하군."

"한류가 난류와 만나는 지점을 조경수역(潮境水域)이라고 합니다. 그 조경수역이 적도가 지나고 있는 타라와 해역에서 이루어지고 있지요."

"음. 그러니까 조경을 이루는 해류의 손이 우리를 구해주었군요. 소나기도 우리를 구해주었고. 하늘과 바다에 감사해야겠습니다."

"말을 많이 하지 마시고 오늘은 푹 쉬십시오, 저는 내일 다시 오겠습니다."

"그런데 금강호 배에서는 어떻게 빠져나왔소?"

"저는 뒤로 묶인 손을 풀고 도망칠 기회를 엿보고 있었습니다. 그런데 마침 배의 엔진이 쿨럭쿨럭 이상한 소리를 냈습니다. 그러자 저를 망보던 사람들이 모두 엔진 있는 쪽으로 몰려갔습니다. 그 틈을 타서 도망쳐

나와 바다에 뛰어들었지요."

"동료 경비원은 어떻게 되었지요?"

"그도 뒤로 손이 묶인 채 제 뒤를 따라왔으나 몸이 부자유하기 때문에 망보는 사람들에게 잡혔습니다."

"아, 그렇게 되었군. 그분도 무사해야 할 텐데."

비르보가 나가자 다시 피곤이 몰려왔다. 그는 침대에 몸을 눕히고 눈을 감았다. 몸이 다시 수면 아래로 가라앉기 시작했다. 잠을 기력이 없었다. 이제는 놓아주어야 한다고 생각했다. 오랜 세월 못난 자기를 떠받들고 다니느라 고생이 많은 몸이었다. 온몸이 짙은 안개 물속으로 빨려갔다. 그런데 이상했다. 한참 내려가던 몸을 아래서 받쳐주는 것이 있었다. 두 큰손이었다. 두 손이 그의 몸을 끌어올려 가슴에 품고 위로 올라가고 있었다. 아버지였다. 도랑물에 빠뜨린 고무신을 건진 어린 그를 들어 올려 가슴에 품던 아버지였다. 아버지의 품이 한없이 따사로웠다… 그날은 깨었다 잤다 거의 혼수상태로 지냈다.

그 이튿날 비르보가 다시 찾아왔다.

"오 선생님, 괜찮습니까? 귀한 손님이 오셨는데…."

비르보 곁에서 그를 유심히 바라보던 사람이 가까이 다가와 인사를 했다. 말쑥한 옷차림을 하고 있었다.

"나는 외무차관입니다. 몸 상태는 어떻습니까?"

"괜찮습니다. 이렇게 찾아주셔서 감사합니다."

"당연히 찾아뵈어야지요. 우리 경비원을 구해주셨는데. 어제 고생 많이 하셨지요?"

"…"

"우리 사람을 구해주신 것, 참으로 훌륭한 일을 하셨습니다. 다시 한번 감사의 말씀을 드립니다."

"다른 사람도 저의 처지에 있었다면 그렇게 했을 것입니다… 그런데 우리를 어떻게 발견하셨습니까?"

"우리 사람이 저녁을 먹고 바닷가를 산책하다가 어디선가 사람 구해달라는 소리를 들었답니다. 소리 나는 곳에 가보니까 비르보가 인사불성이 된 오 선생님을 곁에 두고 도움을 청하고 있더랍니다. 그들이 곧바로 경찰에 신고했고, 신고를 받은 경찰은 바로 병원 앰뷸런스를 몰고 현장에 가서 두 분을 병원으로 모셔왔지요."

"제가 오히려 감사해야겠군요."

"그런데 미스터 오, 한국 사람 중에도 당신같이 착한 분이 있다니, 한국 사람 다시 보아야 하겠습니다."

"…"

"며칠 병원에서 푹 쉬세요. 몸이 완전히 쾌차하시면 우리 대통령을 뵙게 될 것입니다. 대통령께서도 선생님을 보고 싶어 하십니다."

차관이 떠난 후, 그가 남긴 말이 마음에 걸렸다. "한국 사람을 다시 보아야 하겠다"고 했는데 다시 보아야겠다는 것은 전에는 뭔가 한국 사람에 대해 나쁜 인상을 가졌다는 것을 암시하는 말이었다. 궁금해서 비르보를 불러 물어보았다. 그의 대답이 놀라웠다.

"저… 한국 선원들이 가끔 타라와에 들리는데 개중에는 여기 소녀들과 매춘행위를 해서 물의를 일으킨 사람이 있었습니다. 그래서 여기서 성적으로 문란한 사람을 '꼬레'라고 부르기도 합니다."

"지금도 그런 한국 선원이 있소?"

"여기 처녀들도 나쁘지요. 돈 벌기 위해서 그런 짓을 하니까요. 요즘은 단속이 심해서 많이 나아졌습니다. 한국 선원들도 조심하고요."

"혹시 여기 처녀가 한국 선원과 결혼해서 바나바 섬에 거주하고 있는 사실을 아오?"

"아니 그걸 어떻게 알고 있습니까? 그 경우는 정식으로 결혼했으니 잘 된 셈이지요. 그리고 그 여자는 '꼬레'라는 소리를 듣기 싫어 바나바로 이사 갔습니다."

"어떻게 그렇게 자상하게 잘 아오?"

"이 타라와섬에는 인구가 8만여 명에 불과합니다. 그래서 모든 사람이 남의 집 부엌에 숟가락이 몇 개 있는지도 알고 지낼 정도입니다. 그러니까 그들 중에 무슨 일이 일어나면 금방 알려지게 되어있습니다."

금강호 선장이 생각났다. 타라와 며느리가 낳은 손자 이야기할 때 선장의 눈에 그윽이 고이던 정감이 지금도 느껴졌다.

오신우는 며칠 병원에서 푹 쉬었다. 화장실 갈 때를 제외하고는 침대에 누워있었다. 간호사에게 부탁해서 책을 얻어 읽었다. 이름 없는 호주 작가가 쓴 영어소설이었다. 영어가 공용어라 여기 책들은 모두 영어소설이었다. 이따금 병원 밖으로 나와 가벼운 산책도 했다. 병원 곁으로 큰 길이 나 있고 그걸 넘으면 해변이 나왔다. 해변은 에메랄드 물로 넓은 띠를 두르고 있고 그 너머로는 파란 물이 잔잔한 물결을 이루고 있었다. 평화스러운 풍경이었다.

병원의 의사와 간호사들은 친절했다. 위에서 지시가 있어서 그런 것도 있었겠지만 그보다는 아직도 남아 있는 토박이 순정에서 우러나는 진심 어린 친절이었다. 타라와 여인들은 보통 한국 여인들보다 키도, 이목구비도 컸다. 납작이 코가 없고 서양 사람처럼 날카로운 면이 없는 부드러운 얼굴이라 정이 갔다. 온몸이 갈색을 띠고 있으나 아프리카 흑인과는 확연히 달랐다.

야자수 나무에 자꾸 마음이 끌렸다. 한국에서는 볼 수 없는 나무였다. 한국의 나무와는 다른 시간과 공간에 의해서 만들어졌기 때문이다. 시간과 공간은 만사와 만물을 만드는 선험적 틀이다. 따라서 그 기본 틀이 달라지면 만들어지는 결과도 달라진다. 그런 이유로 야자수는 그 자신을 한국에 있을 때의 자신과는 다른 사람으로 만들어갈 것이다. 어떤 모습으로 빚을까? 궁금하기도 불안하기도 했다.

야자수 나무는 관목이 많은 타라와에서 유일하게 건축자재로 쓰일 수 있는 교목이었다. 일본군에 의해 수만 리 떨어진 이역의 섬에 끌려온 조선의 징용자들에게는 야자수 나무와 얽힌 고된 노역이 많았을 것이다. 그걸 베어 일본군이 사용할 토치카를 구축하고, 축대를 쌓고, 굴을 만들고 하면서 전혀 예상치 못한 기구한 팔자소관을 원망했을 것이다.

자신의 팔자는 어떻게 될까? 야자수는 다른 나무와 또는 다른 것과 부대끼기가 싫어서인지 월등히 높이 하늘로 치솟는다. 거침이 없는 하늘에 넓은 팔을 양껏 펴 나부끼며 자유를 누린다. 그런 야자수가 되고 싶었다.

닷새 되는 날 아침 일찍 비르보가 대통령 비서실 차를 몰고 병원에 왔다. 남방셔츠, 바지, 가죽 샌들을 오신우에게 주면서 입고 신으라고 했다. 고급제품은 아니었지만 필요한 입성을 알아서 챙겨주어 마음이 뭉클했다. 그들은 차를 타고 병원에서 5분 거리에 있는 대통령 집무실 건물로 갔다. 길가에 있는 2층 시멘트 건물인데 키리바시 국기와 호주기가 걸려 있었다. 아래층은 외무부가, 이 층은 대통령이 쓰고 있었다. 그들이 집무실 문을 열고 들어서자 체구가 큰 대통령이 성큼 다가와 "어서 오십시오" 하면서 반갑게 맞이해주었다. 그는 오신우의 손을 잡고 소파로 안내했다. 소파에는 외무차관도 와 있었다.

"미스터 오! 건강은 어떻습니까?"

"괜찮습니다. 바쁘신데 불러주셔서 영광입니다."

"아니요. 당연한 일이지요. 우리 국민을 구해주셨으니 대통령으로서 당연히 감사의 말씀을 드려야 하지요."

"아닙니다. 여기 비르보가 저를 구해주었습니다."

"비르보는 나의 친척입니다. 그래서 더욱 감사한 마음을 갖고 있습니다. 비르보, 여기에 와, 소파에 앉아."

비르보가 차관 옆에 앉자 대통령은 말을 이어갔다.

"미스터 오, 차 드십시오. 호주에서 가져온 차라 맛이 좋습니다. 앞으로 며칠 더 병원에서 휴식을 취하시고 건강을 완전히 회복하는 것이 좋을 것 같습니다만."

"괜찮습니다. 몸이 많이 나아졌습니다."

"그런데 여기에 계시려면 숙소가 있어야 할 텐데?"

"여관 같은 곳을 찾아보겠습니다."

"그러지 마시고 우리 집에 와 계십시오."

"예? 관저 말씀입니까?"

"아니, 내 사저입니다. 나는 관사를 쓰고 있어 내 개인 집은 비어 있습니다. 괜찮으시다면 내 집에 머무시기 바랍니다."

"…그래주시면 참으로 감사하겠습니다."

대통령의 후의에 오신우는 물론 다른 사람들도 놀랐다.

"미스터 오에 대한 감사한 마음의 표시입니다. 오늘이라도 당장 내 집으로 오십시오. 치워놓도록 하겠습니다."

"감사합니다."

"내 앞으로 시간이 나면 오찬에 초대하겠습니다."

"제가 너무 폐를 끼치는 것이 아닌지요?"

"아니요, 전혀 그렇지 않습니다. 그런데 미스터 오, 여담입니다만 금강호를 탄 채 그대로 도망갔으면 이런 고생은 하지 않았을 터인데, 우리 비르보를 구해주신데에 무슨 특별한 사유라도 있었나요?"

"없습니다. 그저 사람을 구해야 한다는 소리를 듣고 따랐을 뿐입니다."

"소리요? 아! 양심의 소리였군요. 양심의 소리를 듣는 사람이 많지 않은 세상에서 미스터 오는 훌륭한 모범을 보여주었군요."

"저보다도 비르보가 더 훌륭한 정신력을 보여주었습니다. 저는 바다에서 너무 힘들어 자신을 포기했습니다. 그러나 비르보는 끝까지 포기하지 않고 죽음과 싸워 이겼습니다. 그리고 저와 자신을 구했습니다. 지금 제가 여기에 있게 된 것은 다 비르보 덕분입니다."

"비르보도 장한 일을 했군. 인간애와 그걸 실천하는 정신력, 그건만 튼튼하면 이 세상은 평화로울 텐데…"

대통령과 작별하고 나오자 차관이 자기 사무실에서 좀 더 이야기하고 했다. 차관 방은 아래 층층에 있었다. 실무적인 일은 차관이 하므로 그가 무슨 말을 할지 오신우는 약간 긴장되었다.

"다름이 아니라 궁금한 게 몇 가지 있어서 보자고 한 것입니다. 여기 오시기 전에 오신우 씨 일행이 피지의 문 대사를 만나보셨습니까?"

"만나지 않았습니다."

"피지를 들르지 않았습니까?"

"들르기는 했는데 거기 난디공항 근처에 있는 호텔에서 1박하고 곧바로 타라와로 왔습니다. 문 대사를 만날 시간이 없었습니다."

"보름 전에 한국의 ABS 방송국 팀이 타라와에 와서 여러 가지 조사하고 갔는데, 문 대사의 부탁을 받고 우리 측에서 잘 협조해 주었습니다. 그런데 이번에 배를 탈취해 간 일행 중에 그 방송국 팀 일원이 포함되어 있습니다. 그러니까 방송국 팀이 온 거나 이번 배 탈취 사건이 어쩌면 문 대사와 협의 하에 이뤄진 것이 아닌가 하고 우리 측에서는 의심하고 있습니다."

"제가 알기로는 문 대사는 이번 사건과 상관이 없다고 믿습니다. 제가 만나본 문 대사는 곧 바른 외교관입니다. 외교관은 국제법을 어기는 행동은 하지 않습니다."

"오신우 씨는 이번 사건과 어떻게 됩니까? 금강호를 뛰어내려 비르보를 구한 것을 보면 가담하지 않은 것 같이 보이기도 하고…"

"저는 몰랐습니다. 저는 통역만 하면 된다고 해서 따라온 것입니다."

"알겠습니다. 이번 금강호의 탈취 사건으로 타라와 조야가 들끓고 있습니다. 폭력으로 배를 탈취한 것은 고사하고 우리 경비원까지 납치하여 도망간 것은 도저히 용납할 수 없는 만행이라고 성토하고 있습니다. 국회에서는 어제 한국 규탄성명을 내고 그 성명서를 태평양 국가들에게도 배포하여 한국을 경계하도록 주의를 촉구했습니다."

"…"

"오신우 씨, 본사와 연락할 일이 있으면 여기 격앙된 분위기를 전하시고 하루빨리 잡아간 경비원과 배를 돌려보내라고 독려해주십시오."

"알겠습니다."

"그리고 이번 사건의 해결을 위해서 내가 문 대사에게 제안한 것이 있는데 그 제안을 금강해양수산에서도 한국 정부와 협의해서 조속히 이행하도록 건의해 주십시오."

"그러겠습니다."

차관과 작별하고 나오는데 차관이 흰 봉투 하나를 그에게 주었다.

"미스터 오에게 용돈이 없는 것을 알고 대통령께서 주신 것입니다. 약소하지만 받아두세요."

"너무나 감사합니다."

"어떻게 하시겠습니까? 대통령 사저로 곧바로 가시겠습니까?"

"먼저 선장이 있는 곳으로 가보고 싶습니다."

"비르보 군에게 안내하도록 일러두겠습니다."

차관실을 나오는데 비르보가 외무성 의전차를 준비하고 기다리고 있었다.

차 안에서 봉투를 뜯어보니 호주 돈 1,000불이 들어있었다. 호주 돈이 타라와에서는 공용통화였다.

차로 3분쯤 서쪽으로 가자 감옥이 나왔다. 감옥은 그에게는 낯익은 곳이었다. 마루에 누워있던 선장은 그를 보고 기겁했다. 그를 본 오신우도 적이 놀랐다. 초췌한 얼굴에 털이 많이 나 잘 알아볼 수 없었다. 신천지를 건설하겠다는 꿈이 좌절되어서인지 선장은 완전히 풀이 죽어있었다. 보기에 민망할 정도였다. 오신우는 자기가 타라와에 다시 오게 된 경위와 대통령과 면담한 사실도 간단히 설명해 주었다.

"선장님, 그동안 고생 많았지요?"

선장은 외모뿐만 아니라 마음도 많이 초췌해 있었다.

"이번 사건이 다 내 책임인데 자네까지 고생을 시켜 미안하네."

"제 책임도 있었지요."

"아니야, 타라와에서 불법 어업만 안 했어도 이 지경이 되지는 않았을 것인데, 다 내 책임이야."

"선장님, 아무쪼록 건강을 잘 챙기십시오. 제 예감으로는 앞으로 문제가 잘 해결될 것 같습니다. 제가 급히 가볼 데가 있어서 오늘은 이걸로 끝내고, 나중에 또 오겠습니다."

감옥을 나온 오신우는 기지개를 켰다. 서쪽 먼 곳으로 옥색 바다가 보였다. 바다는 평온하고 아름다웠다. 이런 평온한 나라에 평지풍파를 일으킨 금강호 사건이 아무래도 미안했다.

1 3

오신우는 위령비 공원에 가보자고 비르보에 안내를 부탁했다.

"공원에 들어가려면 이곳 역사 유적지를 관리하는 베티오 시평의회 (Betio Town Council)에 가서 공원 키를 얻어야 합니다. 우선 그곳으로 가겠습니다."

감옥에서 나와 서쪽으로 조금 가다 우측으로 회전하여 100여 m 가면 좌측으로 바이리키 지역과 베티오섬을 잇는 바닷길이 나왔다. 폭 30m, 길이 1㎞의 좁은 길인데 양 가장자리가 바다의 수면에 닿아있었다. 타라와는 산호초로 이루어졌기 때문에 산이 없다. 기독교 선교사가 타라와에 와서 성경을 번역할 때 산이란 말이 없어 고생했다는 일화가 있을 정도로 바다와 육지가 같은 평면으로 이어져 있다. 양쪽에 손에 잡힐듯한 바다를 굽어보며 베티오 길을 달리는 멋이 이곳 관광의 백미였다. 길을 건넌 다음 다시 2㎞쯤 간 곳에서 우측으로 시 평의회가 나타났다. 그곳 소장에 부탁하자 하급직원이 열쇠를 가지고 나와 오신우 차에 동승 했다. 위령비 공원으로 가는 길의 좌측 해안가에는 타라와 전투를 실감케 하는 흔적이 많이 남아 있었다. 바다를 겨누고 서 있는 찌그러진 8인치 영국제 대포와 포대, 허물어진 토치가, 낮게 쌓인 시멘트 방어벽들이 여럿 보였다.

길이 끝나는 곳, 배티오 섬의 서쪽 말단에 항구와 세관이 있고, 이 건물에 붙어 작은 공원이 있었다. 입구 주변에는 댓 채의 지저분한 가게가 싸구려 옷감을 팔고 있었다. 공원은 한 30평정도 되는 평지인데 허름한 철조망과 야자수 나무, 침엽수들로 둘러쳐 있었다. 철조망 문에 걸린 작은 열쇠를 열고 안으로 들어갔다. 바닥에는 울타리 밖에서 날아온 나무 이파리와 가지들이 어지럽게 깔려있었다. 바닥의 남쪽 끝에 두 개의 불상(佛像) 위령비가 나란히 앞바다를 바라보고 서 있었다. 하나는 사망한 한인 노무자를 위한 비이고 다른 하나는 일본인 사망자를 위한 비였다. 그곳에 위령비 공원을 둔 것은 그곳이 타라와 전투의 최대 격전지였고 가장 많은 사상자를 낸 곳이기 때문이었다.

한인 위령비는 법의를 입은 아미타불 입상(立像)이었다. 가로, 세로 각 3m, 높이 1m의 시멘트 지대석 안에 2단의 연화(복련, 앙련) 대좌가 있고, 그 위에 3m 정도의 불상이 안치되어 있었다. 머리에서는 금빛 화불(化佛)이 빛나고 가슴에 올려진 왼손은 연꽃 봉을 쥐고 있었다. 지대석과 연화대좌 사이에 검은 화강암으로 된 기단이 있는데 전면에는 다음과 같은 글이 쓰여 있는 현판이 붙어있었다.

'이 땅에서 희생된 동포들께 애도의 뜻을 표하며 명복을 기원합니다. 합장.

1991년 11월 25일 건립 자 유희긍(劉喜亘), 협력 가와지 신포.'

기단 뒷면에도 다음과 같은 글이 일본 말로 새겨져 있었다.

'인류는 평등한 것이며 차별은 제악의 근원이다. 무명을 단절하여 광대한 지혜를 얻어 다시는 그와 같은 슬픈 시대가 오지 않도록 깊은 반성과 함께 회한의 마음을 바치면서 엎드려 이 땅에서 끝난 제 영의 명복을 삼가 마음으로 비나이다. 1993년 3월 각당(覺堂) 근언(謹言)'

일본인 위령비도 입상 불인데 등에 두광(頭光)의 상징인 원판을 지고 있으며 그 정계에 특이하게도 가로세로 1m 크기의 기독교 십자가가 부착되어 있었다. 두 종교가 화합하기를 바라는 마음의 상징인 것 같았다. 기단에 붙어있는 화강암 판에는 다음과 같은 글이 새겨져 있었다.

'南瀛之碑(남녘 바다의 비)'

한국 위령비를 세운 유희긍은 재일교포였다. 그분은 일본인 신보의 협력을 얻어 한, 일 위령비를 한 곳에 나란히 세웠다. 비명에 죽은 양국의 영혼들이 서로를 위로하며 화목하게 지내기를 바라는 마음에서 그렇게 했는지도 몰랐다.

아미타불은 눈과 입에 잔잔한 미소를 띠고 있었다. 자애로운 미소였다. 국가, 민족, 종교, 언어의 경계를 없애고 모든 각지고 모진 것을 하나의 넓은 마음으로 품어 안는 자애로운 미소였다. 그 미소의 세상에는 만발한 연꽃의 축복을 받으면서 사람과 지렁이, 모든 생명이 다 함께 다정히 살아가는 극락세계가 있을 것이라고 그는 생각했다. 그는 불상 앞에 무릎을 꿇었다.

'아버님, 저 왔습니다. 신우가 왔습니다. 아버님이 집을 떠나신 지 50년 만에 찾아뵙는 이 불효자식을 용서해 주십시오. 제가 못난 탓에 그런 불경죄를 저질렀습니다. 앞으로는 아버님 슬하를 떠나지 않고 곁에서 모시겠습니다. 고향 용수로에 빠진 신발을 건졌을 때 저를 어여삐 여기시고, 안아주시던 아버님의 품이 그립습니다. 이 불효자식을 다시 한번 안아주시고 제 이름을 불러주십시오. '신우야' 하고 불러주십시오. 그 부르는 소리를 듣고 싶어 여기까지 왔습니다. 아버님께서 처음으로 신우라는 이름으로 불러주신 덕분에 저는 신우라는 한 인간으로 존재하게 되었습니다. 그러나 그 인간은 잘못을 저지르고 타락하였습니다. 하오니 아버님, 제 이름을 다시 한번 새롭게 불러주십시오. 그러면 저는 새로운 신우로 탄생할 것입니다. 저는 새로운 신우로서 아버님을 모시고 싶습니다.'

그의 눈시울이 뜨거워졌다. 그는 절하고 또 절했다. 절이 끝난 다음에는 무릎을 꿇고 불상을 올려다보았다. 오랫동안 올려다보았다. 불상의 눈에서 '투명한 빛'이 쏟아져 나와 그를 감싸 안았다. 그 빛이 어찌나 강한지 마치 감전된 듯 혼절하여 바닥에 쓰러졌다.

깜짝 놀란 비르보가 그를 안아 일으켰다.

"선생님, 괜찮으세요? 얼굴이 창백하신데요?"

"…"

"선생님, 안 되겠습니다. 그만 가시지요."

오신우는 한참 만에 기력을 회복했다. 일어나서 불상과 기단, 바닥을 싸리비로 깨끗이 청소했다. 비르보가 많이 도왔다. 청소를 마친 다음 둘은 공원을 나왔다.

두 사람은 죠지호텔에 들러 오신우의 짐을 찾아가지고 대통령 사저로 갔다. 사저는 대통령 집무실에서 동쪽으로 한 200m 떨어진 곳에 있었다. 길 건너편으로 호주대사관을, 그 너머로는 바다를 바라보고 있는 아담한 건물이었다. 방 안에는 TV도 냉장고도 있었다. 타라와의 여느 집에는 없는 사치품이었다. 티브이의 영상물은 주로 호주에서 보내주는 것들이었다. 집을 관리하는 현지인 식모는 그를 반겼다. 사람이 없어 적적한 판에 잘 되었다고 하면서 서비스를 잘 해주었다.

　다음 날부터 오신우는 한인 징용자의 유적을 찾아 여기저기 돌아다녔다. 우선 타라와 전투를 알아보아야 했다, 바이리키 광장에 있는 국립도서관에 갔다. 일 만여 권의 책이 소장되어 있는데 별다른 책은 없어도 타라와 전투에 관한 영문 책은 여러 종류 있어 몇 권을 빌려왔다. 관광성에도 가서 그곳에서 발간하여 관광객에게 무료로 배포해주는 『WW11 GUIDE』란 책자도 얻어왔다. 타라와 전투는 인기 있는 관광상품으로 홍보되고 있는 역사적 사건이 되고 있었다.

　일본해군은 진주만을 기습하고 2일 후, 일본 요코스카에 주둔하고 있는 '제6 특수해군 상륙부대(황군 해병대)'를 출동, 1941년 12월 9일, 10일 양일에 걸쳐 무방비 상태인 영국령 타라와섬을 전격적으로 점령했다. 예상되는 미군의 남태평양 진출을 저지하기 위한 그 첫 번째 길목인, 전략적 요충지를 장악한 것이었다.

　그 후 일본군은 2년에 걸쳐 타라와섬을, 특히 남단에 있는 베티오섬을 요새화했다. 베티오는 길이 약 3㎞, 폭은 가장 넓은 곳이 800여 m밖에 안 되는 작고 길쭉한 고구마형 지역인데, 일본군은 섬의 중앙에 비행기 활주로 만들고 섬 끝에 외항을 건설했다. 섬 양 안에 영국제 8인치 거포를 포함한 50여 문의 해안포와 수많은 기관총을 포진하고 또 수많은 벙커, 토치카를 구축했다. 그 요새화가 어찌나 잘 되었던지 일본군 총사령관 시바사키 게이치 소장은 가뢰되 '이 섬을 점령하려면 100만 대군이 100년은 걸릴 것이다'라고 호언 했을 정도였다. 이런 군사시설의 구축 작업은 주로 이곳에 끌려온 1,400여 명의 한인 군속 노무자가 담당했다.

군속은 평시에는 노무 역을 하지만 전쟁이 나면 군인으로도 싸웠다.

미군은 1943년 11월 20일 '갈바닉 작전(Operation Galvanic)'이라 불리는 베티오 상륙작전을 개시, 23일에 성공적으로 베티오를 탈환했다. 줄리언 스미스 소장은 3만5천 명의 미 육해공군과 140여 척의 크고 작은 전함, 상륙용 보트를 동원하여 시바사키 소장이 이끄는 일본군 4,800명(군인 2,600명, 군속 2,200명)을 거의 전멸시키고 베티오를 점령했다.

이 전투에서 미군은 1,100여 명이 사망했다. 일본군 생존자는 17명, 한인 노무자 생존자는 129명이었다. 남태평양 전쟁 중 가장 치열한 전투로 알려졌다.

일본군은 전력 면에서 미군보다 절대 열세였으나 투항하지 않고 전멸을 각오하고 싸우다 죽었다. 천황을 보위하기 위해 자진해서 옥쇄한 것이라고 했다. 미군도 그 점에서는 지지 않았다. 전투 첫날 호킨스 중위는 척후 부대를 이끌고 베티오 항구의 부두점령에 나섰다. 그는 곧 일본군의 박격포를 맞고 심한 부상을 입었지만 개의치 않고 혼자 4개의 일본군 토치카에 포복으로 다가가 수류탄을 던져 파괴하고 전사했다. 그의 희생 덕분에 미군은 부두를 쉽게 점령하고 이를 발판으로 전투를 승리로 이끌 수 있었다. 미국 정부는 전쟁이 끝난 후 그에게 '명예훈장'을 수여했다.

일본군이나 미군, 놀라운 정신력을 발휘했다. 그런데 그런 정신력이 과연 올바르게 쓰였다고 할 수 있을까? 천황이나 국가를 위해 자기를 희생한다는 것은 인간 사회의 윤리 면에서는 선이다. 그러나 그런 인간의 선 관념이 전쟁을 일으켜 남을 학대하고 죽인다. 사람을 죽이는 선이 선일까? 악의 경우도 마찬가지다. 사람을 죽이는 것은 악이다. 그러나 국가와 민족을 위해서 사람을 죽이는 것은 선이라고 주장한다. 악이 선행

을 한 것이다. 제국주의의 주구가 된 선이나 악은 '제악의 근원인 무명'
이다. 선이 악을 저지르고 악이 선행을 하는 이런 불합리한 아이러니를
어떻게 봐야 할까? 그게 인간 존재의 근본적인 부조리에서 생기는 것일
까? 아니면 어떤 섭리에 의한 것일까? 어느 경우든 인간에게는 고통이요
슬픔이며 죽음이다. 이런 불행한 세상을 벗어날 수는 없을까? 있을 것
같기도 하다. 지렁이가 가고자 하는 세상에 가면 그런 자가당착적인 불
행한 현상은 없을 것이라고 오신우는 생각했다.

  자료를 찾아 며칠 돌아다니는 동안에도 오신우는 선장이 걱정되었다.
손자를 생각하는 그의 마음을 생각하면 더욱 그랬다. 대통령을 직접 만
나 석방을 간청하고 싶었다. 차관에게 전화를 걸어 대통령을 뵙게 해달
라고 부탁했다. 차관은 할 말이 있으면 자기에게 하라고 했지만, 중요한
문제라 꼭 대통령을 직접 뵈어야 한다고 우겼다. 차관은 그의 거듭된 요
청을 받아들였다. 다음 날 차관과 함께 대통령을 만났다.
  "저, 간청드릴 게 있어 결례를 무릅쓰고 이렇게 찾아뵈었습니다."
  "괜찮소. 할 말이란 게 뭐요?"
  "저를 잡아두시고 선장을 석방해 주십시오. 선장은 바나바에 가족을
두고 있습니다. 타라와 출신 며느리와 손자가 그곳에 살고 있습니다. 선
장은 그곳에 가서 며느리와 손자를 돌보며 사는 것이 숙원입니다. 그 때
문에 이번에 바나바에 갔던 것입니다."
  "아, 그 한국 선원과 결혼해서 바나바로 이주해 갔다는 처자가 선장의
가족이란 말인가? 이거 놀랄 일이군."
  "선장은 어업에는 달인입니다. 학식도 많고요. 그런 분이 바나바에 가
서 살면 그곳 주민이 하는 어업과 문화생활에 큰 도움이 될 것입니다. 이

점도 고려하시어 선장을 바나바로 보내주시면 감사하겠습니다. 선장 대신 제가 속죄하는 마음으로 남아 있겠습니다. 그리고 실은 저는 타라와에서 할 일도 있습니다."

"여기서 할 일이란 게 뭡니까?"

"잘 아시다시피 2차 대전 중 타라와에는 일본이 징발해 온 한국 노무자가 많았는데 그들 대부분이 타라와 전투에서 사망했습니다. 저는 그분들에 관한 자료를 수집하고 조사해서 기록으로 남기고 싶습니다. 그리고 남아서 돌아가신 분들의 영혼을 위로해주고 싶습니다. 부디 허락하여주시기 바랍니다."

"알겠습니다. 차관, 그 문제를 검토해 보시고 잘 처리해 주세요."

14

문 대사 후임으로 피지에 부임한 임 대사는 도착하자마자 그곳에 있는 키리바시 대사를 방문, 신임장을 제정코자 하니 언제가 좋은지 타라와 본국 정부와 협의해서 조속히 알려달라고 부탁했다. 마음은 급한데 사흘이 지나도록 감감무소식이었다. 조바심이 난 임 대사는 직접 타라와에 있는 외무부의 차관에 전화를 걸어 같은 요청을 했다. 차관은 냉담했다. 신임장을 받을 수 없으니 오지 말라고 단호히 거절했다. 한국 측이 납치해 간 금강호와 자국민 경비병을 즉각 반송하고, 그 사건에 대한 사죄와 변상을 할 때까지 신임장을 받을 수 없다는 것이었다. 대통령을 비롯해

온 국민이 분노로 격앙되어 있어 와도 만나주지 않을 것이니 오지 말라고 했다.

임 대사는 한국 정부가 개입한 사건은 아니지만, 한국의 수산회사를 대신해 사과한다고 말하고, 이 문제는 직접 만나서 해결책을 협의해보자고 부탁했다. 그러나 차관은 완강했다. 오지 말라고 거듭 거절하는 것이었다. 야단 난 것이었다. 서울 본부의 차관은 빨리 타라와에 들어가 선장을 구해오라고 독촉했다. 선장의 가족들이 청와대에 수차례 민원을 넣어 청와대에서도 많은 관심을 가지고 있으니 빨리 해결하라고 성화였다.

임 대사는 키리바시 측의 호의를 앉아서만 기다릴 수 없었다. 그는 수모를 각오하고 무턱대고 타라와에 갔다. 공항에 내리자 그곳의 관원이 무조건 그의 여권을 압수하고 공항에 억류시켜버렸다. 그들의 냉대가 생각보다 더 심각했다.

오신우는 비르보를 통해서 임 대사가 공항에 억류된 사실을 알았다. 그는 즉시 비르브와 함께 공항에 갔다. 임 대사로부터 전후 사정을 들은 오신우는 타라와 차관에게 전화를 걸어 임 대사의 입국을 허가해달라고 부탁했다. 애써 멀리 온 사람을, 더구나 한국대사를 공항에 억류하는 것은 지나친 처사가 아닌가, 더구나 출국 비행기가 3일 후에나 있는데 그때까지 공항에 억류할 것인가, 그건 사리에 맞지 않는다, 일단 임 대사가 공항을 나와 시내 호텔에 투숙하도록 조치해 달라고 부탁했다. 1시간 정도 지나서 관원이 위로부터 지시가 있다고 하면서 임 대사를 풀어주었다. 공항을 빠져나온 임 대사는 오신우와 함께 시내에 들어가 그가 묵고 있는 호텔에 투숙했다.

임 대사는 다급했다. 비르보로부터 차관의 집 주소를 알아가지고 그날 초저녁 사전 예약도 없이, 그러니까 결례를 무릅쓰고 차관 집으로 쳐들어갔다. 오신우의 갑작스러운 방문에 차관은 어안이 벙벙한지 손님을 맞이하고도 한동안 말이 없었다. 그러나 표정은 많이 누그러졌다. 임 대사의 진지한 태도와 성의에 어느 정도 마음이 움직인 것 같았다.

임 대사는 우선 간단한 선물을 안겨주고 간청했다. 금강호와 함께 한국에 온 타라와 경비병은 회사 측에서 모든 경비를 부담하고 일정한 보상비를 준 다음 비행기 편으로 타라와에 보냈다. 그리고 한국의 검찰청에서 문제가 된 어선 회사 관계자들을 붙잡아 검문하고 있으니 조만간 적절한 조치가 강구될 것이다, 한국 정부로서도 문 대사가 건의한 무상원조 제공과 한-키리바시 협력 사업을 긍정적으로 검토하고 있다, 선장 가족들이 우리 대통령에게 민원을 넣을 만큼 걱정이 많으니 인도적인 면을 고려해서도 선장을 풀어달라고 간청했다. 차관은 처음에는 어렵다고 하더니 나중에는 한발 물러나, 그러면 내일 아침 11시까지 자기 사무실로 오라고 했다. 대통령과 상의해서 그 결과를 알려주겠다고 했다.

그 이튿날 아침, 임 대사는 비르보의 안내를 받으며 차관한테 갔다. 그에 앞서 오신우의 이야기를 들었다. 오신우가 대통령을 만나 자기를 인질로 잡고 선장을 석방해달라고 부탁한 바 있으니 임 대사가 대통령을 면담할 때 석방 교섭이 잘 안 되면 오신우의 제의를 카드로 이용하라고 말한 바 있었다. 차관을 만나자 그는 자기보다는 대통령이 할 말이 있으니 대통령을 직접 뵈는 것이 좋겠다고 했다. 두 사람은 대통령 집무실로 올라갔다. 체격이 큰 대통령이 걸어 나와 그래도 임 대사와 따뜻한 악수를 했다.

"신임장 가져왔소?"

"네, 그렇습니다."

"내 받을 터이니 주시오."

임 대사는 놀랍기도 반갑기도 했다. 용기를 얻은 임 대사는 내친김에 선장을 석방해 줄 것을 간청했다. 오신우를 인질로 잡고 석방해 달라는 말은 하지 않았다. 오신우나 선장 다 같이 한국 국민인데 누구를 인질로 잡아달라고는 할 수는 없었다. 대통령은 의외로 호의적이었다.

"내 차관으로부터 자세한 이야기를 들었소. 양국 간에 불미스러운 일이 있었으나 대승적인 차원에서 임 대사의 신임장을 접수하기로 한 것이오. 그리고 선장 문제는 양국 간의 협력 사업을 증진하겠다는 임 대사의 약속을 믿고 또 오신우 씨의 요청도 고려해서 석방하겠소. 오늘이라도 데려가시오."

"감사합니다. 제가 대사로 있는 동안 양국 간 우호증진과 협력 사업에 진력하겠습니다."

임 대사는 대통령실을 나오면서 차관에게 물었다.

"대통령께서 오신우 씨의 요청도 고려해서 선처한 것 같은데 어떻게 된 것입니까?"

오신우가 사전에 알려주었지만, 그의 제의가 어떻게 해서 대통령을 움직였는지 궁금해서 물어본 것이었다.

"저… 실은 여기에 와 있는 오신우 씨가 며칠 전 대통령에게 자기를 볼모로 잡고 선장을 석방해달라고 요청한 바 있습니다. 대통령은 오신우 씨가 자기의 조카인 경비병을 구해준 것을 대단히 감사하게 생각하고 있습니다. 이점도 고려하였겠지만, 무엇보다도 임 대사의 성의를 보아서 선처한 것입니다. 앞으로 양국관계의 개선을 위해 좋은 성과를 내도록 노력해주십시오."

그날 오후 오신우는 비르보와 함께 선장한테 가서 대통령의 사면 소식을 전했다. 선장은 고개를 떨구었다.

"나 때문에 오신우 씨가 볼모로 잡히다니…"

"괜찮습니다. 저는 여기서 할 일도 있고 해서 오히려 잘된 일입니다."

"내 할 말이 없소. 용서하시오."

"의기소침 마시고 용기를 내십시오."

"그런데 내 숙박비와 항공료는 어떻게 하는가요?"

"여기 외무부서 일단 부담하고 나중에 한국 정부나 한국 수산회사에서 받아내겠다고 했습니다. 걱정 안 하셔도 됩니다."

"언제 떠날 수 있지요?"

"내일 오후 3시에 비행기가 있습니다. 그걸 타도록 여기 외무부에서 조치해준다고 했습니다."

"감사한 일이군."

"선장님, 곧장 바나바로 가시렵니까?"

"피지에 가서 생각 좀 해보아야겠소. 우선 부산에 갔다가 바나바로 갈지, 아니면 피지에서 곧바로 그곳으로 갈지 아직 정하지 못했소."

"선장님, 우리가 바나바에 갔을 때 밤에 손자 만나보셨지요?"

"그걸 알았구먼."

"손자 보고 싶지요?"

"그럼… 불교에 사문이라는 출가수도자가 있는 것을 알지? 불교 초기에 사문이 출현했을 때 그들을 기존의 사성(四姓)과는 다른 새로운 인종이라고 불렀소. 사문들은 생명에 집착하지 않고 정신적 진리의 각성을 중시한 인물이었네. 그 대표자가 붓다였지. 내 손자놈은 그 사문과도 다른 새로운 인종이네. 내 아들놈과 타라와 여인이 남태평양의 정기를 받아 만들어낸 신 인종이지. 앞으로 그 신종에 희망을 걸 수밖에… 나는 지금까지 권력에 예속된 제3계급의 인종으로 살아왔네. 그런 나가 지금 어떤가? 앞으로 나를 구제할 사람은 내 손자뿐이야. 내 어찌 내 손자를 보고 싶지 않겠나."

선장의 얼굴에 씁쓸한 웃음이 떴다.

"손자와 함께 사셔야 하겠네요… 저도 언젠가 선장님 손자가 사는 곳에 가보고 싶습니다."

"한번 꼭 오십시오. 그때는 할 말이 많을 게요."

감옥에서 나온 선장을 오신우는 차에 태우고 자기가 있는 호텔에 가서 방을 얻어주었다.

다음날, 임 대사는 선장과 함께 공항으로 떠났다. 오신우는 그날 마침 대통령과 오찬 약속이 있어 공항에는 못 가고 호텔에서 작별 인사를 했다.

선장이 떠나던 날 정오, 오신우는 비르보와 함께 대통령 관저에 갔다. 관저는 외무성 건물 바로 우측에 있었다. 관저의 현관은 중턱까지 흰색 장방형 건물인데 그 위로 이어진 지붕은 쥐색 삼각형 구조물이었다. 현관 뒤로 단층인 본관이 붙어있었다. 현관 앞 작은 정원에는 소녀상의 탑이, 그 옆에는 키리바시 국기가 꽂혀있는 국기대가 있었다. 정원에는 잘 자란 꽃이 아름답게 피어 있었다. 타라와서는 보기 드물게 잘 꾸며진 저택이었다.

"어서 오십시오. 미스터 오. 내 감사하는 마음으로 오찬이라도 한번 대접할까 해서 초청했습니다."

외무차관도 벌써 와 식탁에 앉아 있었다.

"감사합니다. 너무나 잘해 주셔서 몸 둘 바를 모르겠습니다."

"내 집에 계시는 것 불편하지 않습니까?"

"없습니다. 관리인이 친절하게 잘 대우해 주셔서 잘 지내고 있습니다."

"위령비 공원에 가보셨다면서요? 어땠습니까?"

"위령비를 보고 씁쓸한 생각이 들었습니다. 사람들은 남의 땅에까지 와서 전쟁을 일으키고 자기 사람들은 물론 전쟁과 상관없는 남의 나라 사람까지 끌어와 5,600여 명을 죽였습니다. 그리고 자기들이 죽인 자를 위로한답시고 위령비를 세웠습니다. 이런 인간의 자기 모순적인 행동을 이해하기 어렵습니다. 저도 한 인간입니다만 인간에게 과연 자신을 구제할 도덕적 역량이 있는지 회의가 듭니다."

"옳은 말씀입니다. 그런데 인간의 본성에는 초자연적인 영적 존재를 추구하고, 지각하고, 교감하는 능력이 있습니다. 우리 주민들은 그런 영적 존재를 위대한 신령(神靈)이라 부르며 모시고 살았습니다. 신령을 모시고 살 때는 너 나의 구별이 없이 서로 사랑하고 동정하고 협조하는 공동체를 이루었습니다. 죽음이란 것도 그 위대한 영혼과 함께 영원을 살기 위해 저승으로 가기 위한 통과의례에 불과했습니다. 그러나 제국주의자들의 상업문화가 들어온 후부터는 우리의 전통적인 공동체 삶이 세속화되었습니다. 그 결과 많은 사람은 위대한 영혼과의 교감능력을 상실하고 자기의 잇속만 챙기는 자기중심적인 사람으로 변했습니다. 그리하여 신령을 모시고 살 때의 선량한 품성을 잃어가고 있습니다. 대통령으로서 나의 임무의 하나는 어떻게 하면 우리 국민의 마음에 사라진 우리의 전통적인 삶을 부활해 주는 것이냐 하는 것입니다."

"그런데 그 신령이란 어떤 존재입니까? 모세의 하나님 또는 이슬람교의 알라신과 다릅니까?"

"그 두 신은 제국주의자들이 자기 이념에 따라 만든 신입니다. 정복의 칼을 휘두르는 신이지요. 내가 말하는 신령은 그런 소유욕과 지배욕에 급급한 신과는 차원이 다른 신입니다. 인간은 그런 세속적인 욕구를 초월한 절대자와의 관계에 있어서만 참다운 인간이 될 수 있습니다."

"대통령 각하, 좋은 말씀 감사합니다. 저 많이 배웠습니다."

"그런데 아까 말씀하신 데로 많은 한국 노무자들이 타라와에 와서 사망했는데 개 중에는 혹시 친척이라도 있습니까?"

"…저는 지렁이를 따라 여기까지 왔습니다."

"지렁이를 따라왔다구요? 그게 무슨 말씀입니까?"

대통령의 눈이 화등잔만 하게 커졌다.

"지렁이는 저를 각하께서 말씀하신 위대한 신령의 나라로 안내할 것입니다. 그곳에는 타라와에서 돌아가신 아버지가 계십니다."

대통령은 입을 다물지 못하고 한동안 오신우를 바라보았다. 식사를 마치고 나오면서 오신우는 차관에게 물었다.

"대통령께서는 철인 정치를 하시는 것 같습니다. 존경스럽습니다."

"그분은 호주 멜버른 국립대학에서 정치철학을 전공하신 분입니다. 아시는 것이 많지요."

대통령 관저에서 오찬이 있고 삼 일 지나서였다. 비르보가 당황한 기색으로 외무차관을 찾아왔다.

"어쩐 일인가?"

"요 며칠 새, 오신우 씨가 보이지 않습니다. 이틀 전에 자기 혼자 위령비 공원에 가겠다고 하면서 의전 차를 달라고 해서 주었는데 그 이후로 돌아오지 않고 있습니다. 공원에 가보았더니 입구에 키가 꽂힌 의전 차는 있는데 사람은 보이지 않았습니다. 근방을 찾아보아도 없었습니다."

"이상하군, 혹시 출국했나? 조금 기다려봐."

낙담한 차관은 전화기를 부리나케 들더니 공항장을 불러냈다.

"어이 공항장, 나 외무차관인데, 지난주 출국한 비행기 편에 오신우라는 한국인이 탑승했는지 알아봐 주게. 급해, 빨리 찾아주게."

조금 있다 연락이 왔다. 그런 이름이 없다고 했다.

"이상하군, 배를 타고 떠났나? 그럴 리가 없는데. 그래도 해양경비대에도 일단 알아보라고 해야겠군."

그날 오후 해양경비대장으로부터 연락이 왔다. 요 며칠 베티오 항구를 떠난 상선이나 어선이 없다고 했다. 또 다른 곳에 있는 어선들도 다 조사해 보았는데 그런 사람이 탄 적이 없다고 했다.

다음 날, 차관은 비르보와 함께 대통령 집무실로 갔다.

"무슨 일 있나? 왜 그렇게 허둥대는가?"

"각하, 오신우 씨가 보이지 않습니다. 그가 타고 간 차는 위령비 공원 밖에 주차되어있는데 사람은 없어졌습니다. 공항과 해양경비대에 알아보아도 그런 사람이 출국한 사실은 없다고 합니다."

"어디 다른 데 갈만한 곳 생각나지 않나?"

비르보도 찾아본 모양이었다.

"저도 어제 베티오 항구에 직접 가서 알아보고, 세관 사무실에 들러 알아보았습니다만 부두에 정박한 배들 중 떠난 배가 없다고 했습니다. 그리고 윗마을 어선장에 가서 여러 사람에게 물어보았습니다만 외지 사람이 온 적이 없다고 했습니다. 그런데요, 며칠 전 위령비 공원에 갔을 때 오 선생님이 혼절한 적이 있습니다. 어쩌면 어딘가 가서 혼절한 것이 아닌지 모르겠습니다."

"아무리 생각해 보아도 그분 아무도 모르는 곳에 가서 생을 마감한 것 같습니다."

차관이 한 말이었다. 대통령은 한동안 심각한 얼굴을 하고 뭔가를 골몰히 생각하더니 무겁게 입을 열었다.

"아니야, 마감한 것이 아니라 새로 시작한 것이네. 그분은 아버지를 만나 새로운 생을 시작한 거야. 지렁이를 따라 신령의 나라로 간 게 분명해."

부르는 소리

강신성 지음

발 행 처 · 도서출판 청어
발 행 인 · 이영철
영 업 · 이동호
홍 보 · 천성래
기 획 · 남기환
편 집 · 방세화
디 자 인 · 이수빈 | 김영은
제작이사 · 공병한
인 쇄 · 두리터

등 록 · 1999년 5월 3일
(제321-3210000251001999000063호)

1판 1쇄 발행 · 2022년 4월 20일

주 소 · 서울특별시 서초구 남부순환로 364길 8-15 동일빌딩 2층
대표전화 · 02-586-0477
팩시밀리 · 0303-0942-0478

홈페이지 · www.chungeobook.com
E-mail · ppi20@hanmail.net
I S B N · 979-11-6855-027-8(03810)